中华现代学术名著丛书

诗言志辨　经典常谈

朱自清　著

商務印書館
创于1897 The Commercial Press

图书在版编目(CIP)数据

诗言志辨　经典常谈/朱自清著. —北京:商务印书馆,2011
(2023.6 重印)
(中华现代学术名著丛书)
ISBN　978-7-100-07683-8

Ⅰ.①诗…　Ⅱ.①朱…　Ⅲ.①古典诗歌—文学评论—中国 ②社会科学—古籍—简介—中国　Ⅳ.①I207.22 ②Z835

中国版本图书馆 CIP 数据核字(2011)第 028808 号

本书根据开明书店 1947 年版、文光书店 1946 年版排印

中华现代学术名著丛书
诗言志辨　经典常谈
朱自清　著

商　务　印　书　馆　出　版
(北京王府井大街36号　邮政编码100710)
商　务　印　书　馆　发　行
北京虎彩文化传播有限公司印刷
ISBN　978-7-100-07683-8

2011 年 9 月第 1 版　　开本 880×1240　1/32
2023 年 6 月北京第 4 次印刷　　印张 10⅜　插页 1

定价:49.00 元

朱 自 清

(1898—1948)

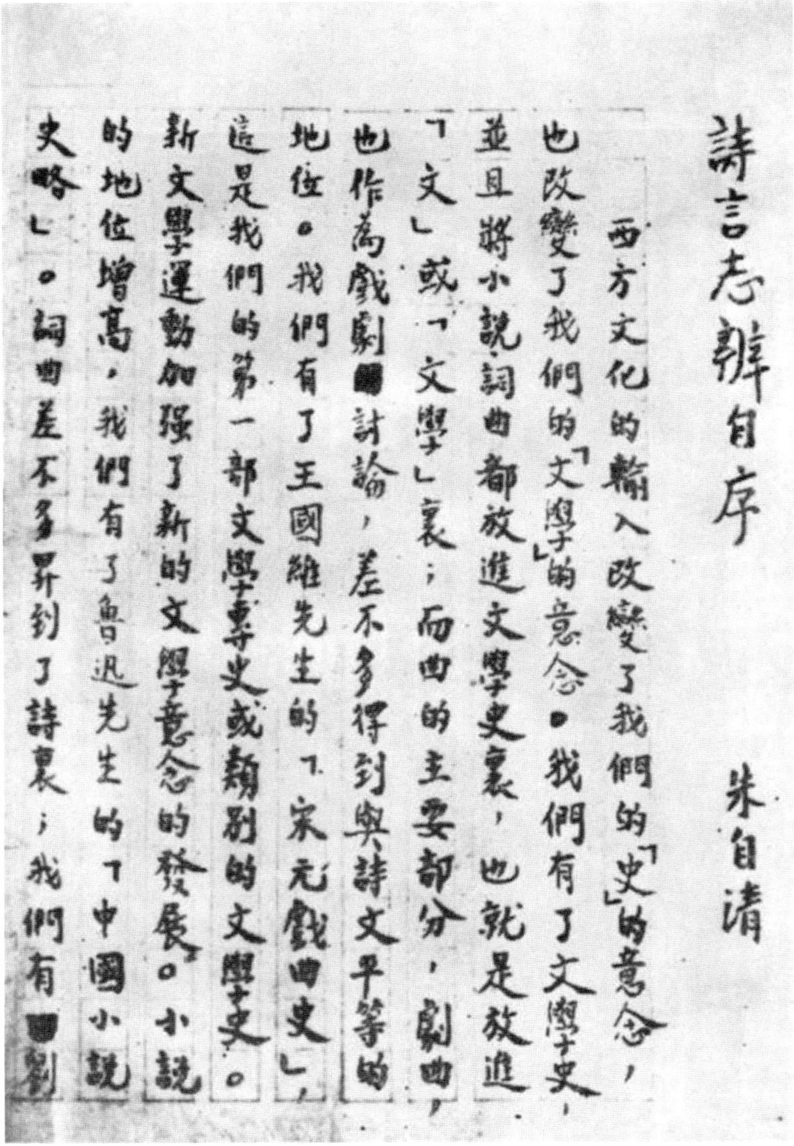
詩言志辨自序

朱自清

西方文化的輸入改變了我們的「史」的意念，也改變了我們的「文學」的意念。我們有了文學史，並且將小說詞曲都放進文學史裏，也就是放進「文」或「文學」裏；而曲的主要部分，劇曲，也作為戲劇討論，差不多得到與詩文平等的地位。我們有了王國維先生的「宋元戲曲史」，這是我們的第一部文學專史或類別的文學史。新文學運動加强了新的文學意念的發展。小說的地位增高，我們有了魯迅先生的「中國小說史略」。詞曲差不多升到了詩裏；我們有劇

作者手迹

出版说明

百年前，张之洞尝劝学曰："世运之明晦，人才之盛衰，其表在政，其里在学。"是时，国势颓危，列强环伺，传统频遭质疑，西学新知亟亟而入。一时间，中西学并立，文史哲分家，经济、政治、社会等新学科勃兴，令国人乱花迷眼。然而，淆乱之中，自有元气淋漓之象。中华现代学术之转型正是完成于这一混沌时期，于切磋琢磨、交锋碰撞中不断前行，涌现了一大批学术名家与经典之作。而学术与思想之新变，亦带动了社会各领域的全面转型，为中华复兴奠定了坚实基础。

时至今日，中华现代学术已走过百余年，其间百家林立、论辩蜂起，沉浮消长瞬息万变，情势之复杂自不待言。温故而知新，述往事而思来者。"中华现代学术名著丛书"之编纂，其意正在于此，冀辨章学术，考镜源流，收纳各学科学派名家名作，以展现中华传统文化之新变，探求中华现代学术之根基。

"中华现代学术名著丛书"收录上自晚清下至20世纪80年代末中国大陆及港澳台地区、海外华人学者的原创学术名著（包括外文著作），以人文社会科学为主体兼及其他，涵盖文学、历史、哲学、政治、经济、法律和社会学等众多学科。

出版“中华现代学术名著丛书”，为本馆一大夙愿。自1897年始创起，本馆以“昌明教育，开启民智”为己任，有幸首刊了中华现代学术史上诸多开山之著、扛鼎之作；于中华现代学术之建立与变迁而言，既为参与者，也是见证者。作为对前人出版成绩与文化理念的承续，本馆倾力谋划，经学界通人擘画，并得国家出版基金支持，终以此丛书呈现于读者面前。唯望无论多少年，皆能傲立于书架，并希冀其能与“汉译世界学术名著丛书”共相辉映。如此宏愿，难免汲深绠短之忧，诚盼专家学者和广大读者共襄助之。

商务印书馆编辑部

2010年12月

凡　　例

一、"中华现代学术名著丛书"收录晚清以迄20世纪80年代末，为中华学人所著，成就斐然、泽被学林之学术著作。入选著作以名著为主，酌量选录名篇合集。

二、入选著作内容、编次一仍其旧，唯各书卷首冠以作者照片、手迹等。卷末附作者学术年表和题解文章，诚邀专家学者撰写而成，意在介绍作者学术成就，著作成书背景、学术价值及版本流变等情况。

三、入选著作率以原刊或作者修订、校阅本为底本，参校他本，正其讹误。前人引书，时有省略更改，倘不失原意，则不以原书文字改动引文；如确需校改，则出脚注说明版本依据，以"编者注"或"校者注"形式说明。

四、作者自有其文字风格，各时代均有其语言习惯，故不按现行用法、写法及表现手法改动原文；原书专名（人名、地名、术语）及译名与今不统一者，亦不作改动。如确系作者笔误、排印舛误、数据计算与外文拼写错误等，则予径改。

五、原书为直（横）排繁体者，除个别特殊情况，均改作横排简体。其中原书无标点或仅有简单断句者，一律改为新式标点，专名号从略。

六、除特殊情况外，原书篇后注移作脚注，双行夹注改为单行夹注。文献著录则从其原貌，稍加统一。

七、原书因年代久远而字迹模糊或纸页残缺者，据所缺字数用“□”表示；字数难以确定者，则用“（下缺）”表示。

总　　目

诗言志辨

目　　录

序

西方文化的输入改变了我们的“史”的意念，也改变了我们的“文学”的意念。我们有了文学史，并且将小说、词曲都放进文学史里，也就是放进“文”或“文学”里；而曲的主要部分，剧曲，也作为戏剧讨论，差不多得到与诗文平等的地位。我们有了王国维先生的《宋元戏曲史》，这是我们的第一部文学专史或类别的文学史。新文学运动加强了新的文学意念的发展。小说的地位增高，我们有了鲁迅先生的《中国小说史略》。词曲差不多升到了诗里，我们有刘毓盘先生的《词史》，虽然只是讲义，而且并未完成，还有王易先生的《词曲史》。民间的歌谣和故事也升到了文学里，“变文”和弹词等也跟着升，于是乎有郑振铎先生的《中国俗文学史》。这里特别要提出的是，在中国的文学批评称为“诗文评”的，也升了格成为文学的一类。陈中凡先生的《中国文学批评史》仅后于《宋元戏曲史》，但到郭绍虞先生的那一本出来，才引起一般的注意，虽然那还只是上卷书。

从目录学上看，俗文学或民间文学的歌谣部分虽然因为用作乐歌，早得著录，但别的部分差不多从不登大雅之堂。词曲发展得晚，著录得也晚。小说发展虽早，从前只附在子、史两部里，我们所谓小说的小说，到明代才见著录。诗文评的系统的著作，我们有《诗品》和《文心雕龙》，都作于梁代。可是一向只附在“总集”类的末尾,宋代才另立“文史”类来容纳这些书。这“文史”类后来演变为“诗文评”类。著录表示有地位,自成一类表示有独立的地位;这反映着各类文学本身如何发展,并如何获得一般的承认。

一类文学获得一般的承认,却还未必获得与别类文学一般的平等的地位。小说、词曲、诗文评,在我们的传统里,地位都在诗文之下,俗文学除一部分古歌谣归入诗里以外,可以说是没有地位。西方文化输入了新的文学意念,加上新文学的创作,小说、词曲、诗文评,才得升了格,跟诗歌和散文平等,都成了正统文学。但俗文学还只是“俗”文学;虽是“文学”,还不能放进正统里。所谓词曲的平等地位,得分开来看。戏曲是歌剧,属于戏剧类,与话剧平分天下。词和散曲可以说是诗类,但就史的发展论,范围跟影响都远不如五七言诗,所以还只能附在诗里;不过从“诗余”“词余”而成为“诗”,从余位升到了正位,确是真的。诗文评虽然极少完整的著作,但从本质上看,自然是文学批评。前些年苏雪林女士曾著专文讨论,结论是正的。现在一般似乎都承认了诗文评即文学批评的独立的平等的地位。

文学史的发展一面跟着一般史学的发展,一面也跟着文学的发展。这些年来我们的史学很快的进步,文学也有了新的成长,文学史确是改变了面目。但是改变面目是不够的,我们要求新的血和肉。这需要大家长期的不断的努力。一般的文学史如此,类别的文学史更显然如此。而文学批评史似乎尤其难。一则一般人往往有种成见,以为无创作才的才去做批评工作,批评只是第二流货色,因此有些人不愿意研究它。二则我们的诗文评断片的多,成形的少,不容易下手。三则我们的现代文学里批评一类也还没有发展,在各类文学中它是最落后的。现在我们固然愿意有些人去试写中国文学批评史,但更愿意有许多人分头来搜集材料,寻出各个批评的意念如何发生,如何演变——寻出它们的史迹。这个得认真的仔细的考辨,一个字不放松,像汉学家考辨经史子书。这是从小处下手。希望努力的结果可以阐明批评的价值,化除一般人的成见,并坚强它那新获得的地位。

诗文评的专书里包含着作品和作家的批评,文体的史的发展,以及一般的理论,也包含着一些轶事异闻。这固然得费一番爬梳剔抉的工夫。专书以外,经史子集里还有许多,即使不更多,诗文评的材料,直接的或间接的。前者如"诗言志","思无邪","辞,达而已矣","修辞立其诚";后者如《庄子》里"神"的意念和《孟子》里"气"的意念。这些才是我们的诗文评的源头,从此江、淮、河、汉流贯我们整个文学批评史。至于选集、别集的序跋和评语,别集里的序跋、书牍、传志,甚至评点书,还有《三国志》《世说新语》《文选》诸注里,以及小说、笔记里,也都五光十色,层出不穷。这种种是取不尽、用不竭的,人手越多越有意思。只要不掉以轻心,谨严地考证、辨析,总会有结果的。

我们的文学批评似乎始于论诗,其次论"辞",是在春秋及战国时代。论诗是论外交"赋诗","赋诗"是歌唱入乐的诗。论"辞"是论外交辞命或行政法令。两者的作用都在政教。从论"辞"到论"文"还有一段曲折的历史,这里姑且不谈;只谈诗论。"诗言志"是开山的纲领,接着是汉代提出的"诗教"。汉代将"六艺"的教化相提并论,称为"六学";而流行最广的是"诗教"。这时候早已不歌唱诗,只诵读诗。"诗教"是就读诗而论,作用显然也在政教。这时候"诗言志""诗教"两个纲领都在告诉人如何理解诗,如何受用诗。但诗是不容易理解的。孟子说过论诗者"不以文害辞,不以辞害志”，确也说过知人论世。毛公释“兴诗”，似乎根据前者，后来称为“比兴”；郑玄作《诗谱》，论“正变”，显然根据后者。这些是方法论，是那两个纲领的细目，归结自然都在政教。

这四条诗论，四个批评的意念，二千年来都曾经过多多少少的演变。现代有人用“言志”和“载道”标明中国文学的主流，说这两个主流的起伏造成了中国文学史。“言志”的本义原跟“载道”差不多，两者并不冲突，现时却变得和“载道”对立起来。“诗教”原是“温柔敦厚”，宋人又以“无邪”为“诗教”；这却不相反而相成。“比兴”的解释向来纷无定论；可以注意的是这个意念渐渐由方法而变成了纲领。“正变”原只论“风雅正变”，后来却与“文变”说联合起来，论到诗文体的正变；这其实是我们固有的“文学史”的意念。

这本小书里收的四篇论文，便是研究那四条诗论的史的发展的。这四条诗论，四个词句，在各时代有许多不同的用例。书中便根据那些重要的用例试着解释这四个词句的本义跟变义，源头和流派。但《比兴》一篇却只能从《毛诗》下手，没有追溯到最早的源头；文中解释“赋”“比”“兴”的本义，也只以关切《毛诗》的为主。“赋”“比”“兴”原来大概是乐歌的名称，和“风”“雅”“颂”一样。这一层已经有人在研究，但跟文学批评无关，我们可以不论。《毛诗》的解释跟作诗人之意相合与否，我们也不论。因为我们要解释的是“比兴”，不是诗。

本书原拟名为“诗论释辞”，“辞”指词句而言。后来因为书中四篇论文是一套，而以“诗言志”一个意念为中心，所以改为今名。《诗言志》篇跟《比兴》篇是抗战前写的，曾分别登载《语言与文学》和《清华学报》。《诗教》篇跟《正变》篇是近两年中写的。前者曾载《人文科学学报》；后者也给了《清华学报》，但这一期学报本身还未能印出。已发表的三篇都经过补充和修正,《诗言志》篇差不多重写了一回,不过疏陋的地方必还不少,如承方家指教,深为感谢。

朱自清

诗 言 志

一 献诗陈志

《今文尚书·尧典》记舜的话,命夔典乐,教胄子,又道:

> 诗言志[①],歌永言,声依永,律和声;八音克谐,无相夺伦,神人以和。

郑玄注云:

> 诗所以言人之志意也。永,长也,歌又所以长言诗之意。声之曲折,又长言而为之。声中律乃为和[②]。

这里有两件事:一是诗言志,二是诗乐不分家。《左传·襄公二十七年》也有"诗以言志"的话。那是说"赋诗"的,而赋诗是合乐的[③],也

① 《史记·五帝本纪》改为"诗言意"。《礼记·檀弓》"子盖言子之志于公乎"句郑玄注:"志,意也。"

② 孔颖达《毛诗正义·诗谱序》"然则诗之道放于此乎"句下引。

③ 顾颉刚:《论诗经所录全为乐歌》,见《古史辨》卷三下六四八至六五〇面。

是诗乐不分家。据顾颉刚先生等考证,《尧典》最早也是战国时才有的书①。那么,“诗言志”这句话也许从“诗以言志”那句话来②,但也许彼此是独立的。

《说文》三上《言部》云:

> 诗,志也。〔志发于言〕③。从“言”,“寺”声。

古文作“訨”,从“言”,“㞢”声。杨遇夫先生(树达)在《释诗》一文里说:“‘志’,字从‘心’,‘㞢’声,‘寺’字亦从‘㞢’声。‘㞢’‘志’‘寺’古音盖无二。……其以‘㞢’为‘志’,或以‘寺’为‘志’,音近假借耳。”又据《左传·昭公十六年》韩宣子“赋不出郑志”的话,说“郑志”即“郑诗”:因而以为“古‘诗’‘志’二文同用,故许(慎)径以‘志’释‘诗’”④。闻一多先生在《歌与诗》里更进一步说道:

> 志字从“㞢”,卜辞“㞢”作“㞢”,从“止”下“一”,像人足停止在地上,所以“㞢”本训停止。……“志”从“㞢”从“心”,本义是停止在心上。停在心上亦可说是藏在心里。

他说:“志有三个意义:一,记忆;二,记录;三,怀抱。”从这里出发,他证明了“志与诗原来是一个字”⑤。但是到了“诗言志”和“诗以言

---

① 《尚书研究讲义》第一册六十九页,又第二册十一页。参见竺可桢:《论以岁差定尚书尧典四仲中星之年代》(《科学》十一卷十二期),顾颉刚:《从地理上证今本尧典为汉人作》(《禹贡》半月刊二卷五期),及张清常:《周末的乐器分类法》的《结论》(《人文科学学报》一卷一期)。

② 我相信《左传》是“晚周人做的历史”,但不相信是刘歆等改编的。

③ 今本无此四字,杨遇夫先生据《韵会》引《说文》补入,见他的《释诗》一文中。

④ 杨树达:《积微居小学金石论丛》卷一,二一至二二页。

⑤ 《歌与诗》,《中央日报》昆明版《平明》副刊,民国二十八年六月五日。

志”这两句话,“志”已经指“怀抱”了。《左传·昭公二十五年》云:

> 子太叔见赵简子。……简子曰:“敢问何谓礼?”对曰:“吉也闻诸先大夫子产曰:‘……民有好、恶、喜、怒、哀、乐,生于六气。是故审则宜类,以制六志。哀有哭泣,乐有歌舞,喜有施舍,怒有战斗。喜生于好,怒生于恶。是故审行信令,祸福赏罚,以制死生。生,好物也;死,恶物也。好物,乐也;恶物,哀也。哀乐不失,乃能协于天地之性,是以长久。’”

孔颖达《正义》说:“此六志《礼记》谓之‘六情’。在己为情,情动为志,情、志一也。”汉人又以“意”为“志”,又说志是“心所念虑”,“心意所趣向”,又说是“诗人志所欲之事”①。情和意都指怀抱而言;但看子产的话跟子太叔的口气,这种志,这种怀抱是与“礼”分不开的,也就是与政治、教化分不开的。

“言志”这词组两见于《论语》中。《公冶长》篇云:

> 颜渊、季路侍。子曰:“盍各言尔志?”子路曰:“愿车马衣裘与朋友共②,敝之而无憾。”颜渊曰:“愿无伐善,无施劳。”子路曰:“愿闻子之志!”子曰:“老者安之,朋友信之,少者怀之。”

《先进》篇记子路、曾皙、冉有、公西华“各言其志”,语更详。两处所记“言志”,非关修身,即关治国,可正是发抒怀抱。还有,《礼

① 分见《孟子·公孙丑》篇“夫志,气之帅也”赵岐注,《礼记·学记》“一年视离经辨志”郑玄注,《孟子·万章上》“不以辞害志”赵注。

② 通行本作“衣轻裘”,据阮元《校勘记》删“轻”字。

记·檀弓》篇记晋世子申生被骊姬谗害,他兄弟重耳向他道:"子盖(盍)言子之志于公乎?"郑玄注:"重耳欲使言见谮之意。"这也是教他陈诉怀抱。这里申生陈诉怀抱,一面关系自己的穷通,一面关系国家的治乱。可是他不愿意陈诉,他自己是死了,晋国也跟着乱起来。这种志,这种怀抱,其实是与政教分不开的。

《诗经》里说到作诗的有十二处:

一 维是褊心,是以为刺。(《魏风·葛屦》)

二 夫也不良,歌以讯之。(《陈风·墓门》)

三 是用作歌,"将母"来谂。(《小雅·四牡》)

四 家父作诵,以究王讻。(《小雅·节南山》)

五 作此好歌,以极反侧。(《小雅·何人斯》)

六 寺人孟子,作为此诗。凡百君子,敬而听之。(《小雅·巷伯》)

七 君子作歌,维以告哀。(《小雅·四月》)

八 矢诗不多,维以遂歌。(《大雅·卷阿》)

九 王欲玉女,是用大谏。(《大雅·民劳》)

十 虽曰"匪予",既作尔歌。(《大雅·桑柔》)

十一 吉甫作诵,其诗孔硕,其风肆好,以赠申伯。(《大雅·嵩高》)

十二 吉甫作诵,穆如清风。(《大雅·烝民》)

这里明用"作"字的八处,其余也都含有"作"字意。(一)最显,不必再说。(二)《传》云:"讯,告也。"《笺》云:"歌谓作此诗也。既作,可使工歌之,是谓之告。"《经典释文》引《韩诗》:"讯,谏也。"

《说文·言部》:"諫,数谏也。"段玉裁云:"谓数其失而谏之。凡讥'刺'字当用此。"(八)《传》云:"不多,多也。明王使公卿献诗以陈其志,遂为工师之歌焉。"(九)《笺》云:"玉者,君子比德焉。王乎,我欲令女(汝)如玉然。故作是诗,用大谏正女(汝)。"①

这些诗的作意不外乎讽与颂,诗文里说得明白。像"以为刺""以讯之""以究王讻""以极反侧""用大谏",显言讽谏,一望而知。《四牡》篇的"'将母'来谂",《笺》云:"谂,告也②。……作此诗之歌,以养父母之志来告于君也。"与《巷伯》的"凡百君子,敬而听之",《四月》的"维以告哀",都是自述苦情,欲因歌唱以告于在上位的人,也该算在讽一类里。《桑柔》的"虽曰'匪予',即作尔歌",《笺》云:"女(汝)虽抵距,已言'此政非我所为',我已作女(汝)所行之歌,女(汝)当受之而无悔。"那么,也是讽了。为颂美而作的,只有《卷阿》篇的陈诗以"遂歌",和尹吉甫的两"诵"。《卷阿传》说"王使公卿献诗以陈其志","陈志"就是"言志"。因为是"献诗"或赠诗(如《嵩高》《烝民》),所以"言志"不出乎讽与颂,而讽比颂多。

《国语·周语上》记厉王"得卫巫,使监谤者。以告,则杀之"。邵公谏道:

> 为川者决之使导,为民者宣之使言。故天子听政,使公卿至于列士献诗,瞽献曲,史献书,师箴,瞍赋,矇诵,百工谏,庶人传语,近臣尽规,亲戚补察,瞽史教诲,耆艾修之,而后王斟

① 上引叙作诗的句子都在篇末。《大雅·板》篇首章之末,也有"是用大谏"句,或也是叙全诗造作因由的。

② 《说文·言部》:"谂,深谏也。"

酌焉,是以事行而不悖。

《晋语六》赵文子冠,见范文子,范文子说:

夫贤者宠至而益戒,不足者为宠骄。故兴王赏谏臣,逸王罚之。吾闻古之言王者,政德既成,又听于民。于是乎使工诵谏于朝,在列者献诗,使勿兜(惑也);风(采也)听胪(传也)言于市,辨祆祥于谣,考百事于朝,问谤誉于路。有邪而正之,尽戒之术也;先王疾是骄也。

《左传·襄公十四年》记师旷对晋平公的话,大略相同;但只作"瞽为诗",没有明说"献诗"。

从这几段记载看,可见"公卿列士的讽谏是特地做了献上去的,庶人的批评是给官吏打听到了告诵上去的"①。献诗只是公卿列士的事,轮不到庶人。而说到献诗,连带着说到瞽、矇、瞍、工,都是乐工,又可见诗是合乐的。

古代有所谓"乐语"。《周礼·大司乐》:

以乐语教国子:兴、道、讽、诵、言、语。

这六种"乐语"的分别,现在还不能详知,似乎都以歌辞为主。"兴""道"(导)似乎是合奏,"讽""诵"似乎是独奏;"言""语"是将歌辞应用在日常生活里。这些都用歌辞来表示情意,所以称为

① 顾颉刚:《诗经在春秋战国间的地位》,《古史辨》卷三下三二六面。

"乐语"。《周礼》如近代学者所论,大概是战国时作,但其中记述的制度多少该有所本,决不至于全是想象之谈。"乐语"的存在,从别处也可推见。《国语·周语下》云:

> 晋羊舌肸聘于周。……(单)靖公享之。……语说"昊天有成命"(《周颂》)。单之老送叔向(肸的字),叔向告之曰:"……其语说'昊天有成命','颂'之盛德也。其诗曰……是道成王之德(道文、武能成其王德)也。……单子俭、敬、让、咨,以应成德,单若不兴,子孙必蕃,后世不忘。……"

韦昭解道:"'语',宴语所及也。'说',乐也。"似乎"昊天有成命"是这回享礼中奏的乐歌,而单靖公言语之间很赏识这首歌辞。叔向的话先详说这篇歌辞——诗,然后论单靖公的为人,并预言他的家世兴盛。这正是"乐语",正可见"乐语"的重要作用。《论语·阳货》篇简单的记着孔子一段故事:

> 孺悲欲见孔子,孔子辞以疾。将命者出户,取瑟而歌,使之闻之。

历来都说孔子"取瑟而歌"只是表明并非真病,只是表明不愿见。但小病未必就不能歌,古书中时有例证;也许那歌辞中还暗示着不愿见的意思。若这个解释不错,这也便是"乐语"了。

《荀子·乐论》里说"君子以钟鼓道志"。"道志"就是"言志",也就是表示情意,自见怀抱。《礼记·仲尼燕居》篇记孔子的话:"是故君子不必亲相与言也,以礼乐相示而已。"这虽未必真是孔子说的，却也可见“乐语”的传统是存在的。《汉书》二十二《礼乐志》论乐，也道“和亲之说难形，则发之于诗歌咏言、钟石管弦”，“乐语”的作用正在暗示上。又，《礼记·乐记》载子夏答魏文侯问乐云：

今夫古乐，……君子于是语，于是道古，修身及家，平均天下。此古乐之发也。今夫新乐，……乐终不可以语，不可以道古。此新乐之发也。

这里“语”虽在“乐终”，却还不失为一种“乐语”①。这里所“语”的是乐意，可以见出乐以言志、歌以言志、诗以言志是传统的一贯。以乐歌相语，该是初民的生活方式之一。那时结恩情、做恋爱用乐歌，这种情形现在还常常看见；那时有所讽颂、有所祈求，总之有所表示，也多用乐歌。人们生活在乐歌中。乐歌就是“乐语”，日常的语言是太平凡了，不够郑重，不够强调的。明白了这种“乐语”，才能明白献诗和赋诗。这时代人们还都能歌，乐歌还是生活里重要节目。献诗和赋诗正从生活的必要和自然的需求而来，说只是周代重文的表现，不免是隔靴搔痒的解释。

献诗的记载不算太多。前引《诗经》里诸例以外，顾颉刚先生还举过两个例②：《左传·昭公十二年》，子革对楚灵王云：

昔穆王欲肆其心，周行天下，将皆必有车辙马迹焉。祭公

① 以上论“乐语”是许骏斋（维遹）先生说，承他许在这里引用，谨此志谢。

② 《古史辨》卷三下三二七面。

> 谋父作《祈招》之诗以止王心，王是以获没于祗宫。……其诗曰：“祈招之愔愔，式昭德音。思我王度，式如玉，式如金。形民之力而无醉饱之心！”

又，《国语·楚语上》记左史倚相的话：

> 昔卫武公年数九十有五矣，犹箴儆于国曰：“自卿以下，至于师长士，苟在朝者，无谓老耄而舍我！必恭恪于朝，朝夕以交戒我！闻一二之言，必诵志而纳之以训导我！”在舆有旅贲之规，位宁有官师之典，倚几有诵训之谏，居寝有亵御之箴，临事有瞽史之导，宴居有师工之诵，史不失书，矇不失诵，以训御之。于是作《懿戒》以自儆也。

《祈招》是逸诗。《懿戒》韦昭说就是《大雅》的《抑》篇，“懿读之曰抑”。“自儆”可以算是自讽。这两个故事虽然都出于转述，但参看上文所举《诗经》中说到诗的作意诸语，似乎是可信的。这两段是春秋以前的故事。春秋时代还有晏子谏齐景公的例。《晏子春秋·内篇·谏下》第五云：

> 晏子使于鲁。比其返也，景公使国人起大台之役。岁寒不已，冻馁之者乡有焉。国人望晏子。晏子至，已复事，公延坐，饮酒，乐。晏子曰：“君若赐臣，臣请歌之。”歌曰：“庶民之言曰：‘冻水洗我若之何！太上靡散我若之何！’”歌终，喟然叹而流涕。公就止之曰：“夫子曷为至此？殆为大台之役夫？寡人将速罢之。”

《晏子春秋》虽然驳杂，这段故事的下文也许不免渲染一些，但照上面所论“乐语”的情形,这里“歌谏”的部分似乎也可信。总之,献诗陈志不至于是托古的空想。

春秋时代献诗的事,在上面说到的之外似乎还有,从下列四例可见:

一 卫庄公娶于齐东宫得臣之妹,曰庄姜,美而无子,卫人所为赋《硕人》也。(《左传·隐公三年》)

二 狄人……灭卫。……卫之遗民……立戴公以庐于曹。许穆夫人赋《载驰》。(《左传·闵公二年》)

三 郑人恶高克,使帅师次于河上,久而弗召。师溃而归,高克奔陈。郑人为之赋《清人》。(同上)

四 秦伯任好卒,以子车氏之三子奄息、仲行、鍼虎为殉,皆秦之良也。国人哀之,为之赋《黄鸟》。(《左传·文公六年》)

(一)《诗序》云:“庄公惑于嬖妾,使骄上僭。庄姜贤而不答,终以无子,国人闵而忧之。”(二)《序》云:“许穆夫人闵卫之亡,伤许之小,力不能救,思归唁其兄,又义不得,故赋是诗也。”①(三)《序》云:“(郑)公子素恶高克进之不以礼,文公退之不以道,危国亡师之本,故作是诗也。”(四)《序》云:“国人刺穆公以人从死而作是诗也。”《诗序》虽多穿凿,但这几篇与《左传》所记都相合,似乎不是向壁虚造②。《诗经》中“人”字往往指在位的大夫君子③,这里的

① 诗末句云“百尔所思,不如我所之”,闻一多先生谓“之”即“志”字。那么这篇诗明说“言志”了。

② 崔述《读风偶识》卷二有疑《硕人序》的话,顾颉刚先生有疑《清人序》的话(《古史辨》卷三下三一八面),但皆无证。

③ 朱东润:《国风出于民间论质疑》,见《读诗四论》二〇至二七面。

“卫人”“郑人”“国人”都不是庶人;《诗序》以“郑人”为公子素,更可助成此说。“赋”是自歌或“使工歌之”;《硕人》篇要歌给庄公听,《载驰》篇要歌给戴公听,《清人》篇要歌给文公听,《黄鸟》篇也许要歌给康公听。这些也都属于讽一类[①]。

“诗”这个字不见于甲骨文、金文,《易经》中也没有。《今文尚书》中只见了两次,就是《尧典》的“诗言志”,还有《金縢》云:“于后(周)公乃为诗以诒(成)王,名之曰《鸱鸮》。”《尧典》晚出,这个字大概是周代才有的。——献诗陈志的事,照上文所引的例子,大概也是周代才有的。“志”字原来就是“诗”字,到这时两个字大概有分开的必要了,所以加上“言”字偏旁,另成一字;这“言”字偏旁正是《说文》所谓“志发于言”的意思。《诗经》里也只有三个“诗”字,就在上文引的《巷伯》《卷阿》《嵩高》三篇的诗句中。《诗序》以《巷伯》篇为幽王时作,《卷阿》篇成王时作,《嵩高》篇宣王时作。按《卷阿》篇说,“诗”字的出现是在周初,似乎和《金縢》篇可以印证。但《诗序》不尽可信,《金縢》篇近来也有些学者疑为东周时所作[②];这个字的造成也许并没有那么早,所以只说大概周代才有。至于《诗经》中十二次说到作诗,六次用“歌”字,三次用“诵”字,只三次用“诗”字,那或是因为“诗以声为用”的原故;《诗经》所录原来全是乐歌[③],乐歌重在歌、诵,所以多称“歌”“诵”。不过歌、诵有时也不合乐,那便是徒歌,与讴、谣同类。徒歌大都出于庶民,记载下来的不多。前引《国语》中所谓“庶人传语”,所谓“胪言”,该包

① 《文选》二十有“献诗”一类,可参看。

② 《古史辨》一册二〇一面,又三册下三一六至三一七面。又徐中舒:《幽风说》,中央研究院历史语言研究所《集刊》第六本第四分四四八面。

③ 顾颉刚:《论诗经所录全为乐歌》,《古史辨》三下。

含着这类东西。这里面有“谤”也有“誉”,有讽也有颂——郑舆人诵子产,最为著名。也有非讽非颂的“缘情”之作,见于记载的如《左传·成公十七年》的声伯《梦歌》。但这类“缘情”之作所以保存下来,并非因为它们本身的价值,而是别有所为。如《左传》录声伯《梦歌》,便为的记梦的预兆。《诗经》里一半是“缘情”之作,乐工保存它们却只为了它们的声调,为了它们可以供歌唱。那时代是还没有“诗缘情”的自觉的。

二 赋诗言志

《左传》里说到诗与志的关系的共三处,襄公二十七年最详:

郑伯享赵孟于垂陇,子展、伯有、子西、子产、子大叔、二子石从。赵孟曰:“七子从君,以宠武也,请皆赋,以卒君贶。武亦以观七子之志。”

子展赋《草虫》。赵孟曰:“善哉!民之主也!抑武也不足以当之。”

伯有赋《鹑之贲贲》。赵孟曰:“床笫之言不逾阈,况在野乎!非使人之所得闻也。”

子西赋《黍苗》之四章。赵孟曰:“寡君在,武何能焉!”

子产赋《隰桑》。赵孟曰:“武请受其卒章。”

子大叔赋《野有蔓草》。赵孟曰:“吾子之惠也!”

印段(子石)赋《蟋蟀》。赵孟曰:“善哉!保家之主也!吾有望矣。”

公孙段(子石)赋《桑扈》。赵孟曰:“‘匪[1]交匪敖’,福将焉往!若保是言也,欲辞福禄,得乎!”

卒享,文子告叔向曰:“伯有将为戮矣。诗以言志。志诬其上而公怨之,以为宾荣,其能久乎!幸而后亡!”叔向曰:“然。已侈。所谓不及五稔者,夫子之谓矣。”

文子曰:“其余皆数世之主也。子展其后亡者也,在上不忘降。印氏其次也,乐而不荒,乐以安民,不淫以使之,后亡,不亦可乎!”

这里赋诗的郑国诸臣,除伯有外,都志在称美赵孟,联络晋、郑两国的交谊。赵孟对于这些颂美,“有的是谦而不敢受,有的是回敬几句好话”[2]。只伯有和郑伯有怨,所赋的诗里有云:“人之无良,我以为君!”是在借机会骂郑伯。所以范文子说他“志诬其上而公怨之”。又,在赋诗的人,诗所以“言志”;在听诗的人,诗所以“观志”“知志”。“观志”已见,“知志”见《左传·昭公十六年》:

郑六卿饯宣子于郊。宣子曰:“二三君子请皆赋,起亦以知郑志。”

“观志”或“知志”的重要,上引例中已可见,但下一例更显著。《左传·襄公十六年》云:

晋侯与诸侯宴于温,使诸大夫舞,曰:“歌诗必类。”齐高厚

① 《诗经·小雅·桑扈》篇作“彼”字。

② 顾颉刚先生语,《古史辨》三下三三〇至三三一面。

之诗不类。荀偃怒,且曰:"诸侯有异志矣!"使诸大夫盟高厚。高厚逃归。于是叔孙豹、晋荀偃、宋向戌、卫宁殖、郑公孙虿、小邾之大夫盟曰:"同讨不庭!"

孔颖达《正义》说:"歌古诗,各从其恩好之义类。"高厚所歌之诗独不取恩好之义类,所以说"诸侯有异志"。

这都是从外交方面看,诗以言诸侯之志,一国之志,与献诗陈己志不同。在这种外交酬酢里言一国之志,自然颂多而讽少,与献诗相反。外交的赋诗也有出乎酬酢的讽颂即表示态度之外的。雷海宗先生曾在《古代中国的外交》一文中指出:

赋诗有时也可发生重大的具体作用。例如文公十三年郑伯背晋降楚后,又欲归服于晋,适逢鲁文公由晋回鲁,郑伯在半路与鲁侯相会,请他代为向晋说情,两方的应答全以赋诗为媒介。郑大夫子家赋《小雅·鸿雁》篇,义取侯伯哀恤鳏寡,有远行之劳,暗示郑国孤弱,需要鲁国哀恤,代为远行,往晋国去关说。鲁季文子答赋《小雅·四月》篇,义取行役逾时,思归祭祀;这当然是表示拒绝,不愿为郑国的事再往晋一行。郑子家又赋《载驰》篇之第四章,义取小国有急,相求大国救助。鲁季文子又答赋《小雅·采薇》篇之第四章,取其"岂敢定居,一月三捷"之句,鲁国过意不去,只得答应为郑奔走,不敢安居①。

郑人赋诗,求而兼颂;鲁人赋诗,谢而后许。虽也还是"言志",可是

① 清华大学《社会科学》三卷一期,二至三面。

在办交涉，不止于酬酢了。称为“具体的重大作用”，是不错的，但赋诗究竟是酬酢的多。

不过就是酬酢的赋诗，一面言一国之志，一面也还流露着赋诗人之志，他自己的为人。垂陇之会，范文子论伯有、子展、印氏等的先亡后亡，便是从这方面着眼，听言知行而加推断的。《汉书》三十《艺文志》说：“古者诸侯卿大夫交接邻国，以微言相感，当揖让之时，须称诗以谕其志。盖以别贤不肖而观盛衰焉。”这也是“观志”，《荀子》里称为“观人”。春秋以来很注重观人，而“观人以言”（《非相》篇）更多见于记载。“言”自然不限于赋诗，但“诗以言志”，“志以定言”[①]，以赋诗“观人”也是顺理成章的。如此论诗，“言志”便引申了表德一义，不止于献诗陈志那样简单了。再说春秋时的赋诗虽然有时也有献诗之义，如上文所论，但外交的赋诗却都非自作，只是借诗言志。借诗言志并且也不限于外交，《国语·鲁语下》有一段记载：

> 公父文伯之母欲室文伯，飨其宗老，而为赋《绿衣》之三章。老请守龟卜室之族。师亥闻之曰：“善哉！男女之飨，不及宗臣；宗室之谋，不过宗人。谋而不犯，微而昭矣。诗所以合意，歌所以咏诗也。今诗以合室，歌以咏之，度于法矣！”

《绿衣》之三章云：“我思古人，实获我心。”韦昭解这回赋诗之志是“古之贤人正室家之道，我心所善也”。可见这种赋诗也用在私室

① 《左传·昭公二十九年》。

的典礼上。韦昭解次“合”字为“成”；以现在的诗合自己的意，而以成礼，是这种赋诗的确释。清劳孝舆《春秋诗话》卷一云：

> 风诗之变，多春秋间人所作。……然作者不名，述者不作，何欤？盖当时只有诗，无诗人。古人所作，今人可援为己诗，彼人之诗，此人可赓为自作，期于“言志”而止。人无定诗，诗无定指，以故可名不名，不作而作也。

论当时作诗和赋诗的情形，都很确切。

这种赋诗的情形关系很大。献诗的诗都有定指，全篇意义明白。赋诗却往往断章取义，随心所欲，即景生情，没有定准。譬如《野有蔓草》，原是男女私情之作，子大叔却堂皇的赋了出来；他只取其中“邂逅相遇，适我愿兮”两句，表示欢迎赵孟的意思。上文“野有蔓草，零露漙兮。有美一人，清扬婉兮”，以及下章，恐怕都是不相干的[①]。断章取义只是借用诗句作自己的话。所取的只是句子的文义，就是字面的意思；而不管全诗和用意，就是上下文的意思。——有时却也取喻义，如《左传·昭公元年》，郑伯享赵孟，鲁穆叔赋《鹊巢》，便是以“鹊巢鸠居”“喻晋君有国，赵孟治之”（杜预注）。但所取喻义以易晓为主；偶然深曲些，便须由赋诗人加以说明[②]。那时代只要诗熟，听人家赋，总知道所要言的志；若取喻义，

① 《左传·僖公二十三年》“公赋《六月》”句《正义》云：“古者礼会，因古诗以见意，故言赋诗断章也。其全称诗篇者，多取首章之义。”

② 如《左传·昭公元年》，鲁穆叔赋《采蘩》篇给赵孟听，那诗的首章云：“于以（何）采蘩？于沼于沚。于以（何）用之？公侯之事。”穆叔说明他的用意是：“小国像蘩草似的，大国若爱惜着用它，它总听用的。”

就不能如此共晓了。听了赋诗而不知赋诗人的志的，大概是诗不熟，唱着听不清楚。所以卫献公教师曹歌《巧言》篇的末章给孙蒯听，讽刺孙文子“无拳无勇，职为乱阶”。师曹存心捣乱，还怕唱着孙蒯不懂，但朗诵了一回——“以声节之曰‘诵’”，“诵”是有节奏的[①]——孙蒯告诉孙文子，果然出了乱子[②]。还有，不明了事势也不能知道赋诗人的志。齐庆封聘鲁，与叔孙穆子吃饭，不敬。叔孙赋《相鼠》，讽刺他“人而无仪，不死何为”！他竟不知道。后来因乱奔鲁，叔孙穆子又请他吃饭，他吃品还是不佳，叔孙不客气，索性教乐工朗诵《茅鸱》给他听；这是逸诗，也是刺不敬的。但是庆封还是不知道[③]。他实在太糊涂了！赋诗大都是自己歌唱。有时也教乐工歌唱；《左传》有以赋诗为“肄业”（习歌）的话，有“工歌”“使大师歌”的话[④]，又刚才举的两例中也由乐工诵诗。赋诗和献诗都合乐；到春秋时止，诗乐还没有分家。

三　教诗明志

论“诗言志”的不会忘记《诗大序》，《大序》云：

> 诗者，志之所之也。在心为志，发言为诗。情动于中而形

① 《周礼·大司乐》“兴道讽诵言语”郑玄注。《墨子·公孟》篇“诵诗三百，弦诗三百，歌诗三百，舞诗三百”，“诵”无弦乐相配，似乎只有节奏——也许是配鼓罢。

② 《左传·襄公十四年》。

③ 《左传》襄公二十七年、二十八年。

④ 分见《左传》文公四年，襄公四年、十四年。

于言;言之不足,故嗟叹之;嗟叹之不足,故永歌之;永歌之不足,不知手之舞之,足之蹈之也。情发于声,声成文谓之音。……故正得失,动天地,感鬼神,莫近于诗。先王以是经夫妇,成孝敬,厚人伦,美教化,移风俗。

前半段明明从《尧典》的话脱胎。《大序》托名子夏,而与《毛传》一鼻孔出气,当作于秦、汉之间。文中说“在心为志,发言为诗”,却又说“情动于中而形于言”,又说“吟咏情性,以风其上”。《正义》云:“情谓哀乐之情。”“志”与“情”原可以是同义词;感于哀乐,“以风其上”,就是“言志”。“在心”两句从“诗言志”“志以发言”①“志以定言”等语变出,还是“诗言志”之意;但特别看重“言”,将“诗”与“志”分开对立,口气便不同了。此其一。既说“情动于中而形于言”,又说“情发于声”,可见诗与乐分了家。此其二。“正得失”是献诗陈志之义,“动天地,感鬼神”,似乎就是《尧典》的“神人以和”。但说先王以诗“美教化,移风俗”,却与献诗陈志不同;那是由下而上,这是由上而下。也与赋诗言志不同,赋诗是“为宾荣”,见已德——赋诗人都是在上位的人。此其三。献诗和赋诗都着重在听歌的人,这里却多从作诗方面看。此其四。总而言之,这时代诗只重义而不重声,才有如上的情形。还有,陆贾《新语·慎微》篇也说道:

故隐之则为道,布之则为文(衍文?)诗;在心为志,出口为辞。

---

① 《左传·襄公二十七年》。

“出口为辞”更见出重义来。而以诗为“道”之显，即以“布道”为“言志”，虽然也是重义的倾向，却能阐明“诗言志”一语的本旨。

诗与乐分家是有一段历史的。孔子时雅乐就已败坏，诗与乐便在那时分了家。所以他说：“恶郑声之乱雅乐也。”（《论语·阳货》）又说：“兴于《诗》，立于《礼》，成于《乐》。”（《泰伯》）诗与礼乐在他虽还联系着，但已呈露鼎足三分的形势了。当时献诗和赋诗都已不行。除宴享祭祀还用诗为仪式歌，像《仪礼》所记外①，一般只将诗用在言语上；孔门更将它用在修身和致知——教化——上。言语引诗，春秋时就有，见于《左传》的甚多。用在修身上，也始于春秋时。《国语·楚语》上记庄王使士亹傅太子箴，士亹问于申叔时，叔时道：

> ……教之诗而为之导广显德，以耀明其志。

韦昭解云：“导，开也。显德谓若成汤、文、武、周公之属，诸诗所美者也。”“耀明其志”指受教人之志，就是读诗人之志；“诗以言志”，读诗自然可以“明志”。又上引范文子论赋诗，从诗语见伯有等为人，就已包含诗可表德的意思，到了孔子，话却说得更广泛了。他说：

> 小子何莫学夫诗！诗可以兴，可以观，可以群，可以怨，迩之事父，远之事君，多识于鸟兽草木之名。
>
> （《阳货》）

① 孔子曰：“《关雎》乐而不淫，哀而不伤。”（《论语·八佾》）又曰：“师挚之始，《关雎》之乱，洋洋乎盈耳哉！”（《泰伯》）都是论乐的话，故知当时这种仪式歌尚有存者，乐工也还有。

“多识于鸟兽草木之名”，是将诗用在致知上；“诗”字原有“记忆”、“记录”之义，所以可用在致知上。但这与“言志”无关，可以不论。兴观群怨，事父事君，说得作用如此广大，如此详明，正见诗义之重。但孔子论诗，还是断章取义的，与子贡论“如切如磋，如琢如磨”（《学而》），与子夏论“巧笑倩兮，美目盼兮，素以为绚兮”（《八佾》）可见；不过所取是喻义罢了。又，孔子惟其重诗义，所以才说：

> 诗三百，一言以蔽之，曰“思无邪”。
>
> （《为政》）

后来《礼记·经解》篇的“温柔敦厚，诗教也”，《诗纬含神雾》的“诗者持也”[①]，《汉书》卷二十二《礼乐志》的“省其诗而志正”，卷三十《艺文志》的“诗以正言，义之用也”，似乎都是从孔子的话演变出来的。《诗大序》所说“经夫妇，成孝敬，厚人伦，美教化，移风俗”，也是从兴观群怨、事父事君等语演变出来的。儒家重德化，儒教盛行以后，这种教化作用极为世人所推尊，“温柔敦厚”便成了诗文评的主要标准。

孟子时古乐亡而新声作[②]，诗更重义了。他说：

> 故说诗者不以文害辞，不以辞害志。以意逆志，是为得之。
>
> （《万章上》）

---

① 《毛诗正义·诗谱序》“然则诗之道放于此乎”句下引。

② 《古史辨》卷三下三五二至三五八面。

又说：

> 颂(诵)其诗，读其书，不知其人，可乎？是以论其世也。是尚(上)友也。
>
> (《万章下》)

“以意逆志”是以己意己志推作诗之志；而所谓“志”都是献诗陈志的“志”，是全篇的意义，不是断章的意义。“不以文害辞，不以辞害志”是反对断章的话。孟子虽然还不免用断章的方法去说诗，但所重却在全篇的说解，却在就诗说诗，看他论《北山》《小弁》《凯风》诸篇可见(《告子下》)。他用的便是“以意逆志”的方法。至于“知人论世”，并不是说诗的方法，而是修身的方法，“颂诗”“读书”与“知人论世”原来三件事平列，都是成人的道理，也就是“尚友”的道理。后世误将“知人论世”与“颂诗读书”牵合，将“以意逆志”看作“以诗合意”，于是乎穿凿傅会，以诗证史。《诗序》就是如此写成的。但春秋赋诗只就当前环境而“以诗合意”。《诗序》却将“以诗合意”的结果就当作“知人论世”，以为作诗的“人”“世”果然如此，作诗的“志”果然如此；将理想当作事实，将主观当作客观，自然教人难信。

先秦及汉代多有论“六经”大义的。《庄子·天下》篇云：

> 其在于《诗》《书》《礼》《乐》者，邹、鲁之士搢绅先生多能明之。《诗》以道志，《书》以道事，《礼》以道行，《乐》以道和，《易》以道阴阳，《春秋》以道名分。

这也许是论“六经”大义之最早者。“道志”就是“言志”——《释文》说，道音导，虽本于《周礼·大司乐》，却未免迂曲。又《荀子·儒效》篇云：

> 圣人也者，道之管也，天下之道管是矣，百王之道一是矣。故《诗》《书》《礼》《乐》之（道）归是矣。《诗》言是，其志也①。《书》言是，其事也。《礼》言是，其行也。《春秋》言是，其微也。

这与《天下》篇差不多；但说《诗》只言圣人之志，便成了《诗序》的渊源了。又董仲舒《春秋繁露·玉杯》篇云："诗道志，故长于质。礼制节，故长于文。……"近人苏舆《义证》曰："诗言志，志不可伪，故曰质。"质就是自然。又《汉书·司马迁传》引董仲舒云："诗以达意。""达意"与"言志"同。又《法言·寡见》篇云："说志者莫辨乎诗。""说志"也与"言志"同。这些也都重在诗义上。

诗既重义，献诗原以陈志，有全篇本义可说。赋诗断章，在当时情境中固然有义可说；离开当时情境而就诗论诗，有些本是献诗，也还有义；有些不是献诗，虽然另有其义，却不可说或不值得说，像《野有蔓草》一类男女私情之作便是的。这些既非讽与颂，也无教化作用，便不是"言志"的诗。在赋诗流行的时候，因合乐而存在；诗乐分家，赋诗不行之后，这些诗便失去存在的理由，但事实上还存在着。为了给这些诗找一个存在的理由，于是乎有"陈诗观风"说。《礼记·王制》篇云：

> 岁二月，（一子）东巡守，至于岱宗……觐诸侯。……命大

① 杨倞注云"是儒之志"，以"诗言是其志也"为一句，下仿此。窃疑杨句读有误，所以改成现在样子。

> 师陈诗以观民风。

郑玄注:“陈诗,谓采其诗而视之。”孔颖达《正义》云:“乃命其方诸侯大师,是掌乐之官,各陈其国风之诗,以观其政令之善恶。”孔说似乎较合原义些。

自然,若要进一步考查那些诗的来历,“采诗”说便用得着了。《汉书·艺文志》云:

> 《书》曰:“诗言志,歌咏言。”故哀乐之心感,而歌咏之声发。诵其言谓之诗,咏其声谓之歌。故古有采诗之官,王者所以观风俗,知得失,自考正也。

采诗有官,这个官就是“行人”。《汉书》二十四上《食货志》云:

> 冬,民既入……男女有不得其所者,因相与歌咏,各言其伤。……孟春之月,群居者将散,行人振木铎徇于路以采诗①,献之大师;比其音律,以闻于天子。

这样,采诗的制度便很完备了。只看“比其音律”一语,便知是专为乐诗立说;像《左传》里“城者讴”“舆人诵”那些徒歌,是不在采录、陈献之列的。这是什么原故呢?原来汉代有采歌谣的制度,《艺文志》云:

> 自孝武立乐府而采歌谣,于是有代、赵之讴,秦、楚之风,

① 《左传·襄公十四年》引《夏书》曰:“遒人以木铎徇于路。”但无“采诗”之文。

皆感于哀乐,缘事而发,亦可以观风俗,知薄厚云。

徐中舒先生指出采诗说,便是受了这件事的暗示而创立的①;那么,就无怪乎顾不到《左传》里那些讴、诵等等了。《王制》篇出于汉儒之手,是理想,非信史,"陈诗"说也靠不住。"陈诗""采诗"虽为乐诗立说,但指出"观风",便已是重义的表现。而要"观风俗,知得失",就什么也得保存着,男女私情之作等等当然也在内了。这类诗于是乎有了存在的理由。

《诗大序》说"国史明乎得失之迹,伤人伦之废,哀刑政之苛,吟咏情性以风其上"。《汉书》所谓"哀乐之心感而歌咏之声发","感于哀乐,缘事而发",以及"各言其伤",其实也是"吟咏情性",不过"吟咏"的人不一定是"国史",也不必全是"伤人伦之废,哀刑政之苛"罢了。"吟咏情性"原已着重作诗人,西汉时《韩诗》里有"饥者歌食,劳者歌事"的话,更显明地着重作诗人,并显明地指出诗的"缘情"作用。但《韩诗·伐木》篇说云:

《伐木》废,朋友之道缺。劳者歌其事,诗人伐木,自苦其事。

说到"朋友之道",可见所重还在讽,还在"以风其上"。班氏的话,与"歌食""歌事"义略同,但归到"以观风俗",所重也还在"以风其上"。两家论到诗的"缘情"作用,都只是说明而不是评价。《伐木》篇若不关涉到朋友之道的完缺,"歌事"便无价值可言。诗歌若

① 徐中舒:《豳风说》,见中央研究院历史语言研究所《集刊》第六本第四分四三一面。

不采而陈之,"哀乐之心""歌咏之声"又有何用?可见这类"缘情"的诗的真正价值并不在"缘情",而在表现民俗,"以风其上"。不过献诗时代虽是作诗陈一己的志,却非关一己的事。赋诗时代更只以借诗言一国之志为主;偶然有人作诗——那时一律称为"赋"诗——也都是讽颂政教,与献诗同旨。总之,诗乐不分家的时代只着重听歌的人;只有诗,无诗人,也无"诗缘情"的意念。诗乐分家以后,教诗明志,诗以读为主,以义为用;论诗的才渐渐意识到作诗人的存在。他们虽还不承认"诗缘情"的本身价值,却已发现了诗的这种作用,并且认为"王者"可由这种"缘情"的诗"观风俗,知得失,自考正"。那么"缘情"作诗竟与"陈志"献诗殊途同归了。但《诗大序》既说了"在心为志,发言为诗",又说"情动于中而形于言",又说"吟咏情性";后二语虽可以算是"言志"的同义语,意味究竟不同。《大序》的作者似乎看出"言志"一语总关政教,不适用于原是"缘情"的诗,所以转换一个说法来解释。到了《韩诗》及《汉书》时代,看得这情形更明白,便只说"歌食""歌事",只说"哀乐之心","各言其伤",索性不提"言志"了。可见"言志"跟"缘情"到底两样,是不能混为一谈的。

四　作诗言志

战国以来,个人自作而称为诗的,最早是《荀子·赋》篇中的《佹诗》,首云:

天下不治,请陈佹诗。

杨倞注："请陈佹异激切之诗，言天下不治之意也。"诗以四言为主，虽不合乐，还是献诗讽谏的体裁。其次是秦始皇教博士作的《仙真人诗》，已佚。他游行天下的时候，"传令乐人歌弦之"①，大约是献诗颂美一类。西汉如韦孟作的《讽谏诗》，韦玄成作的《自劾诗》等②，也都是四言，或以讽人，或以自讽，不合乐，可还是献诗的支流余裔。不过当时这种诗并不多。诗不合乐，人们便只能读，只能揣摩文辞，作诗人的名字倒有了出现的机会，作诗人的地位因此也渐渐显著。但真正开始歌咏自己的还得推"骚人"，便是辞赋家。辞赋家原称所作为"诗"，而且是"言志"的"诗"。《楚辞·悲回风》篇道：

> 介眇志之所惑兮，窃赋诗之所明。

又庄忌《哀时命》篇道：

> 志憾恨而不逞兮，抒中情而属诗。

说得都很明白。既然是"诗"，自然就有"言志"作用。

《韩诗外传》卷七记着：

> 孔子游于景山之上，子路、子贡、颜渊从。
>
> 孔子曰："君子登高必赋。小子愿者何？言其愿，丘将启汝。"

① 《史记·秦始皇本纪》。
② 《汉书》七十三《韦贤传》。

子路曰:"由愿奋长戟,荡三军,乳虎在后,仇敌在前,蠡跃蛟奋,进救两国之患。"孔子曰:"勇士哉!"

子贡曰:"两国构难,壮士列阵,尘埃涨天。赐不持一尺之兵,一斗之粮,解两国之难;用赐者存,不用赐者亡。"孔子曰:"辩士哉!"

颜回不愿。孔子曰:"回何不愿?"颜渊曰:"二子已愿,故不敢愿。"孔子曰:"不同,意各有事焉。回其愿,丘将启汝。"颜渊曰:"愿得小国而相之,主以道制,臣以德化;君臣同心,外内相应。列国诸侯莫不从义向风。壮者趋而进,老者扶而至。教行乎百姓,德施乎四蛮;莫不释兵,辐辏乎四门。天下咸获永宁。蝖飞蠕动,各乐其性;进贤使能,各任其事。于是君绥于上,臣和于下;垂拱无为,动作中道,从容得礼。言仁义者赏,言战斗者死。则由何进而救,赐何难之解!"孔子曰:"圣士哉!大人出,小子匿,圣者起,贤者伏。回与执政,则由、赐焉施其能哉!"

这个故事又见于同书卷九、《说苑·指武》篇及伪《家语·致思》篇,但"君子登高必赋"一语都作"二三子各言尔志"。三人所陈皆关政教,确合"言志"本旨。这故事未必真,却可见"赋者古诗之流"(班固《两都赋序》中语),也跟诗一样可以"言志"①。所以《汉书·艺文志》道:

春秋之后,周道浸坏。聘问歌咏不行于列国,学诗之士逸

① 参看彭仲铎:《汉赋探原》,《国文月刊》二十二期。

在布衣,而贤人失志之赋作矣。大儒孙卿及楚臣屈原,离谗忧国,皆作赋以风,咸有恻隐古诗之义。

“贤人失志”而作赋,用意仍在乎“风”,这是确有依据的。不过荀、屈两家并不相同。荀子的《成相辞》和《赋》篇还只是讽;屈原的《离骚》《九章》,以及传为他所作的《卜居》《渔父》,虽也歌咏一己之志,却以一已的穷通出处为主,因而“抒中情”的地方占了重要的地位——宋玉的《九辩》更其如此。这是一个大转变,“诗言志”的意义不得不再加引申了;《诗大序》所以必须换言“吟咏情性”,大概就是因为看到了这种情形。

汉兴以来有所谓“辞人之赋”,“竞为侈丽闳衍之词,没其讽谕之义”①;虽也托为“言志”,其实是“劝百而讽一”②。这些似乎是《荀子·赋》篇中《云》《蚕》《箴》(鍼)等篇的扩展,加上屈、宋的辞。沈约《宋书·谢灵运传论》说“自汉至魏”“文体三变”,第一提到的便是“相如工为形似之言”。“形似之言”扼要的说明了“辞人之赋”。“形似”不是“缘情”而是“体物”,现在叫作“描写”,却能帮助发挥“缘情”作用。东汉的赋才真走上“屈原赋”的路;沈约说“二班长于情理之说”,正指此。“情理”就是“情性”③,也就是“志”;这是将“诗言志”跟“吟咏情性”调和了的语言。那时有冯衍的《显志赋》,他的《自论》云:

顾尝好俶傥之策,时莫能听用其谋。喟然长叹,自伤不

---

① 《汉书·艺文志》。
② 《汉书·司马相如传赞》引扬雄语。
③ 《礼记·乐记》“天理灭矣”郑玄注:“理犹性也。”

> 遇。久栖迟于小官，不得舒其所怀。抑心折节，意悽情悲。……乃作赋自厉，命其篇曰《显志》。“显志”者，言光明风化之情，昭章玄妙之思也①。

所谓“显志”，还是自讽“自厉”，但赋的只是一己的穷通。《文选》所录“志赋”，班固《幽通》的“致命遂志”，张衡《思玄》的“宣寄情志”②，其实都是如此；张衡的《归田赋》也只言一己的出处，文同一例。此外可称为“志赋”的还多，明题“志”字的也不少，梁元帝一篇简直题为《言志》③，都是这一类。《檀弓》篇所记“言志”一语，本指穷通而说，如前所论。但“诗”言一己穷通，却从“骚人”才开始。从此“诗言志”一语便也兼指一己的穷通出处。士大夫的穷通出处都关政教，跟“饥者歌食，劳者歌事”原不相同，称为“言志”，也自有理。沈约还说“子建（曹植）、仲宣（王粲）以气质为体”，那却是“缘情”的赋，不能称为“言志”了。

东汉时五言诗也渐兴盛。班固《咏史》述缇萦事，结云：“百男何愦愦，不如一缇萦。”④还是感讽之作。到了汉末，有郦炎作诗二篇，其一云：

> 大道夷且长，窘路狭且促。修翼无卑栖，远趾不步局。舒吾凌霄羽，奋此千里足。超迈绝尘驱，倏忽谁能逐！贤愚岂尝类，禀性在清浊。富贵有人籍，贫贱无天录。通塞苟由己，志

---

① 《后汉书》五十八下本传。

② 《汉书》七十上《叙传》，《后汉书》八十九《张衡传》。

③ 《文选》十四至十六，又《历代赋汇外集》一至六。

④ 《史记·仓公传》张守节《正义》引。

士不相卜。陈平敖里社,韩信钓河曲。终居天下宰,食此万钟禄。德音流千载,功名重山岳①。

这篇和另一篇,后世题为《见志诗》。诗中道"通塞苟由己,志士不相卜","通塞"就是穷通。又《后汉书·仲长统传》也记他"作诗二篇,以见其志",却是四言。郦炎的《见志》是"吟咏情性",自述怀抱,而归于政教。仲长统的《见志》也是自述怀抱,但歌咏的是人生"大道",人生义理;人生义理不离出世、入世两观——仲长统歌咏的是出世观——可以表见德性,并且也还是一种出处,也还反映着政教。后来清代纪昀论"诗言志",说志是"人品学问之所见",又说诗"以人品心术为根柢"②,正指的这种表见德性而言。当时只有秦嘉《留郡赠妇诗》五言三篇,自述伉俪情好③,与政教无甚关涉处。这该是"缘情"的五言诗之始。五言诗出于乐府诗,这几篇——连那两篇四言——也都受了乐府诗的影响。乐府诗"言志"的少,"缘情"的多。辞赋跟乐府诗促进了"缘情"的诗的进展。《诗经》却是经学的一部门,论诗的总爱溯源于《三百篇》,其实往往只是空泛的好古的理论。这时候五言诗大盛。所谓"一字千金"的《古诗十九首》,经多人考定,便作于建安(献帝)前一个时期。魏文帝《与吴质书》云:"公干(刘桢)有逸气,但未遒耳。其五言诗之善者妙绝时人。"可见建安时五言诗的体制已经普遍,作者也多了;这时代才真有了诗人。但《十九首》还是出于乐府诗,建安诗人也是如此。到了正始(魏齐王芳)时代,阮籍才摆脱了乐府诗的格

① 《后汉书》一一〇下本传。
② 依次见《郭茗山诗集序》及《诗教堂诗集序》,《纪文达公文集》九。
③ 《玉台新咏》卷一。

调,用五言诗来歌咏自己。他“作《咏怀诗》八十余篇,为世所重”①。颜延之云:

> 嗣宗身仕乱朝,常恐罹谤遇祸。因兹发咏,故每有忧生之嗟。虽志在刺讥,而文多隐避,百代之下,难以情测。

“志在刺讥”是“讽”的传统,但“常恐罹谤遇祸”,“每有忧生之嗟”,就都是一己的穷通出处了——虽然也是与政教息息相关的。诗题《咏怀》,其实换成“言志”也未尝不可。

“诗言志”一语虽经引申到士大夫的穷通出处,还不能包括所有的诗。《诗大序》变言“吟咏情性”,却又附带“国史……伤人伦之废,哀刑政之苛”的条件,不便断章取义用来指“缘情”之作。《韩诗》列举“歌食”“歌事”,班固浑称“哀乐之心”,又特称“各言其伤”,都以别于“言志”,但这些语句还是不能用来独标新目。可是“缘情”的五言诗发达了,“言志”以外迫切的需要一个新标目。于是陆机《文赋》第一次铸成“诗缘情而绮靡”这个新语。“缘情”这词组将“吟咏情性”一语简单化、普遍化,并檃栝了《韩诗》和《班志》的话,扼要的指明了当时五言诗的趋向。他还说“赋体物而浏亮”,同样扼要的指出了“辞人之赋”的特征——也就是沈约所谓“形似之言”。从陆氏起,“体物”和“缘情”渐渐在诗里通力合作,他有意的用“体物”来帮助“缘情”的“绮靡”。那时据说还有“赋诗观志”的局面。干宝《晋纪》说“泰始(武帝)四年上幸芳林园,与群臣赋诗观志”;孙盛《晋阳秋》说“散骑常侍应贞诗最美”②。应贞的

① 《晋书》四十九本传。

② 《文选》二十。

诗见《文选》卷二十"公宴诗",是四言,题为《晋武帝华林园集》,是颂美的献诗。但一般的五言诗却走向"缘情"的路。《文选》二十三有潘岳《悼亡诗》三首,第二首中道:"上惭东门吴,下愧蒙庄子。赋诗欲言志,此志难具纪。命也可奈何!长戚自令鄙。"合看这六语,所谓"赋诗言志",显然指的人生义理。可是就三首诗全体而论,却都是"缘情"之作。东晋有"玄言诗",抄袭《老》《庄》文句,专一歌咏人生义理,诗钻入一种狭隘的"言志"的觭角里,终于衰灭无存。于是再走上那"缘情"的路。这时代诗人也还有明言自述己志的,可是只指穷通出处,或竟是歌咏人生的"缘情"之作。陶渊明《五柳先生传》说"常著文章自娱,颇示己志"。他志在田园,而又从田园中体验人生;所谓"示志",兼包这两义而言。谢灵运在《山居赋》里也说"援纸握管……诗以言志";他从山水的赏悟中歌咏自己的穷通出处——诗却以"体物"著。还有江淹《杂体诗》中拟嵇康的一首(《文选》三十一),题为《言志》,却以歌咏人生义理为主。

六朝人论诗,少直用"言志"这词组的。他们一面要表明诗的"缘情"作用,一面又不敢无视"诗言志"的传统;他们没有胆量全然撂开"志"的概念,径自采用陆机的"缘情"说,只得将"诗言志"这句话改头换面,来影射"诗缘情"那句话。范晔所谓"见志"便是如此,已见上引。又,沈约《宋书·谢灵运传论》云:"民禀天地之灵,含五常之德,刚柔迭用,喜愠分情。夫志动于中,则歌咏外发。……"文中虽提到"六义""四始",可并不阐发"风化""风刺"的理论。"志动于中"就是《诗大序》的"情动于中";"刚柔"是性,"喜愠"明说是情,一般的性情便是他所谓"志"。这也就是《诗大序》说的"吟咏情性",只是居然断章取义的去了那些附带的条件。《文心雕龙·明诗》篇云:"人禀七情,应物斯感;感物吟志,莫非自然。"这个"志"明指"七情";"感物吟志"既"莫非自然","缘情"作用也就包在其中。《诗品序》云:"气之动物,物之感人,故摇荡性情,形诸舞咏。"以下列举物候人情,又云:"凡斯种种,感荡心灵。非陈诗何以展其义,非长歌何以骋其情!故曰,诗'可以群,可以怨'。使穷贱易安,幽居靡闷,莫尚于诗矣。"这里只说"性情""心灵",不提"志"字;但"陈诗展义"和"长歌骋情","穷贱易安"和"幽居靡闷",都是"言志""缘情"之别,又引孔子的话,更明是尊重传统的表现。不过孔子是论读诗,锺嵘引用"可以群,可以怨",却移来论作诗——"可以兴,可以观"意义分明,不能移用,所以略去。建安以来既有了诗人,论诗的自然就注重作诗了。

梁代裴子野作《雕虫论》,抨击当时作诗的人。他说:

> 古者"四始""六义",总而为诗。既形四方之气,且彰君子之志;劝美惩恶,王化本焉。……宋初迄于元嘉(文帝),多为经史。大明(孝武帝)之代,实好斯文。……自是闾阎年少,贵游总角,罔不摈落六艺,吟咏情性。学者以"博依"为急务,谓章句为专鲁,淫文破典,斐尔为功。无被于管弦,非止乎礼义。深心主卉木,远志极风云。其兴浮,其志弱,巧而不要,隐而不深。
>
> (《文苑英华》七四二)

他在主张恢复经学,也在主张恢复"诗言志"的传统;诗至少要吟咏穷通出处,不当在"卉木""风云"里兜圈子。他抨击的是"缘情""体物"的诗。他引用"吟咏情性"一语,实指"缘情"而言。这揭穿了一般调和论者的把戏。但他虽能看出"言志"跟"吟咏情性"

不同，在“远志”和“其志弱”二语里却还将所谓“志”与“情”混为一谈。这可见词语的一般用例影响之大。《雕虫论》并没有能够挽回“缘情”的五言诗的趋势，更没有能够恢复“志”字的传统用例。反之，那“情”“志”含混或调和的语例，倒渐渐标准化起来。唐代孔颖达《毛诗正义》解释《诗大序》里“诗者，志之所之也。在心为志，发言为诗”几句道：

> 此又解作诗所由。诗者，人志意之所之适也。虽有所适，犹未发口，蕴藏在心，谓之为“志”。发见于言，乃名为“诗”。言作诗者，所以舒心志愤懑，而卒成于歌咏。故《虞书》谓之“诗言志”也。包管万虑，其名曰“心”；感物而动，乃呼为“志”。志之所适，万物感焉。言悦豫之志，则和乐兴而颂声作；忧愁之志，则哀伤起而怨刺生。《艺文志》云：“哀乐之情感，歌咏之声发。”此之谓也。

这里“所以舒心志愤懑”，“感物而动，乃呼为‘志’”，“言悦豫之志”，“忧愁之志”，都是“言志”“缘情”两可的含混的话。孔氏诗学，上承六朝，六朝诗论免不了影响经学，也不免间接给他影响。这正是时代使然。“志”“情”含混的语例既得经学的接受，用来解释《诗大序》里那几句话，这个语例便标准化了，更有权威了。

不过直用“言志”这词组，就不能如此含混过去。这词组虽然渐渐少用在讽与颂的本义上，但总还贴在穷通出处上说，不离政教。唐代李白有《春日醉起言志》诗云：

> 处世若大梦，胡为劳其生？所以终日醉，颓然卧前楹。觉

来盼庭前,一鸟花间鸣。借问此何时?春风语流莺。感之欲叹息,对酒还自倾。浩歌待明月,曲尽已忘情。

(《李太白集》二十四)

这里歌咏人生义理,是一种隐逸的出世观,也是一种出处的怀抱,所以题为“言志”。又白居易的《初除户曹喜而言志》诗云:

诏受户曹掾,捧认感君恩。感恩非为己,禄养及吾亲。弟兄俱簪笏,新妇俨衣巾;罗列高堂下,拜庆正纷纷。俸钱四五万,月可奉晨昏;廪禄二百石,岁可盈仓囷。喧喧车马来,贺客满我门。不以我为贪,知我家内贫。置酒延宾客,客容亦欢欣;笑云“今日后,不复忧空樽”。答云“如君言,愿君少逡巡。我有平生志,醉后为君陈:人生百岁期,七十有几人?浮荣及虚位,皆是身之宾。唯有衣与食,此事粗关身。苟免饥寒外,余物尽浮云”。

(《白氏长庆集》五)

这也是穷通出处的怀抱,所谓“平生志”,是一种入世观。白氏在《与元九(稹)书》中将自己的诗分为“讽谕诗”“闲适诗”等四类,这一篇便在“闲适诗”里。他说:

仆志在兼济,行在独善。奉而始终之则为道,言而发明之则为诗。谓之“讽谕诗”,“兼济”之志也。谓之“闲适诗”,“独善”之义也。故览仆诗者,知仆之道焉。

“兼济”的“讽谕诗”不用说整个儿是“言志”的,“独善”的“闲适诗”明明也有一部分是“言志”的。这是“言志”的讽颂本义跟穷通出处引申义分别应用的显例；以“兼济”与“独善”二语阐明这两个意义，最是简当明确。他说“奉而始终之则为道，言而发明之则为诗”，略同前引陆贾《新语》，却是六朝“因文明道”说的影响①。照这样说，“诗言志”简直就是“诗以明道”了——这个“道”却只指政教。这也能阐明“诗言志”一语的本旨。还有南宋王应麟《困学纪闻》十八云：

> 诗言志。“秀干终成栋，精钢不作钩”（《端州郡斋壁诗》），包孝肃之志也。“人心正畏暑，水面独摇风”（《荷花诗》），丰清敏之志也②。

三个譬喻象征着包拯和丰稷的为人；这是表见德性的诗，也是“言志”的诗，而德性是“道”的一目。

“诗言志”的传统经两次引申、扩展以后，始终屹立着。“诗缘情”那新传统虽也在发展，却老只掩在旧传统的影子里，不能出头露面。直到清代，纪昀论诗，还以“发乎情而不必止乎礼义”一派归罪于陆机这一句话，说“其究乃至于绘画横陈”③，可以为证。这中间就是文坛革命家也往往不敢背弃这个传统，因为它太古老了。如明代公安派虽说诗“以发抒性灵为主”④，竟陵派就不同一些。锺

① 《文心雕龙·原道》篇：“道沿圣以垂文，圣因文而明道。”

② 参看翁元圻注。

③ 《云林诗钞序》，《纪文达公文集》九。

④ 袁中道《珂雪斋文集》二《阮集之诗序》里说：“中郎（宗道）……以发抒性灵为主。”

惺《喜邹愚谷至白门,以中秋夜诸名士共集俞园赋诗序》篇末云:

> 履簪杂遝,高人自领孤情;丝竹喧阗,静者能通妙理。各称诗以言志,用体物而书时。①

"称诗言志",并以"体物书时"。"体物""书时"虽是"缘情"一面,"高情""妙理"却是人生义理;诗兼"言志""缘情"两用,而所谓"言志"还是皈依旧传统的。又谭友夏《王先生诗序》云:

> 予又与之述故闻曰,诗以道性情也。……夫性情,近道之物也。近道者,古人所以寄其微婉之思也。②

这里虽只说"道性情",不提"言志",但所谓"近道之物""微婉之思",其实还是"言志"论。清代袁枚也算得一个文坛革命家,论诗也以性灵为主;到了他才将"诗言志"的意义又扩展了一步,差不离和陆机的"诗缘情"并为一谈。他在《与邵厚庵太守论杜茶村文书》中说道:

> 诗言志。劳人思妇都可以言,《三百篇》不尽学者作也。
>
> (《小仓山房文集》十九)

劳人思妇都是在"言志",这是前人不曾说过的。可是在《随园诗

① 见明郑元勋:《媚幽阁文娱》铅印本九二面;检《锺伯敬合集》,此文未收入。
② 《谭友夏合集》九。

话》一文里他又道：

> 《三百篇》半是劳人思妇率意言情之事。

那么，他所谓“言志”“言情”只是一个意义了。这是将“诗言志”的意义第三次引申，包括了“歌食”“歌事”和“哀乐之心”“各言其伤”那些话。

袁氏以为“诗言志”可以有许多意义，在《再答李少鹤书》列举他以为的：

> 来札所讲“诗言志”三字，历举李、杜、放翁之志，是矣，然亦不可太拘。诗人有终身之志，有一日之志，有诗外之志，有事外之志，有偶然兴到，流连光景，即事成诗之志；“志”字不可看杀也。谢傅游山，韩熙载之纵伎，此岂其本志哉？
>
> （《小仓山房尺牍》十）

这里“志”字含混着“情”字。列举的各项，界划不尽分明。“终身之志”似乎是出处穷通，“事外之志”似乎是出世的人生观；这些是与旧传统相合的。别的就不然。作例的“谢傅游山”也合于“诗言志”的旧义，上文已论。“韩熙载之纵伎”也许是所谓“诗外之志”，就是古诗所谓“行乐须及时”；但“发乎情”而不“止乎礼义”，只是“缘情”或“言情”，不是传统的“言志”。不过袁氏所谓“言情”却又与“缘情”不同。他在《答蕺园论诗书》里说愿效白傅（白居易）、樊川（杜牧），不愿删自己的“缘情诗”，并有“情所最先，莫如男女”的话（《小仓山房文集》三十）。那么，他所谓“缘情诗”，只是男女私情之作，这显然曲解了陆机原语。然而按他所举那“纵使”的例，似乎就是这种狭义的“缘情诗”也可算作“言志”。这样的“言志”的诗倒跟我们现代译语的“抒情诗”同义了。“诗缘情”那传统直到这时代才算真正抬起了头。到了现在，更有人以“言志”和“载道”两派论中国文学史的发展，说这两种潮流是互为起伏的。所谓“言志”是“人人都得自由讲自己愿意讲的话”；所谓“载道”是“以文学为工具，再借这工具将另外的更重要的东西——道——表现出来”①。这又将“言志”的意义扩展了一步，不限于诗而包罗了整个儿中国文学。这种局面不能不说是袁枚的影响，加上外来的“抒情”意念——“抒情”这词组是我们固有的，但现在的涵义却是外来的——而造成。现时“言志”的这个新义似乎已到了约定俗成的地位。词语意义的引申和变迁本有自然之势，不足惊异；但我们得知道，直到这个新义的扩展，“‘文以载道’，‘诗以言志’，其原实一”②。

与“诗言志”这一语差不多同时或较早，还有“言以足志”一语。《左传·襄公二十五年》引孔子赞子产道：

> 志（古书）有之：“言以足志，文以足言。”不言，谁知其志？言之无文，行而不远。晋为伯，郑入陈，非文辞不为功，慎辞也。

杜注：“足，犹成也。”照《左传》的记载及孔子的解释，“言”是“直言”③，“文”是“文辞”。言以成意，还只是说明；文以行远，便是评

① 邓恭三记录：《中国新文学的源流》三七面、三四面。
② 《山谷全书》清盛炳炜序中语。
③ 《说文·言部》：“直言曰言，论难曰语。”

价了。这与“诗言志”原来完全是两回事，后世却有混而为一的。唐中叶古文运动先驱诸人，往往如此。如独孤及《赵郡李公中集序》云：

> 志非言不形，言非文不彰。是三者相为用，亦犹涉川者假舟楫而后济。自“典谟”缺，“雅颂”寝，王道陵夷，文教下衰。故作者往往先文字，后比兴。其风流荡而不返，乃至有饰其词而遗其意者，则润色愈工，其实愈丧。……天下雷同，风驰云趋，文不足言，言不足志。亦犹木兰为舟，翠羽为楫，玩之于陆而无涉川之用。
>
> （《毗陵集》十三）

他以“足志”“足言”为讽颂（比兴），便是“诗言志”的影响，而不是那两句话的本义了。又有将这两句话与《诗大序》的话参合起来的，如尚衡《文道元龟》论“志士之文”云：

> 志士之作，介然以立诚，愤然有所述，言必有所讽，志必有所之，词寡而意恳，气高而调苦，斯乃感激之道焉。
>
> （《全唐文》三九四）

论文而“言”“志”并举，自然从孔子的话来，而“有所讽”“有所之”却全是《诗大序》的意思。又柳冕《答荆南裴尚书论文书》云：

> 君子之儒，学而为道，言而为经，行而为教，声而为律，和而为音。……故“在心为志，发言为诗”，谓之文；兼三才而名

之曰儒。儒之用,文之谓也。言而不能文,君子耻之。

(《全唐文》五二七)

这里“志”“言”“文”并举,却简直抄袭了《诗大序》的句子,“文”是所谓文教合一的文,作用正在讽与颂。柳冕又有《与徐给事论文书》云:

文章本于教化,形于治乱,系于国风。故在君子之心为志,形君子之言为文,论君子之道为教。

(《全唐文》五二七)

也是“志”“言”“文”并举,也抄《诗大序》,可是“志”之外又叠床架屋加上一个“道”,这是六朝以来“文以明道”说的影响。道的概念比志的概念广泛得多,用以论文,也许合适些。“文以言志”说虽经酝酿,却未确立,大概就是这个原故了①。

① 参看金克木:《为载道辩》,见民国二十四年十二月五日天津《益世报·读书周刊》。

比　　兴

一　《毛诗》《郑笺》释兴

《诗大序》说：

> 诗有六义焉：一曰风，二曰赋，三曰比，四曰兴，五曰雅，六曰颂。

《周礼·春官·大师》称为“六诗”，次序相同。孔颖达《毛诗正义》说：

> 然则风雅颂者，诗篇之异体，赋比兴者，诗文之异辞耳。大小不同而得并为六义者，赋比兴是诗之所用，风雅颂是诗之成形，用彼三事，成此三事，是故同称为“义”，非别有篇卷也①。

赋比兴又单称诗三义，见于锺嵘《诗品序》。风雅颂的意义，历来似

① 说本《郑志》。“南”当别出，与风、雅、颂为四，今不具论。

乎没有什么异说，直到清代中叶以后，才渐有新的解释[1]。赋比兴的意义，特别是比兴的意义，却似乎缠夹得多；《诗集传》以后，缠夹得更利害，说《诗》的人你说你的，我说我的，越说越糊涂。在诗论上，我们有三个重要的，也可说是基本的观念："诗言志"[2]，"比兴"，"温柔敦厚"的"诗教"[3]。后世论诗，都以这三者为金科玉律。"诗教"虽托为孔子的话，但似乎是《诗大序》的引申义。它与比兴相关最密。《毛传》中兴诗，都经注明，《国风》里计有七十二首之多；而照《诗大序》说，"风"是"风化""风刺"的意思，《正义》云："皆谓譬喻不斥言也。"那么，比兴有"风化""风刺"的作用，所谓"譬喻"，不止于是修辞，而且是"谲谏"了。温柔敦厚的诗教便指的这种作用。比兴的缠夹在此，重要也在此。

《毛诗》注明"兴也"的共一百十六篇，占全《诗》（三〇五篇）百分之三十八。《国风》一百六十篇中有兴诗七十二；《小雅》七十四篇中就有三十八，比较最多；《大雅》三十一篇中只有四篇；《颂》四十篇中只有两篇，比较最少[4]。《毛传》的"兴也"，通例注在首章次句下。《关雎》篇首章云："关关雎鸠，在河之洲。窈窕淑女，君子好逑。""兴也"便在"在河之洲"下。但也有在首句或三句、四句下的。一百十六篇中，发兴于首章次句下的共一百零二篇，于首章首

---

① 如阮元《释颂》说"颂"就是"样子"，也就是舞容（《揅经室集》卷一）；章炳麟《小疋大疋说下》说"'雅''乌'古同声……其初秦声乌乌"（《文录》卷一）；还有，顾颉刚先生以《国风》为各国的土乐（《古史辨》三下六四七至六四八面）；傅斯年先生以雅为地名（中央研究院史语所《集刊》第一本第一分一〇六面）等。

② 《今文尚书·尧典》。

③ 《礼记·经解》篇。

④ 南宋吴泳曰："毛氏自《关雎》而下总百十六（原作百六十）篇，首系之兴，《风》七十，《小雅》四十，《大雅》四，《颂》二，注曰'兴也'。"（《困学纪闻》三）

句下的共三篇①,于首章三句下的共八篇②,于首章四句下的共二篇③。在哪一句发兴,大概凭文义而定,就是常在兴句之下。但有时也在非兴句之下,那似乎是凭叶韵。如《汉广》篇首章云:

南有乔木,不可休思。汉有游女,不可求思。……

按文义论,"兴也"该在次句下,现在却在四句下。又《终风》篇首章云:

终风且暴。顾我则笑。……

《绵》篇首章云:

绵绵瓜瓞。民之初生,自土沮漆。……

"兴也"都不在首句下,却依次在次句和三句下。这些似乎是依照叶韵,将"兴也"排在第二个韵句下。古代著述,体例本不太严密的④。

还有不在首章发兴的,但只有两篇如此。《秦风·车邻》篇首章有传,而"兴也"在次章次句下;《小雅·南有嘉鱼》篇首章次章都有传,而"兴也"在三章次句下。最特殊的是《鲁颂·有駜》篇,

① 《江有汜》《芄兰》《月出》。
② 《葛覃》《行露》《采葛》《东方之日》《鸱鸮》《采芑》《黄鸟》《小雅·绵》。
③ 《汉广》《桑柔》。
④ 《匏有苦叶》《东方之日》《伐木》三篇也如此。

首章云：

有駜有駜，駜彼乘黄。夙夜在公，在公明明。振振鹭，鹭于下。鼓咽咽，醉言舞。于胥乐兮！

“駜彼乘黄”下有传，而“鹭于下”下云：

振振，群飞貌。鹭，白鸟也。“以兴”洁白之士。咽咽，鼓节也。

这里没有说“兴也”，只说“以兴”。而《小雅·鹿鸣》篇首章次句下《传》云：

兴也。苹，萍也。鹿得萍，呦呦然鸣而相呼，恳诚发乎中。“以兴”嘉乐宾客，当有诚恳相招呼以成礼也。

这里“兴也”之外，也说“以兴”。那么，《有駜》篇也可算是兴诗了。不注“兴也”，是因为前有“駜彼乘黄”一喻①，与别的“兴”之前无他喻者不一例。但是为什么偏要在六句“鹭于下”下发兴，创一特例呢？原来《周颂》有《振鹭》篇，首四句云：

振鹭于飞，于彼西雝。我客戾止，亦有斯容。

① 《传》以为喻。

《传》于次句下云：

> 兴也。振振，群飞貌。鹭，白鸟也。雝，泽也。

诗意以“振鹭”比“客”，毛氏特地指出鹭是“白鸟”，正是所谓“以兴洁白之士”的意思。“振振鹭，鹭于飞”也就是“振鹭于飞”，后者既然是兴，前者自然也该是兴了。《车邻》篇次章和《南有嘉鱼》篇三章之所以是兴，理由正同。《车邻传》以“阪有漆，隰有栗”为兴。按《唐风 · 山有枢》篇首章云“山有枢，隰有榆”，《传》：“兴也。”次章云“山有栲，隰有杻”，三章云“山有漆，隰有栗”，与“阪有漆”二句只差一字。《传》既于“阪有漆”二语下发兴，当也以“山有漆”二语为兴；那么，《山有枢》篇首章的“兴也”是贯到全篇各章的了。《南有嘉鱼传》以“南有樛木，甘瓠累之”为兴。按《周南 · 樛木》篇首章云“南有樛木，葛藟累之”，《传》：“兴也。”《南有嘉鱼》篇只将“葛藟”换了“甘匏”，别的都一样，所以《传》也称为兴。总之，《车邻》《南有嘉鱼》《有駜》三篇，都因为有类似“编次在前的兴诗”里的句子，《传》才援例称为兴，与别的兴诗不一样。

类似的例子还有《小雅》的《鸳鸯》与《白华》二篇。《鸳鸯》篇是兴诗，次章云：“鸳鸯在梁，戢其左翼。”《白华》篇七章也以此二句始。但《白华》篇原是兴诗，首章既已注了“兴也”，七章就可以不用注了。再有《召南 · 草虫》篇首章云：

> 喓喓草虫，趯趯阜螽。未见君子，忧心忡忡。亦既见止，亦既觏止，我心则降。

《传》于次句发兴。而《小雅·出车》篇五章云：

喓喓草虫，趯趯阜螽。未见君子，忧心忡忡。既见君子，我心则降。赫赫南仲，薄伐西戎。

这里前六句与《草虫》篇首章几乎全同。《出车》篇不是兴诗，这一章却不指出是兴，而且全然无传，也许是偶然的疏忽罢。至于《郑风·扬之水》篇首章、次章的首二句和《王风·扬之水》篇次章、首章全同，而在《王风》题为兴诗，在《郑风》却不然，是不合理的，疑心“兴也”两字传写脱去[①]。

《毛传》“兴也”的“兴”有两个意义，一是发端[②]，一是譬喻；这两个意义合在一块儿才是“兴”。《诗》文里“兴”字共见了十六次，但只有一次有传，在《大雅·大明》篇“维予侯兴”下，云：

兴，起也。

《说文》三篇上《舁部》同。“兴也”的“兴”正是“起”的意思。这个“兴”字大概出于孔子“兴于诗”（《论语·泰伯》）、“诗可以兴”（《阳货》）那两句话[③]。何晏《论语集解》引包咸说前一句云：“兴，起也。言修身当先学《诗》。”又引孔安国说后一句云：“兴，引譬连

① 《唐风·扬之水》篇也是兴诗。《传》于《邶》《鄘》两《柏舟》，《邶》《小雅》两《谷风》，《唐》两《有杕之杜》，都定为兴诗。又《秦·无衣》是兴，《唐·无衣》却非兴，疑亦脱“兴也”字。

② 惠周惕《诗说》上：“毛氏独以首章发端者为兴。”

③ 《周礼》“六诗”的名称，似乎原出于乐歌；所谓“兴”，跟《毛诗》“兴也”的“兴”不同。第三章中将提及。

类。”兴是譬喻，而这种譬喻还能启发人向善，有益于修身，所以说“兴于诗”。“起”又即发端。兴是发端，只须看一百十六篇兴诗中有一百十三篇都发兴于首章（《有駜》篇是特例，未计入），就会明白。朱子《诗传纲领》说“兴者，托物兴辞”，“兴辞”其实也该是发端的意思。

兴是譬喻，“又是”发端，便与“只是”譬喻不同。前人没有注意兴的两重义，因此缠夹不已。他们多不敢直说兴是譬喻，想着那么一来便与比无别了。其实《毛传》明明说兴是譬喻：

> 《关雎传》 兴也。……后妃说乐君子之德……慎固幽深，“若”雎鸠之有别焉。
>
> 《旄丘传》 兴也。……诸侯以国相连属，忧患相及，“如”葛之蔓延相连及也。
>
> 《竹竿传》 兴也。……钓以得鱼，“如”妇人待礼以成为室家。
>
> 《南山传》 兴也。……国君尊严，“如”南山崔崔然。
>
> 《山有枢传》 兴也。……国君有财货而不能用，“如”山隰不能自用其财。
>
> 《绸缪传》 兴也。……男女待礼而成，“若”薪刍待人事而后束也。
>
> 《葛生传》 兴也。……葛生延而蒙楚，蔹生蔓于野，“喻”妇人外成于他家。
>
> 《晨风传》 兴也。……先君招贤人，贤人往之，驶疾“如”晨风之飞入北林。
>
> 《菁菁者莪传》 兴也。……君子能长育人材，“如”阿之

长莪菁菁然。

《卷阿传》 兴也。……恶人被德化而消,"犹"飘风之入曲阿也。

陈奂《诗毛氏传疏·葛藟》篇也引了这些例,说道:

曰"若"曰"如"曰"喻"曰"犹",皆比也。《传》则皆曰兴。比者,比方于物。兴者,托事于物①。作诗者之意,先以托事于物,继乃比方于物,盖言兴而比已寓焉矣。

这真是"从而为之辞",《传》意本明白,一"疏"反而糊涂了。但《传》意也只是《传》意而已,至于"作诗者之意",是很难说的。有许多诗篇的作意,我们现在老实说还不懂。按我们懂的说,和《毛诗》学、三家诗学也有大异其趣的地方。《毛传》所谓兴,恐怕有许多是未必切合"作诗人之意"的。但这一层本文不能详论,只想鸟瞰一下。

《毛传》兴诗中明言为譬喻的,只有《周颂·振鹭》一篇,已见前引,明言以"振鹭于飞"比客的样子;但喻义是否说客是"洁白之士",就不能确知了。其次,以平行句发兴的,也可确定为譬喻,虽然喻义也难尽知。如《南有樛木》篇云:

南有樛木,葛藟累之。乐只君子,福履绥之。

---

① 《周礼·大师》郑玄注引郑众说。

又如《萚兮》篇云：

萚兮萚兮，风其吹女。叔兮伯兮，倡予和女。

又如《甫田》篇云：

无田甫田，维莠骄骄。无思远人，劳心忉忉。

又如《黍苗》篇云：

芃芃黍苗，阴雨膏之。悠悠南行，召伯劳之。

《左传·隐公十一年》引周谚云："山有木，工则度之。宾有礼，主则择之。"《荀子·大略》篇引语曰："流丸止于瓯臾。流言止于智者。"都是平行的譬喻①。与所引《诗经》各句比着看，《诗经》各句也是平行的譬喻，是无疑的。但《诗经》中这种平行句并不多。其次，是兴句之下接着正句，并不平行，有时可知为譬喻，有时不可确知，而《毛传》都解为譬喻。前者喻义已多难明，后者更不用说了。前者例如《节南山》篇云：

节彼南山，维石岩岩。赫赫师尹，民具尔瞻。

又如引过的《绵》篇，都显然是譬喻。后者如《关雎》《桃夭》《麟趾》

① 陈骙《文则》称为"对喻"。参看唐钺：《修辞格》六面及黎锦熙：《修辞学·比兴》篇四十九面。

等篇都是的。但这两者也不多。以上所谓譬喻,指显喻(simile)而言。

其次,兴句孤悬,不接下句,是否譬喻,还不可知,《毛诗》也都解为譬喻。这里说“毛诗”,因为这些诗大多数必得将《传》与《序》合看,才能明白毛氏的意思;《传》老是接着《序》说,所以有时非常简略,有时非常突兀,单看是不容易懂的。如《邶风·柏舟传》云:

> 泛彼柏舟,亦泛其流。(兴也。泛泛,流貌。柏木,所以宜为舟也。亦泛泛其流,不以济度也。)耿耿不寐,如有隐忧。(耿耿,犹儆儆也。隐,痛也。)

《传》没有说出喻义,似乎让读者自行参详,其实不是的。《序》云:

> 《柏舟》,言仁而不遇也。卫顷公之时,仁人不遇,小人在侧。

柏舟泛流正是比“仁人不遇”的,合看《序》与《传》,就明白了。这个喻义切合不切合另是一事,可是《毛诗》的意思如此。又如《北风传》云:

> 北风其凉,雨雪其雱。(兴也。北风,寒凉之风。雱,盛貌。)惠而好我,携手同行。(惠,爱;行,道也。)其虚其邪,既亟只且!(虚,虚也。亟,急也。)

《传》述兴义太略，但《序》里说得清清楚楚的：

《北风》，刺虐也。卫国并为威虐，百姓不亲，莫不相携持而去焉。

全诗里这种简略的《传》有很多处，不但兴诗为然。还有，如前面引过的《齐风·南山》篇《传》云：

南山崔崔，雄狐绥绥。（兴也。南山，齐南山也。崔崔，高大也。国君尊严，如南山崔崔然。雄狐相随，绥绥然无别，失阴阳之匹。）鲁道有荡，齐子由归。（荡，平易也。齐子，文姜也。）既曰归止，曷又怀止！（怀，思也。）

说是"国君""失阴阳之匹"，而"齐子，文姜也"，又经注明，够具体的，却偏不说出国君是谁，岂不突兀？其实《序》里早说出"刺襄公也，鸟兽之行，淫乎其妹"了。这样看，《序》便不能作于《毛传》之后了[1]。这一类兴句若可称为譬喻，当是隐喻，与前一类不同。又其次，兴句也是孤悬，而《序》《传》中全见不出是譬喻。如《周南·卷耳序》、《传》云：

《卷耳》，后妃之志也，又当辅佐君子求贤审官。知臣下之勤劳，内有进贤之志而无险诐私谒之心。朝夕思念，至于忧勤也。

[1] 辨《序》的大抵举《序》《传》不合之处为言。但《传》本有反言兴义的例。《秦风·终南传》："宜以戒不宜也。"又《黄鸟传》所说兴义，都可证。

采采卷耳，不盈顷筐。（忧者之兴也。采采，事采之也。卷耳，苓耳也。顷筐，畚属，易盈之器也。）嗟我怀人，寘彼周行。（怀，思；寘，置；行，列也。）

《毛诗正义》云：

不云"兴也"而云"忧者之兴"，明有异于余兴也。余兴言菜，即取采菜喻，言生长即以生长喻。此言采菜而取忧为兴，故特言"忧者之兴"；言"兴"取其"忧"而已，不取其采菜也。

照《传》《疏》的意思，后妃忧在进贤，"朝夕思念，至于忧勤"，专心致志，念兹在兹，日常的事都不在意，所以采卷耳采来采去，还采不满一浅筐子。这采菜不能满筐一件事，正以见后妃的"忧勤"，正是后妃"忧勤"的一例。而举一可以例余，别的日常的事也就可想而知了。举一例余本与隐喻有近似的地方①，称为兴诗似乎也还持之有故。又《小雅·大东序》、《传》云：

《大东》，刺乱也。东国困于役而伤于财。谭大夫作是诗以告病焉。

有饛簋飧，有捄棘匕。（兴也。饛，满簋貌。飧，熟食，谓黍稷也。捄，长貌。匕，所以载鼎实。棘，赤心也。）周道如砥，其直如矢。（如砥，贡赋平均也。如矢，赏罚不偏也。）君子所履，小人所视。睠言顾之，潸焉出涕。

① 参看 Stephen J. Brown：*The World of Imagery*，pp. 152－153。

按《序》《传》的说法，这是一篇伤今思古的诗①，好像戏词儿说的“思想起，当年事，好不惨然”。但“当年事”多如乱麻，从哪儿说起呢？于是举出“吃饱饭”这一件以例其余。陈奂说此篇云：“兴者，陈古以言今，亦兴体也；余皆托物以为喻。”他申毛义是不错的。《葛覃》《伐木》《鸳鸯》等篇的兴义也和以上两篇大同小异②。又其次，也许是最可注意的，像《鸱鸮》《鹤鸣》两篇兴诗，兴句之下，并无正句，全篇都是譬喻。但并非全篇皆兴。只有发端才是兴，兴以外的譬喻是比。这层下文详论。

《诗毛氏传疏·周南·南有樛木》篇云：

> 案樛木下曲而垂，葛藟得而上蔓之。喻后妃能下逮其众妾，得以亲附焉。《传》于首章言兴以晐下章也，全《诗》仿此。

但《南有樛木》篇二三两章的首二句是复沓首章的；首章的是兴句，二三两章的自然也可说是兴句。而且这种兴句在别篇章首时，《传》也还认为兴句，上文讨论过的《车邻》《南有嘉鱼》《有駜》三篇都是如此。就中《车邻》篇次章“阪有漆，隰有栗”既是兴句，三章的“阪有桑，隰有杨”是复沓次章的，也便连带成为兴句了。兴诗中全篇各章复沓的共五十三篇，快到一半了，这些都可说是“首章言兴以晐下章”的。又兴诗通例多以一“事”为喻，如“关关雎鸠，在

① 《郑笺》：“此言古者天子之恩厚也。”

② 《鸳鸯笺》：“言兴者，广其（指‘交于万物有道’）义也。”“广其义”就是举一例余。陈奂说《葛覃》篇，谓“兴义与《鸳鸯》篇同”。说《卷耳》篇又谓《葛覃》篇“即事以言兴”，《卷耳》篇“离事以言兴”。前者是举一事以例余事，后者是举一事以见其情；其实无须细分。

河之洲”，“风雨凄凄，鸡鸣喈喈”；一以雎鸠为主，一以鸡鸣为主，可都是一件事。间有并举二事的，但必是一类。这种兴句往往是平行的，如“山有扶苏，隰有荷华”，“葛生蒙楚，蔹蔓于野”。只有前引《南山》篇，兴句明是串言一事，以雄狐为主，而《传》却分为两喻，是仅有的例外。《毛传》兴诗的标准并不十分明确。以这些兴诗为例，似乎还可以定出好些兴诗来。最显著的是《小雅·皇皇者华》篇，首章云：

皇皇者华，于彼原隰。駪駪征夫，每怀靡及。

次句下《传》云：

皇皇，犹煌煌也。高平曰原，下湿曰隰。忠臣奉使，能光君命，无远无近，“如”华不以高下易其色。

《传》明用“如”字，明以“皇皇者华”二句为喻句，却不说是兴；又《邶风·燕燕》篇，《序》以为卫庄姜送戴妫。首章云：

燕燕于飞，差池其羽。之子于归，远送于野。瞻望弗及，泣涕如雨。

次句下《传》云：

燕燕，鳦也。燕之于飞，必差池其羽。

《郑笺》云：

差池其羽，谓张舒其尾翼。"以兴"戴妫将归，顾视其衣服。

这也言之成理。古人却不敢说《传》的标准不明确，《螽斯正义》引《郑志》答张逸云：

若此无人事，实兴也。文义自解，故不言之，凡说不解者耳。众篇皆然。

这明是曲为回护，代圆其说了。

《郑笺》说兴诗，详明而有系统，胜于《毛传》，虽然"作诗者之意"还是难知。郑玄以为"《诗》之兴"是"象似而作之"①。《传》说"兴也"，《笺》大多数说"兴者喻"。如《葛覃笺》云：

葛者，妇人之所有事也。此因葛之性以兴焉。"兴者"，葛延蔓于谷中，"喻"女在父母之家，形体浸浸日长大也。叶萋萋然，"喻"其容色美盛也。

又如《桃夭笺》云：

"兴者，喻"时妇人皆得以年盛时行也。

《螽斯正义》说："《笺》言'兴者喻'，言《传》所兴者，欲以喻此事

① 《周礼·天官·司裘》"大丧，廞裘，饰皮车"注。

也。'兴''喻'名异而实同。"有时也说"兴者犹",有时单说"犹",有时又说"以喻",但是都很少。《笺》又参照《毛传》兴诗的例,增加了些兴诗。《燕燕》篇之外,如《小雅·四月》篇首"四月维夏,六月徂暑"二语《笺》云:

> 徂,犹始也。四月立夏矣,至六月乃始盛暑。"兴"人为恶亦有渐,非一朝一夕。

这也是明说"兴"的。还有,如《召南·殷其雷》篇"殷其雷,在南山之阳"《笺》云:

> 雷"以喻"号令。于南山之阳又"喻"其在外也。召南大夫以王命施号令于四方,"犹"雷殷殷然发声于山之阳。

说"以喻",说"犹",也正与说《毛传》兴诗的语例相同。这一类可以说是《郑笺》增广的兴诗。《郑笺》虽然详明有系统,可是所说的兴诗喻义,与《毛传》一样,都远出常人想象之外。黄侃《文心雕龙札记·比兴》篇论兴云:"自非受之师说,焉得以意推寻!"是不错的。所谓"师说",只是"知人论世"。"知人论世"的结果为什么会远出常人想象之外呢?这却真非一朝一夕之故了。

二 兴义溯源

春秋时列国大夫聘问,通行赋诗言志,详见《左传》。赋诗多半是自唱，有时也教乐工去唱；唱的或是整篇诗，或只选一二章诗[①]。当时人说话也常常引诗为证。所赋所引的诗，大多数在《诗三百》里。赋一章诗的似乎很多。《左传·襄公二十八年》，卢蒲癸说："赋诗断章，余取所求焉。"杜预注："譬如赋诗者，取其一章而已。""余取所求焉"也就是《国语》师亥说的"诗所以合意"（《鲁语下》）。赋诗只取一二章，并且只取一章中一二句，以合己意，叫作"断章取义"，引诗也是如此。这些都是借用古诗，加以引申，取其能明己意而止。"作诗人之意"是不问的。最显著的例是《左传·成公十二年》晋郤至对楚子反的话：

> 世之治也，诸侯间于天子之事，则相朝也。于是乎有享宴之礼。享以训共俭，宴以示慈惠。共俭以行礼而慈惠以布政。政以礼成，民是以息，百官承事，朝而不夕。此公侯之所以扞城其民也。故《诗》曰："赳赳武夫，公侯干城。"及其乱也，诸侯贪冒，侵欲不忌，争寻常以尽其民，略其武夫以为己腹心股肱爪牙。故《诗》曰："赳赳武夫，公侯腹心。"天下有道，则公侯能为民干城而制其腹心。乱则反之。

这四句诗都在《周南·兔罝》篇里，前二句在首章，后二句在三章。那三章诗是复沓的，"赳赳武夫"二句（次章下句作"公侯好仇"），三章句法相同，意思自然一样。郤至为了自己辩论的方便，硬将这四句说成相反两义，当然是穿凿，是附合支离。不过他是引诗为

① 参看《左传·僖二十三年》"公赋《六月》"句下《正义》引刘炫说。又《左传·襄三十年》，季武子如宋，"赋《常棣》之七章以卒"，杜预注："七章以卒，尽八章。"诗至八章为止，"七章以卒"就是赋七、八两章。

证，不是说诗；主要的是他的论旨，而不是诗的意义。看《左传》的记载，那时卿大夫对于《诗三百》大约都熟悉，各篇诗的本义，在他们原是明白易晓，正和我们对于皮黄戏一般。他们听赋诗，听引诗，只注重赋诗的人引诗的人用意所在；他们对于原诗的了解，是不会跟了赋诗引诗的人而歪曲的。好像后世诗文用典，但求旧典新用，不必与原义尽合；读者欣赏作者的技巧，可并不会因此误解原典的意义。不过注这样诗文的人该举出原典，以资考信。毛郑解《诗》却不如此。《诗三百》原多即事言情之作，当时义本易明。到了他们手里，有意深求，一律用赋诗引诗的方法去说解，以断章之义为全章全篇之义，结果自然便远出常人想象之外了。而说比兴时尤然。

《左传》所记赋诗，见于今本《诗经》的，共五十三篇：《国风》二十五，《小雅》二十六，《大雅》一，《颂》一。引诗共八十四篇：《国风》二十六，《小雅》二十三，《大雅》十八，《颂》十七。重见者均不计①。再将两项合计，再去其重复的，共有一百二十三篇：《国风》四十六，《小雅》四十一，《大雅》十九，《颂》十七，占全诗三分之一强，可见《诗三百》当时流行之盛之广了。赋诗各篇中《毛传》定为兴诗的二十六，引诗中二十一；两项合计，去重复，共四十篇，占兴诗全数三分之一弱。赋诗显用喻义的九篇，有七篇兴诗②。引诗显用喻义的十篇，有五篇兴诗③。现在只举《左传》明言喻义而与《毛诗》相合的五篇，依《左传》中次序。先说赋诗。文公四年《传》云：

> 卫宁武子来聘。公与之宴，为赋《湛露》及《彤弓》。不辞，又

① 据劳孝舆《春秋诗话》计算，但补了一篇《葛藟》进去。

② 《湛露》《摽有梅》《鸿雁》《黍苗》《常棣》《野有蔓草》《鹊巢》。

③ 《葛藟》《行露》《谷风》《桑柔》《蓼莪》。

不答赋。使行人私焉。对曰:“臣以为肄业及之也。昔诸侯朝正于王,王宴乐之,于是乎赋《湛露》,则天子当阳,诸侯用命也。……”

按《毛诗·湛露序》、《传》云:

《湛露》,天子宴诸侯也。

湛湛露斯,匪阳不晞。(兴也。湛湛,露茂盛貌。阳,日也。晞,干也。露虽湛湛然,见阳则干。)厌厌夜饮,不醉无归。(《传》略)

合看《序》《传》,正是“天子当阳,诸侯用命”的意思。又襄公十六年《传》说齐国再伐鲁国,鲁国派穆叔聘晋,并求援助。他“见范宣子,赋《鸿雁》之卒章。宣子曰:‘匄在此,敢使鲁无鸠乎?’”(杜注:鸠,集也。)按《鸿雁序》云:

《鸿雁》,美宣王也。万民离散,不安其居。而能劳来还定安集之,至于矜寡,无不得其所焉。

诗卒章《传》云:

鸿雁于飞,哀鸣嗷嗷。(未得所安集,则嗷嗷然。)维此哲人,谓我劬劳。维彼愚人,谓我宣骄。(宣,示也。)

“安集”之义,正本《左传》。又襄公十九年《传》云:

季武子如晋拜师,晋侯享之。范宣子为政,赋《黍苗》。季武子兴，再拜稽首曰："小国之仰大国也，如百谷之仰膏雨焉。若常能膏之，其天下辑睦，岂唯敝邑！"

按《黍苗序》、《传》云：

《黍苗》，刺幽王也。不能膏润天下卿士，不能行召伯之职焉。

芃芃黍苗，阴雨膏之。（兴也。芃芃，长大貌。）悠悠南行，召伯劳之。（悠悠，行貌。）

所谓"不能膏润天下卿士"，也本于《左传》。

次记引诗。文公七年《传》云：

宋成公卒。……昭公将去群公子。乐豫曰："不可。公族，公室之枝叶也。若去之，则本根无所庇阴矣。葛藟犹能庇其本根，故君子以为比，况国君乎！……"

按《葛藟序》、《传》云：

《葛藟》，王族刺平王也。周室道衰，弃其九族焉。

绵绵葛藟，在河之浒。（兴也。绵绵，长不绝之貌。水厓曰浒。）终远兄弟，谓他人父。（兄弟之道已相远矣。）谓他人父，亦莫我顾。

所谓"弃其九族""兄弟之道已相远"，都本于《左传》。陈奂云："此诗因葛藟而兴，又以葛藟为比，故《毛传》以为兴，《左传》则以为比。”《左传》的“比”只是譬喻，与《毛传》的兴兼包“发端”一义者不同，陈说甚确。但他下文又说“盖言兴而比已寓焉矣”，那却糊涂了。又襄公三十一年《传》云：

北宫文子相卫襄公以如楚，宋之盟故也。过郑，印段迋劳于棐林，如聘礼而以（用）劳辞。文子入聘。子羽为行人。冯简子与子大叔逆客。事毕而出，言于卫侯曰：“郑有礼，其数世之福也，其无大国之讨乎！《诗》云：‘谁能执热，逝不以濯？’礼之于政，如热之有濯也；濯以救热，何患之有！……”

按《桑柔》五章《传》云：

为谋为毖，乱况斯削。（毖，慎也。）告尔忧恤，诲尔序爵。谁能执热，逝不以濯？（濯所以救热也，礼所以救乱也。）其何能淑！载胥及溺！

“谁能执热”二句《传》几乎全与《左传》同。《桑柔》是兴诗，但这两句却是《大序》所谓“比”。以上五例，一方面看出断章取义或诗以合意的情形，一方面可看出《毛诗》比兴受到了《左传》的影响。但春秋时赋诗引诗，是即景生情的；在彼此晤对的背景之下，尽管断章取义，还是亲切易晓。《毛诗》一律用赋诗引诗的方法，却没了那背景，所以有时便令人觉得无中生有了。《郑笺》力求系统化，力求泯去断章的痕迹，但根本态度与《毛传》同，所以也还不免无中生有的毛病。

《诗序》主要的意念是美刺，《风》《雅》各篇序中明言“美”的二十八，明言“刺”的一百二十九，两共一百五十七，占《风》《雅》诗全数百分之五十九强。其中兴诗六十七，美诗六，刺诗六十一，占兴诗全数百分之五十八弱。美刺并不限于比兴，只一般的是诗的作用，所谓“诗言志”最初的意义是讽与颂，就是后来美刺的意思。古代天子听政，使公卿至于列士献诗，庶人传语①。《诗经》说到作诗之意的有十二篇，都不外乎讽与颂②。不过这十二篇只有两篇《风》诗，其余全在大小《雅》里。《风》诗大概不出于民间③，但与《小雅》的一部分都非“献诗”，是可无疑的。刘安所谓“《国风》好色而不淫，《小雅》怨诽而不乱”，多少说着了这部分诗的性质与作用。这是歌谣，可是贵族的歌谣。春秋用《风》诗比较的晚。《左传·僖公二十四年》引用《曹风·候人》，这是开始。劳孝舆《春秋诗话》二云：

> 春秋至僖公二十四年为八十年矣。至此始引用列国之《风》，前所引者皆《雅》《颂》。可知《风》诗皆随时所作，如《硕人》《清人》之类是也。而左氏不悉标出者，大抵《风》诗未必有切指之题。《小序》之傅会，可尽信哉！

赋《风》诗却以文公十三年郑子家赋《载驰》篇为始见。劳氏因此推想“《风》诗皆随时所作”，举《硕人》《清人》等篇为例。但作诗时

① 《国语·周语上》邵公谏厉王语，又《晋语六》范文子谓赵文子语，又《左传·襄十四年》师旷对晋平公语。

② 详《诗言志》篇。

③ 朱东润：《国风出于民间论质疑》（《读诗四论》）。

代,《左传》有记载的只有《硕人》《清人》《载驰》《黄鸟》四篇[①]。据这四篇而推论其余的一百五十六篇《风》诗皆春秋中叶后随时所作,实难征信。大约《风》诗(和《小雅》一部分)入乐较晚,而当时诗以声为用,入乐以后,才得广传,因此引的赋的也便晚了。不过劳氏说:"《风》诗未必有切指之题,《小序》之傅会,可尽信哉!"却是重要的意见。原来自从僖公二十四年以后,引《风》诗、赋《风》诗的都很不少。《雅》《颂》本多讽颂之作,断章取义与原义不致相去太远;《风》诗却少讽颂之作,断章取义往往与原义差得很远。这在当时是无妨的。后来《毛诗》却一律用赋诗引诗的方法说解,在《风》诗(及《小雅》的一部分)便更觉支离傅会了。而譬喻的句子(比兴)尤其是这样。

"美刺"之称实在本于《春秋》家。公羊、穀梁解经多用"褒贬"字,也用"美恶"字。《公羊》隐公七年《传》云:

> "滕侯卒。"何以不名?微国也。微国则其称"侯"何?不嫌也。《春秋》贵贱不嫌同号,"美恶"不嫌同辞。

又如僖公十年"晋杀其大夫里克"《传》云:

> 然则曷为不言惠公之入?晋之不言出入者,踊(何休注:豫也。)为文公讳也。齐小白入于齐,则曷为不为桓公讳?桓公之享国也长,"美"见乎天下,故不为之讳本"恶"也。文公之享国也短,"美"未见乎天下,故为之讳本"恶"也。

---

① 隐三年,闵二年,闵二年,文六年。

这都是“美”“恶”并言，是实字，是名词。“美”“恶”是当时成语，有时也用为形容词和副词①。又《穀梁》僖公元年《传》云：

> “齐师、宋师、曹师城邢。”是向之师也。使之如政事然，“美”齐侯之功也②。

又如僖公九年《传》云：

> “九月戊辰，诸侯盟于葵丘。”桓盟不日，此何以日？“美”之也。为见天子之禁，故备之（日）也。

这是专说“美”的，“美”字虚用，是动词。“恶”字如此虚用的例，两传中未见。却有“刺”字，只《穀梁传》中一见。庄公四年《传》云：

> “冬，公及齐人狩于郜。”“齐人”者，齐侯也。其曰“人”何也？卑公之敌，所以卑公也。不复仇而怨不释，刺释怨也。

这里“美”和“刺”该就是《毛诗》所本。但两传所称“美恶”“美刺”，都不免穿凿之嫌，毛、郑大概也受到了影响。《诗经》中可也一

① 《左传·襄二十三年》：“美疢不如恶石。”《国语·晋语一》：“彼将恶始而美终。”《荀子·富国》篇：“故使或美或恶。”皆以“美”“恶”对文，知为成语。

② 照范宁注，上文“齐师、宋师、曹师次于聂北救邢”一语，不称“齐侯”而称“齐师”，是责备齐桓公没有救邢的诚意。这一句所称“齐师”，就是向日次于聂北的齐师。虽仍称“齐师”，但另提叙述，便又不同，这回是称美桓公存邢之功了。

见“美刺”的“刺”字。《魏风·葛屦》篇末述作诗之意云：

> 维是褊心，是以为刺。

这是刺诗的内证，足为美刺说张目。按美，善也[①]，《诗序》中也偶用“嘉”字[②]。刺，责也[③]，《诗序》中也偶用“责”“诱”“规”“诲”等字[④]，更常用“戒”字。如《秦风·终南序》云“戒襄公也”。首章：“终南何有？有条有枚。”《传》也说，“宜以戒不宜也”。《序》《传》相合显然。可是《诗序》据献诗讽颂的史迹，却采用了《春秋》家的名称，似乎也不是无因的。《孟子·滕文公下》云：

> 兴衰道微，邪说暴行有作。臣弑其君者有之，子弑其父者有之。孔子惧，作《春秋》。……孔子成《春秋》而乱臣贼子惧。

赵岐注：“言乱臣贼子惧《春秋》之贬责也。”又《离娄下》云：

> 王者之迹熄而《诗》亡。《诗》亡然后《春秋》作。晋之《乘》，楚之《梼杌》，鲁之《春秋》，一也，其事则齐桓、晋文，其文则史。孔子曰：“其义则丘窃取之矣。”

焦循《孟子正义》说：“诸史无义而《春秋》有义。”是确切的解释。

---

① 《国语·晋语一》“彼将恶始而美终”韦昭注。

② 《大雅·假乐序》：“嘉成王也。”

③ 《瞻卬》篇“天何以刺”《传》。

④ 《卫风·旄丘序》：“责卫伯也。”《陈风·衡门序》：“诱僖公也。”《小雅·沔水序》：“规宣王也。”《鹤鸣序》：“诲宣王也。”

所谓“义”是什么呢？伪孙奭《疏》云：

> 盖《春秋》以义断之……以赏罚之意寓之褒贬，而褒贬之意则寓于一言耳。

在史是褒贬，在诗就是讽颂。孟子似乎是说，献诗的事已经衰废了，孔子寓讽颂之意于史，作《春秋》，赏善罚恶，以垂教于天下后世，所以“乱臣贼子惧”。《诗》与《春秋》在《孟子》书中，相关既如此之密切，那么，序《诗》的人参照诗文，采用“美刺”的名称，也是很自然的事了。

孔子时赋诗不行，雅乐败坏，诗和乐渐渐分家。所以他论诗便侧重义一方面。他说：

> 《诗三百》，一言以蔽之，曰：“思无邪。”
>
> （《论语·为政》）

《论语集解》引包咸曰：“归于正。”按“思无邪”见《鲁颂·駉》篇末章，下句是“思马斯徂”。《笺》云：“徂，犹行也。……牧马使可走行。”全诗咏牧马事。陈奂于首章说云：“思，词也。斯，犹其也。‘无疆’‘无期’，颂祷之词。‘无斁’‘无邪’，又有劝戒之义焉。‘思’皆为语助。”“无邪”只是专心致志的意思，孔子当是断章取义。他又说：

> 兴于诗，立于礼，成于乐。
>
> （《泰伯》）

又说：

> 小子何莫学夫诗！诗可以兴，可以观，可以群，可以怨。迩之事父，远之事君。
>
> （《阳货》）

这都是从“无邪”一义推演出来的。孔子以“无邪”论诗，影响后世极大。《诗大序》所谓“正得失”，所谓“先王以是经夫妇，成孝敬，厚人伦，美教化，移风俗”，所谓“发乎情，止乎礼义”，都是“无邪”一语的注脚。《毛诗》《郑笺》的基石，可以说便是这个意念。至于《传》《笺》的方法，却受于孟子为主①，但曲解了孟子。孟子时雅乐衰亡，新声大作，诗乐完全分家，诗更重义一方面。他说诗虽然还不免有断章取义之处，但他开始注重全篇的说解了。《万章上》，咸丘蒙问道：

> 《诗》云：“普天之下，莫非王土。率土之滨，莫非王臣。”而舜既为天子矣，敢问瞽瞍之非臣如何？

孟子答道：

> 是诗也，非是之谓也。劳于王事而不得养父母也。曰“此

---

① 《困学纪闻》卷三云：“申、毛之《诗》皆出于荀卿子，而《韩诗外传》多述荀书。今考其言‘采采卷耳’‘鸤鸠在桑’‘不敢暴虎，不敢冯河’，得《风》《雅》之旨。”那么鲁、毛二家说《诗》，韩引《诗》，都有取于荀子的引《诗》义了。不过荀子只是引《诗》立论，本意不在说《诗》，与孟子不同。鲁、毛诸家说《诗》的方法，当仍是受于孟子为主。

莫非王事,我独贤劳也”。故说《诗》者不以文害辞,不以辞害志。以意逆志,是为得之。如以辞而已矣,《云汉》之诗曰:“周余黎民,靡有孑遗。”信斯言也,是周无遗民也。

这是论《小雅·北山》诗。全诗主旨在咸丘蒙所举四句之下的“大夫不均,我从事独贤”二句,孟子的意见是对的。咸丘蒙是断章取义,孟子却就全篇说解。这是一个新态度。春秋赋诗,虽有全篇,所重在声,取义甚少。引诗却有说全篇意义的。如《左传·隐公三年》,君子曰:“《风》有《采蘩》《采苹》,《雅》有《行苇》《泂酌》,昭忠信也。”杜注云:“明有忠信之行,虽薄物皆可为用。”但只此一例,出于偶然。到了孟子,才有意的注重全篇之义;他和咸丘蒙论《北山》诗,和公孙丑论《小弁》《凯风》的怨亲不怨亲(《告子下》),都是就全篇而论。而在对咸丘蒙的一段话里,更明显的表示他的主张。“以文害辞”“以辞害志”便指断章取义而言,他反对那样的说诗。“以意逆志”赵注云:

人情不远,以己之意逆诗人之志,是为得其实矣。

《说文》二下《辵部》:“逆,迎也。”《周礼·天官·司会》“以逆都鄙官府之志”,《司书》“以逆群吏之征令”,郑玄都注云:“逆受而钩考之。”又《地官·乡师》“以逆其役事”,郑注也道:“逆犹钩考也。”以己之意“迎受”诗人之志而加以“钩考”,与“诗所以合意”正相反。如何以己之意“钩考”诗人之志呢?赵氏举出“人情不远”之说,是很好的。但还得加一句,逆志必得靠文辞。文辞就是字句。“以文害辞”“以辞害志”,固然不成,但离开字句而猜全篇的意义也是不成的。孟子论《北山》等三诗，似乎只靠文辞说解诗义；他并不曾指出这些是何时何人的诗①。到此为止的"以意逆志"是没有什么流弊的。但孟子还说了一番话：

> ……以友天下之善士为未足，又尚(上)论古之人。颂(诵)其诗，读其书，不知其人，可乎？是以论其世也。是尚友也。
>
> (《万章下》)

这一段只重在"尚论古之人"，"诵诗""读书"与"知人论世"各是一事，并不包含"诵诗""读书"必得"知人论世"才能了解的意思。《毛诗》《郑笺》跟着孟子注重全篇的说解，自是正路。但他们曲解"知人论世"，并死守着"思无邪"一义胶柱鼓瑟的"以意逆志"，于是乎就不是说诗而是证史了。断章取义而以"思无邪"论诗，是无妨的。根据"文辞""以意逆志"，或"知人论世""以意逆志"也可以多少得着"作诗者之意"，因为人情是不相远的。他们却据"思无邪"一义先给"作诗者之志"定下了模型，再在这模型里"以意逆志"，以诗证史，人情自然顾不到，结果自然便远出常人想象之外了。固然《传》《笺》以诗证史，也自有他们的客观标准，便是《诗经》中的国别与篇次②；郑氏根据了这些，系统的附合史料，便成了他的《诗谱》。但国别与篇次都是在诗外的不确切的标准，与诗义相关极少，不足为据。就在这种附合支离的局面下，产生了赋比兴

① 赵注以《小弁》篇为尹吉甫子伯奇的诗。

② 参看《古史辨》卷三下顾颉刚：《毛诗序之背景与旨趣》。

的解释;而比兴义去常情更远,最为缠夹,可也最受人尊重。

三 赋比兴通释

《周礼·大师》“教六诗……”郑玄注云:

> 赋之言“铺”,直铺陈今之政教善恶。

《诗大序》孔颖达《正义》引此,云:

> 诗文直陈其事不譬喻者,皆赋辞也。

这“赋”字似乎该出于《左传》的赋诗。《左传》赋诗是自唱或使乐工唱古诗,前文已详。但还有别一义。隐公元年《传》记郑庄公与母姜氏“隧而相见”云:

> 公入而赋:“大隧之中,其乐也融融。”姜出而赋:“大隧之外,其乐也泄泄。”

孔颖达《正义》云:“赋诗,谓自作诗也。”又僖公五年《传》云:

> (士芳)退而赋曰:“狐裘龙茸。一国三公,吾谁适从!”

杜注:“士芳自作诗也。”前者是直铺陈其事,后者却以譬喻发端。

这许是赋诗的较早一义，也未可知①。又《小雅·常棣正义》引《郑志》答赵商云：

凡赋诗者或造篇，或诵古。

"造篇"除上举二例外，还有卫人赋《硕人》篇，许穆夫人赋《载驰》篇，郑人赋《清人》篇，秦人赋《黄鸟》篇等，却似乎是献诗一类②。就中只《黄鸟》篇各章皆用譬喻发端，其余三篇多是直铺陈其事。至于"诵古"，凡聘问赋诗都是的。"诵"也有"歌"意，《诗经·节南山》"家父作诵"，可证。

郑玄注《周礼》"六诗"，是重义时代的解释。风、赋、比、兴、雅、颂似乎原来都是乐歌的名称，合言"六诗"，正是以声为用。《诗大序》改为"六义"，便是以义为用了。但郑氏训"赋"为"铺"，假借为"铺陈"字，还可见出乐歌的痕迹。《大雅·卷阿》篇有"矢诗不多"一语，据上文"以矢其音"《传》："矢，陈也。"《楚辞·九歌·东君》"展诗兮会舞"，王逸训"展"为"舒"；洪兴祖《补注》："展诗犹陈诗也。""矢诗""展诗"也就是"赋诗"，大概"赋"原来就是合唱。古代多合唱，春秋赋诗才多独唱，但乐工赋的时候似乎还是合唱的③。不过《大雅·烝民》篇有云：

仲山甫之德，柔嘉维则。……天子是若，明命使赋。

---

① 《左传》聘问赋诗的记载，始于僖二十三年。

② 详见《诗言志》篇。

③ 北京大学文科研究所逯钦立君有《六义参释》一稿。本章试测赋比兴的初义，都根据他所搜集的材料，特此致谢。

王命仲山甫……出纳王命,王之喉舌。赋政于外,四方爰发。

前章《传》云:"赋,布也。"下章"赋"字,义当相同。春秋列国大夫聘问,也有"赋命""赋政"之义,歌诗而称为"赋",或与此义有相关处,可以说是借诗"赋命",也就是借诗言志。果然如此,赋比兴的"赋"多少也带上了政治意味,郑氏所注"直铺陈今之政教善恶",便不是全然凿空立说了。

荀子《赋》篇称"赋",当也是"自作诗"之义。凡《礼》《知》《云》《蚕》《箴》五篇及《佹诗》一篇。前五篇像譬喻,又像谜语,只有《佹诗》多"直陈其事"之语。班固《两都赋序》云:"赋者,古诗之流也。"王芑孙《读赋卮言导源》篇合解荀、班云:

曰"佹",旁出之辞,曰"流",每下之说。夫既与诗分体,则义兼比兴,用长箴颂矣。

这里说赋是诗的别体或变体,与赋比兴的"赋"义便无干了。《汉书》三十《艺文志》云:

春秋之后,周道浸坏。聘问歌咏不行于列国,学诗之士逸在布衣,而贤人失志之赋作矣。大儒孙卿及楚臣屈原离谗忧国,皆作赋以风,咸有恻隐古诗之义。其后宋玉、唐勒,汉兴枚乘、司马相如下及扬子云,竞为侈丽闳演之词,没其风谕之义。是以扬子悔之曰:"诗人之赋丽以则,辞人之赋丽以淫。"

赋的演变成为两派。《两都赋序》又说汉兴以来,言语侍从之臣及公卿大臣作赋,“或以抒下情而通讽谕,或以宣上德而尽忠孝”,是“雅颂之亚”。“孝成之世论而录之,盖奏御者千有余赋”。赋虽从《诗》出,这时受了《楚辞》的影响,声势大盛[①],它已离《诗》而自成韵文之一体了。锺嵘《诗品序》以“寓言写物”为赋,便指这种赋体而言。但赋的“自作诗”一义还保存着,后世所谓“赋诗”“赋得”都指此。《艺文志》分赋为四类。刘师培说“杂赋十二家”是总集,余三类都是别集。三类之中,“屈平以下二十家,均缘情托兴之作”;“陆贾以下二十一家,均骋辞之作”;“荀卿以下二十五家,均指物类情之作”[②]。汉以后变而又变,又有齐、梁、唐初“俳体”的赋和唐末及宋“文体”的赋。前者“以铺张为靡而专于词”,后者“以议论为便而专于理”。这是所谓“古赋”[③]。唐、宋取士,更有律赋,调平仄,讲对仗,限于八韵。这些又是赋体的分化了。

“比”原来大概也是乐歌名,是变旧调唱新辞。《周礼·大师》郑注云:

> 比见今之失,不敢斥言,取比类以言之。兴见今之美,嫌于媚谀,取善事以喻劝之[④]。

释“比”是演述《诗大序》“主文而谲谏”之意。朱子释《大序》此语,以为“主于文词而托之以谏”[⑤];“主文”疑即指比兴。郑氏释兴当

---

① 《文心雕龙·诠赋》篇:“赋也者,受命于诗人,拓宇于《楚辞》〔者〕也。”
② 《左盦集》卷八《汉书艺文志书后》。
③ 《四库提要·总集类三》“元祝尧编《古赋辨体》”条。
④ 《周礼·大司乐》“兴道讽诵言语”注:“兴者,以善物喻善事也。”
⑤ 见《吕氏家塾读诗记》三。

也是根据《论语》“兴于诗”“诗可以兴”二语。他又引郑司农(众)云:

> 比者,比方于物也。兴者,托事于物。

《毛诗正义》解司农语云:

> “比者,比方于物”,诸言“如”者皆比辞也。
>
> “兴者,托事于物”,则兴者,起也。取譬引类,起发己心,《诗》文诸举草木鸟兽以见意者,皆兴辞也。

郑玄以美刺分释兴比,但他笺兴诗,仍多是刺意。他自己先不能一致,自难教人相信。《毛诗正义》说“其实作文之体,理自当然,非有所‘嫌’‘惧’也”,也是不信的意思。这一说可以不论。郑众说太简,难以详考;孔颖达所解,可供参考而已。他以“兴”为“取譬引类”,甚是,但没有确定“发端”一义,还是缠夹不清的。以“诸言‘如’者”为“比”,当本于六朝经说,《文心雕龙·比兴》篇所举“比”的例可见。如此释“比”,界划井然,可是又太狭了。按《诗经》“诸言‘如’者”约一百四十多句,不言“如”,又非兴句,而可知为譬喻者,约一百四十多联(间有单句)——《小雅》中为多。照孔《疏》,这一百四十多联便成了比兴间的瓯脱地,两边都管不着了。这些到底是什么呢?也许孔氏的意见和陈奂一样,将这些联的譬喻都算作“兴”。陈氏曾立了三条例。一是“实兴而《传》不言兴者”①,这是根据《郑志》答张逸的话,前已引。许多在篇首的喻联,

① 《邶风·燕燕》传疏。

便这样被算作兴了。二是诸章“各自为兴”。如《齐风·南山》篇，《小雅·白华》篇，除首章为兴外，他说其余诸章“各自为兴”。这样，许多在章首的喻联也就被算作兴了。三是一章之中，“多用兴体”，如《秦风·蒹葭》篇以及《邶风·匏有苦叶》篇，《小雅·伐木》篇都是的。至如《小雅·鹤鸣》篇，是“全诗皆兴”。那么，许多在章中的喻联又被算作兴了。

他这三条例也有相当的根据。第一例根据《笺》言兴而《传》不言兴的诗，前已论及。但这是《传》疏而《笺》密，后来居上之故。郑氏不愿公然改《传》，所以答张逸说“文义自解，〔《传》〕故不言之”，那是饰词，实不足凭。陈氏却因郑氏说相信那些诗“实兴”，恐怕不是毛氏本意。第二条根据“首章言兴以晐下章”的通例。但那通例实在通不过去。因为好些兴诗都夹着几章赋，而《雅》中兴诗尤多如此，这是没法赅括的。第三例没有明显的根据，也许只因为《传》《笺》说解这些喻联，与说解兴句的方法和态度是一样的。那确是一样的。这些喻联不常有《传》，但如《桑柔》五章中“谁能执热，逝不以濯？”《传》解为礼以救乱，见前引。又《鹤鸣》首章末“它山之石，可以为错”《传》云：

错，石也，可以琢玉。举贤用滞，则可以治国。(《序》，诲宣王也。)

又《匏有苦叶》篇次章之首“有弥济盈，有鷕雉鸣”《传》云：

弥，深水也。盈，满也。深水，人之所难也。鷕，雉鸣声也。卫夫人有淫佚之志，授人以色，假人以辞，不顾礼义之难至,使宣公有淫昏之行。(《序》,刺卫宣公也。公与夫人并为淫乱。)

又《伐柯》篇首章《传》云:

伐柯如何?匪斧弗克。(柯,斧柄也。礼义者,亦治国之柄。)取妻如何?匪媒不得。(媒所以用礼也。治国不能用礼则不安。)(《序》,美周公也。周大夫刺朝廷之不知也。)

前两例是隐喻,末一例是显喻。《笺》例太多,从略。这样"以意逆志",这样穿凿傅会,确与说兴诗一样。可是孔《疏》所谓"比",《传》《笺》也还是用这种方法与态度说解。现在且还是只引《传》。如《简兮》篇次章之首"有力如虎,执辔如组"《传》云:

组,织组也。武力比于虎,可以御乱御众。有文章,言能治众,动于近,成于远也。(《序》,刺不用贤也。卫之贤者仕于伶官,皆可以承事王者也。)

又《大明》篇七章之首"殷商之旅,其会如林。矢于牧野,维予侯兴"《传》云:

旅,众也。如林,言众而不为用也。矢,陈;兴,起也。言天下之望周也。(《序》,文王有明德,故天复命武王也。)

这不也是一样的"以意逆志"、穿凿傅会吗?与陈氏(和孔氏?)所谓“兴”有什么区别呢？他那三条例看来还是白费的。那一百四十多联譬喻，和那一百四十多“如”字句，实在是《大序》所谓“比”。那些喻联实在太像兴了，后世总将“比”“兴”连称，也并非全无道理的。“比”，类也，例也①。但这个“比”义也当从《左传》来；前引文公七年《传》“君子以〔葛藟〕为比”，便是它的老家。“比”字有乐歌背景、经典根据和政教意味，便跟只是“取也（他）物而以明之”（《墨子·小取》）的“譬”不同。

“兴”似乎也本是乐歌名，疑是合乐开始的新歌。王逸《楚辞章句》说：

> 《离骚》之文，依《诗》取兴，引类譬谕。故善鸟香草以配忠贞，恶禽臭物以比谗佞，“灵修”“美人”以媲于君，“宓妃”“佚女”以譬贤臣，虬龙鸾凤以托君子，飘风云霓以为小人。其词温而雅，其义皎而朗。

所谓“依《诗》取兴”，当是依“思无邪”之旨而取喻；《楚辞》体制与《诗经》不同，不分章，不能有“兴也”的“兴”。朱子《楚辞集注》说：“《诗》之兴多而比赋少，《骚》则兴少而比赋多。”②他所举的兴句如《九歌·湘夫人》中的：

> 沅有茝兮醴有兰，思公子兮未敢言。

朱子的“兴”是“托物兴词，初不取义”的，与《毛传》不一样。王氏

---

① 伪《鬼谷子·反应》篇“事有比”注：“比，谓比例。”又，“比者，比其辞也”注：“比谓比类也。”

② 《离骚序》附注。

也说茝兰异于众草，“以兴湘夫人美好亦异于众人”。这里虽用了《毛传》的“兴”字，其实倒是不远人情的譬喻。《楚辞》其实无所谓“兴”。王氏注可也受了“思无邪”一意的影响，自然也不免傅会之处[①]，但与《史记·屈原传》尚合，大体不至于支离太甚。所以直到现在，一般还可接受他的解释。

《楚辞》的“引类譬谕”实际上形成了后世“比”的意念。后世的比体诗可以说有四大类。咏史，游仙，艳情，咏物[②]。咏史之作以古比今，左思是创始的人。《诗品》上说他“得讽谕之致”。何焯《义门读书记·文选第二卷》评张景阳《咏史》云：

> 咏史不过美其事而咏叹之，檃栝本传，不加藻饰，此正体也。太冲多自摅胸臆，乃又其变。

游仙之作以仙比俗，郭璞是创始的人。《诗品》中说他“辞多慷慨，乖远玄宗。……乃是坎壈咏怀，非《列仙》之趣也”。李善《文选注》二十一也说：

> 凡游仙之篇，皆所以滓秽尘网，锱铢缨绂，餐霞倒景，饵玉玄都。而璞之制，文多自叙。虽志狭中区，而辞无(兼)俗累。见非前识，良有以哉。

艳情之作以男女比主臣，所谓遇不遇之感。中唐如张籍《节妇吟》，

① 朱子《楚辞集注序》论王书有云：“或以迂滞而远于性情，或以迫切而害于义理。”

② 六朝吴歌、西曲的谐声词格，也是比的一种，但通常认为俳谐，今不论。

王建《新嫁娘》，朱庆馀《近试上张水部》，都是众口传诵的。而晚唐李商隐《无题》诸篇，更为煊赫，只可惜喻义不尽可明罢了。咏物之作以物比人，起于六朝。如鲍照《赠傅都曹别》述惜别之怀，全篇以雁为比。又韩愈《鸣雁》述贫苦之情，全篇也以雁为比。这四体的源头都在王注《楚辞》里。只就《离骚》看罢：

汤、禹严而求合兮，挚、咎繇而能调。苟中情其好修兮，又何必用夫行媒！

这不是以古比今么？

前望舒使先驱兮，后飞廉使奔属。鸾皇为余先戒兮，雷师告余以未具。吾令凤鸟飞腾兮，继之以日夜。飘风屯其相离兮，帅云霓而来御。

这不是以仙比俗么？

惟草木之零落兮，恐美人之迟暮。

这不是以男女比君臣么？

余以兰为可恃兮，羌无实而容长。委厥美以从俗兮，苟得列乎众芳。椒专佞以慢慆兮，榝又欲充夫佩帏。既干进而务入兮，又何芳之能祗！

这不是以物比人么？《九章》的《橘颂》更是全篇以物比人的好例。

《诗经》中虽也有比体，如《硕鼠》《鸱鸮》《鹤鸣》等篇，但是太少，影响不显著。后世所谓“比”，通义是譬喻，别义就是比体诗，却并不指《诗大序》中的“比”。不过谈到《诗经》，以及一些用毛、郑的方法说诗的人，却当别论。说比体诗只是“比”的别义，因为这四类诗，无寓意的固然只能算是别体，有寓意而作得太工了就免不了小气，尤其是后两类，所以也还只能算是别体；而且数量究竟不多。

后世多连称“比兴”，“兴”往往就是“譬喻”或“比体”的“比”，用毛、郑义的绝无仅有。不过“兴”也有两个变义。《刘禹锡集》二十三《董武陵集序》云：

> 诗者，其文章之蕴邪！义得而言丧，故微而难能；境生于象外，故精而寡和。

这可以代表唐人的一种诗论。大约是庄子“得意忘言”和禅家“离言”的影响。所谓言外之意，象外之境，刘氏却没有解释。宋儒提倡道学，也受着道家禅家的影响。他们也说读书只晓得文义是不行的，“必优游涵咏，默识心通，然后能造其微”①。《近思录》十四《圣贤气象门》论曾子云：

> 曾子传圣人学。……如言“吾得正而毙”，且休理会文字，只看他气象极好。被他所见处大。后人虽有好言语，只被气象卑，

① 程颐：《春秋传序》（《二程全书·伊川经说（四）》）。又《诗人玉屑》六引朱子论“说诗”，“晓得文义是一重，识得意思好处是一重”。又《象山全集》三十五：“读书固不可不晓文义，然只以晓文义为是，只是儿童之学，须看意旨所在。”

终不类道。

“只看气象”当也是“造微”的一个意思。又朱子论韦应物诗“直是自在，气象近道”①。气象是道的表现，也是修养工夫的表现。这意念可见是从“兴于诗”“诗可以兴”来，不过加以扩充罢了。读诗而只看气象，结果便有两种情形。如黄鲁直《登快阁诗》云：“落木千山天远大，澄江一道月分明。”明周季凤作《山谷先生别传》说：“木落江澄，本根独在，有颜子克复之功。”②这不是断章取义吗？又如沈德潜《唐诗别裁集·凡例》云：

古人之言包含无尽。后人读之，随其性情浅深高下，各有会心。如好《晨风》而慈父感悟③，讲《鹿鸣》而兄弟同食④，斯为得之。董子曰：“诗无达诂。”此物此志也。

照沈氏说，诗爱怎么理会就可怎么理会，这不是无中生有吗？又如周济《宋四家词选序》云：

夫词非寄托不入，专寄托不出。一物一事，引而伸之，触类多通。驱心若游丝之罥飞英，含毫如郢斤之斫蝇翼。以无厚入有间，既习已，意感偶生，假类毕达，阅载千百，謦欬弗违，斯入

① 《语类》一四〇。

② 首二语本于赵景伟：《黄庭坚谥议》，见《山谷全书》首卷二。宋张戒《岁寒堂诗话》云：“此但以‘远大’‘分明’之语为新奇。而究其实，乃小儿语也。”

③ 魏文侯事，见《韩诗外传》八。

④ 裴安祖事，见《魏书》四十五《裴骏传》。

> 矣。赋情独深,逐境必寤,酝酿日久,冥发妄中。虽铺叙平淡,摹缋浅近,而万感横集,五中无主。读其篇者临渊窥鱼,意为鲂鲤,中宵惊电,罔识东西。赤子随母笑啼,乡人缘剧喜怒,可谓能出矣。

"能入"是能为人所感,"能出"是能感人。他说善于触类引申的人,读古人词,久而久之,便领会得其中喻义,无所往而不通,而皆合古人之意。这种人自己作词,也能因物喻志,教读者惝恍迷离,只跟着他笑啼喜怒。他说的是词中的情理,悲者读之而亦悲,喜者读之而亦喜,所谓合于古人者在此。至于悲喜的对象,则读者见仁见智,不妨各有会心。这较沈氏说为密,而大旨略同。后来谭献在《周氏词辩》中评语有"作者未必然,读者何必不然?"的话,那却是就悲喜的对象说了。但这里的断章取义,无中生有,究竟和《毛诗》不大一样。触类引申的结果还不至于离开人情太远了。而且《近思录》和沈、周两家,差不多明说所注重的是读者的受用而不是诗篇的了解,这也就没什么毛病了。以上种种都说的是"言外之义",我们可以叫作"兴象"①。

汉末至晋代,常以形似语"题目"人,如《世说》一郭林宗(泰)曰:"叔度(黄宪)汪汪如万顷之陂,澄之不清,扰之不浊。"后来又用以论诗文,如《诗品》上引李充《翰林论》,论潘岳"翩翩然如翔禽之有羽毛,衣服之有绡縠"。到了唐末,司空图以味喻诗,以为所贵

---

① 《周礼·天官·司裘》"大丧,廞裘,饰皮车"《正义》:"兴象生时裘而为之。""兴象"即"象似"之意。殷璠《河岳英灵集序》:"挈瓶庸受之流……攻异端,妄穿凿,理则不足,言常有余,都无兴象,但贵轻艳。""兴象"即"比兴"。今借用此名,义略异。

者当在咸酸之外，所谓味外味。又作《二十四诗品》，集形似语之大成。南宋敖陶孙《诗评》，也专用形似语评历代诗家①。到了借禅喻诗的严羽又提出“兴趣”一义。《沧浪诗话·诗辩》云：

夫诗有别材，非关书也。诗有别趣，非关理也。……诗者，吟咏情性也。盛唐诸人惟在兴趣。羚羊挂角，无迹可求。故其妙处透彻玲珑，不可凑泊，如空中之音，相中之色，水中之月，镜中之象，言有尽而意无穷。

其《诗评》中又云：

诗有辞、理、意兴。南朝人尚辞而病于理。本朝人尚理而病于意兴。唐人尚意兴而理在其中。汉、魏之诗，辞、理、意兴，无迹可求。

所谓“别趣”“意兴”“兴趣”，都可以说是象外之境。这种象外之境，读者也可触类引申，各有所得；所得的是感觉的境界，和前一义之为气象情理者不同。但也当以“人情不远”为标准。清代金圣叹的批评颇用“兴趣”这一义。但如他评《西厢记》第一本《张君瑞闹道场》第四折一节话（金本题为《闹斋》），却是极端的例子。这一折第一曲［双调·新水令］，张生唱云：

梵王宫殿月轮高，碧琉璃瑞烟笼罩。香烟云盖结，讽咒海

① 《诗人玉屑》卷二。

波潮，幡影飘飒，诸檀越尽来到。

金氏在曲前评云：

吾友斫山先生尝谓吾言：“匡庐真天下之奇也。江行连日，初不在意。忽然于晴空中劈插翠嶂，平分其中，倒挂匹练。舟人惊告，此即所谓庐山也者。而殊未得至庐山也。更行两日而渐乃不见，则反已至庐山矣！”吾闻而甚乐之，便欲往观之，而迁延未得也。……然中心则殊无一日曾置不念，以至夜必形诸梦寐。常不一日二日必梦见江行如驶，仰睹青芙蓉上插空中，一一如斫山言。寤而自觉，遍身皆畅然焉。

后适有人自东江来，把袖急叩之。则曰“无有是也”。吾怒曰：“彼伧固不解也！”后又有人自西江来，又把袖急叩之。又曰“无有是也”。吾怒曰：“此又一伧也！”既而人苟自西江来，皆叩之。则言“然”“不然”各半焉。吾疑，复问斫山。斫山哑然失笑，言：“吾亦未尝亲见。昔者多有人自西江来，或言如是云，或亦言不如是云。然吾于言如是者即信之；言不如是者，置不足道焉。何则？夫使庐山而诚如是，则是吾之信其人之言为真不虚也。设苟庐山而不如是，则天地之过也。诚以天地之大力，天地之大慧，天地之大学问，天地之大游戏，即亦何难设此一奇以乐我后人，而顾吝不出此乎哉！”

吾闻而又乐之。中心忻忻，直至于今。不惟必梦之，盖日亦往往遇之。吾于读《左传》往往遇之，吾于读《孟子》往往遇之，吾于读《史记》《汉书》往往遇之。吾今于读《西厢》亦往往遇之。何谓于读《西厢》亦往往遇之？如此篇之初，《新水令》

之第一句云:"梵王宫殿月轮高。"不过七字也。然吾以为真乃"江行初不在意"也,真乃"晴空劈插奇翠"也,真乃"殊未至于庐山"也,真乃"至庐山即反不见"也!真"大力"也,真"大慧"也,真"大游戏"也,真"大学问"也!盖吾友斫山之所教也。吾此生亦已不必真至西江也,吾此生虽然终亦不到西江,而吾之熟睹庐山,亦未厌也!庐山真天下之奇也!

他在曲后又评,说这一句是写张生原定次早借上殿拈香看莺莺,但他心急如火,头一晚就去殿边等着了。不过原文张生唱前有白云:"今日二月十五日,和尚请拈香,须索走一遭",明是早上。曲文下句"碧琉璃瑞烟笼罩",明说有了香烟。再下语意更明。"月轮高"只是月还未落,以见其早,并非晚上。金氏说的真可算得"以文害辞""以辞害志"了。

四　比兴论诗

最初怀疑比兴的作用的是锺嵘。《诗品序》云:

若专用比兴,则患在意深;意深则词踬。若但用赋体,则患在意浮;意浮则文散。嬉成流移,文无止泊,有芜漫之累矣①。

他说的是专用比兴或专用赋的毛病,但也是第一个人指出"意深"

① 《诗品序》云:"文有尽而意有余,兴也。因物喻志,比也。"与旧解略异。

“词踬”是比兴的毛病。同时刘勰论兴,也说是“明而未融,故发注而后见”①。清陈沆作《诗比兴笺》,魏源序有云:

由汉以降,变为五言。古诗十九章,多枚叔之词。乐府鼓吹曲千余章,皆《骚》《雅》之旨。张衡《四愁》,陈思《七哀》;曹公苍莽,“对酒当歌”,有风云之气。嗣后阮籍、傅玄、鲍明远、陶渊明、江文通、陈子昂、李太白、韩昌黎皆以比兴为乐府琴操,上规正始。视中唐以下纯乎赋体者,固古今升降之殊哉!

他将“比兴”的价值看得高于赋。这是陈子昂、李白、白居易、朱子等人的影响。又说诗到中唐以后,纯乎赋体,以前是还用着“比兴”的。但汉乐府赋体就很多,陶、谢也以赋体为主,杜、韩更是如此。看魏氏只能选出少数的例子,不能作概括的断语,便知是作序体例,不得不说几句切题的话,事实并不然的。而他所谓“比兴”也绝非毛、郑义,只是后世所称“比兴”罢了。

黄侃《文心雕龙札记·比兴》有论“兴义罕用”的话,最为明通。他说:

夫其取义差在毫厘,会情在乎幽隐,自非受之师说,焉得以意推寻!彦和谓“明而未融,发注后见”,冲远(孔颖达)谓“毛公特言,为其理隐”,诚谛论也。孟子云:学诗者“以意逆志”。此说施之说解已具之后,诚为谠言。若乃兴义深婉,不

① 《文心雕龙·比兴》篇。

明诗人本所以作，而辄事探求，则穿凿之弊固将滋多于此矣。

自汉以来，词人鲜用兴义。固缘诗道下衰，亦由文词之作，趣以喻人。苟览者恍惚难明，则感动之功不显。用比忘兴，势使之然。虽相如、子云，未如之何也！然自昔名篇，亦或兼存"比兴"。及时世迁贸，而解者祇益纷纭。一卷之诗，不胜异说。九原不作，烟墨无言。是以解嗣宗之诗，则首首致讥禅代；笺少陵之作，则篇篇系念朝廷。虽当时未必不托物以发端，而后世则不能离言而求象。由此以观，用比者历久而不伤晦昧，用兴者说绝而立致辩争。当其览古，知兴义之难明；及其自为，亦遂疏兴义而希用。此兴之所以浸微浸灭也。

从黄氏的话推论，我们可以说《诗经》兴句虽然大部分是譬喻，而《传》《笺》兴义却未必是"作诗者之意"，因为那样作诗，是会教"览者恍惚难明"的。《传》《笺》所说若不是"作诗者之意"，是否也不免"穿凿之弊"，也不免"离言而求象"呢？黄氏大约不这样想。他跟一般好古的人一样，总以为毛、郑去古未远，"受之师说"，当然可信；所谓"说解已具"，正指《传》《笺》而言。后世学无专家，"师说"不存，再用《传》《笺》中"以意逆志"的方法去说诗，那当然是不成的。不过黄氏所谓"比"也还是后世的"比"。《传》《笺》里那样的"比"，其实也是教"览者恍惚难明"的。

可是后世用"比兴"说诗的还有不少。开端的是宋人。这可分为两类。一类可以说是毛、郑的影响，不过破碎支离，变本加厉①。如《诗人玉屑》九"托物"条引梅尧臣（？）《续金针诗格》解杜甫《早

① 顾龙振《诗学指南》中收此类书甚多。

朝》诗句云：

如"旌旗日暖龙蛇动，宫殿风微燕雀高"，旌旗喻号令，日暖喻明时，龙蛇喻君臣。言号令当明时，君所出，臣奉行也。宫殿喻朝廷，风微喻政教，燕雀喻小人。言朝廷政教才出而小人向化，各得其所也。

这不是无中生有吗！《玉屑》所谓"托物"有时指后世所谓"比"，有时兼包后世所谓"比兴"而言。世传唐、宋人诗格一类书里，像这样无中生有的解说诗句或诗中物象的很多，似乎是一时风气①。但这种解说显然"穿凿"，显然"离言而求象"，而诗格一类书，既多伪作，又托体太卑，所以不为人重视②。谢枋得注解章泉（赵蕃）、涧泉（韩淲）二先生《选唐诗》，也偶然用这样方法，但很少，当也是诗格一类书的影响。另一类是系统的用赋比兴或"比兴"说诗，朱子《楚辞集注》是第一部书；他用《诗集传》的办法将《楚辞》各篇分章注明赋比兴。不过他所谓"比""兴"与毛、郑不尽同。他答巩仲至（丰）书（《集》六十四）中又说：

古今之诗凡有三变。盖书传所记虞、夏以来下及魏、晋，自为一等。自晋、宋间颜、谢以后下及唐初，自为一等。自沈、

① 王士祯《香祖笔记》卷六："宋时为王氏之学者务为穿凿。有称杜子美《禹庙》诗'空庭垂橘柚'，谓'厥包橘柚锡贡'也，'古屋画龙蛇'谓'驱龙蛇而放之菹'也。予童时见此说，即知笑之。"

② 黄鲁直《大雅堂记》论杜诗云："彼喜穿凿者弃其大旨，取其发兴，于所遇林泉人物草木鱼虫，以为物物皆有所托，如世间商度隐语者，则子美之诗委地矣！"（《山谷全书正集》十六）

> 宋以后定著律诗下及今日,又为一等。……故尝妄欲抄取经史诸书所载韵语,下及《文选》、汉魏古词,以尽乎郭景纯、陶渊明之所作,自为一编而附于《三百篇》《楚辞》之后,以为诗之根本准则。又于其下二等之中择其近于古者,各为一编,以为之羽翼舆卫;其不合者,则悉去之。

但他只作了《诗集传》《楚辞集注》,以下三编都未成书。元代有个刘履,继承朱子的志愿,编了一套《风雅翼》。这里面包括《选诗补注》,以昭明所选为主,加以删补;"至其注释,则以〔朱子〕传《诗》、注《楚辞》者为成法。"①但四言有时还分章说,五言却以篇为单位。又有《选诗补遗》,选拔"唐、虞而降以至于晋,凡古歌辞之散见于传记诸子集者"。又有《选诗续编》,"乃李唐、赵宋诸作"。《四库提要·总集类三》论此书云:

> 至于以汉、魏篇章强分"比兴",尤未免刻舟求剑,附合支离。朱子以是注《楚辞》,尚有异议,况又效西子之颦乎?以其大旨不失于正而亦不至全流于胶固,又所笺释评论亦颇详赡,尚非枵腹之空谈……固不妨存备参考焉。

这里所谓"未免刻舟求剑,附合支离","而亦不至全流于胶固,又所笺释评论亦颇详赡",我们现在也不妨移作《楚辞集注》的评语。这一类价值自然比前一类高得多。

还有前面提过的陈沆《诗比兴笺》,专说"比兴"的诗,与朱子等

① 元戴良:《风雅翼序》。

又略有不同。魏源序说他“以笺古诗三百篇之法，笺汉、魏、唐之诗，使读者知‘比兴’之所起，即知志之所之也”。他的书叫作“笺”，当是上希《郑笺》的意思。各诗并不分别注明比兴，只注重在以史证诗。看来他所谓“比兴”是分不开的，其实只是《诗大序》的“比”。他的取喻倒真是毛、郑的系统，非诗格诸书模糊影响者所可并论。毛、郑的权威既然很大，他这部书就也得着不少的尊重。在陈沆以前，张惠言《词选》也以毛、郑的方法说词。《词选》序云：

> 传曰：“意内而言外谓之词。”其缘情造端，“兴”于微言，以相感动。极命风谣里巷男女哀乐，以道贤人君子幽约怨悱不能自言之情。低徊要眇，以喻其致。盖《诗》之“比兴”变风之义。骚人之歌则近之矣。

书中解释也屡用“兴”字。如温庭筠《更漏子》第一首下云：“‘惊塞雁’三句言欢戚不同，‘兴’下‘梦长君不知’也。”又晏殊《踏莎行》下云：“此词亦有所‘兴’，其欧公《蝶恋花》之流乎？”按宋罗大经《鹤林玉露》（四）论辛弃疾《菩萨蛮·书江西造口壁》云：“南渡之初，虏人追隆祐太后御舟至造口，不及而还。幼安自此起兴。”又陈鹄《耆旧续闻》（二）论苏轼黄州所作《卜算子词》，以为“拣尽寒枝不肯栖”是“取兴鸟择木之意”。是宋人已有以“比兴”论词的。到了张氏，才更发挥光大，词体于是乎也“尊”起来了①。

① 谭献《箧中词》卷三说：“倚声之学，由二张而始尊。”二张即惠言与弟琦。又说周济“推明张氏之旨而广大之，此道遂与于著作之林，与诗赋文笔同其正变”。

至于论诗，从唐以来，“比兴”一直是最重要的观念之一。后世所谓“比兴”虽与毛、郑不尽同，可是论诗的人所重的不是“比”“兴”本身，而是诗的作用。白居易是这种诗论最重要的代表。他在《与元九书》中说从周衰秦兴，六义渐微，到了六朝，大家“嘲风雪，弄花草”，六义尽去。唐兴二百年，诗人不可胜数，“索其风雅比兴，十无一焉”。就是杜甫，“撮其《新安吏》《石壕吏》《潼关吏》《塞芦子》、《留花门》之章，‘朱门酒肉臭，路有冻死骨’之句，亦不过十三四”。这是“诗道崩坏”。他说诗歌应该上以“补察时政”，下以“泄导人情”，又说：“歌诗合为事而作。”又说他作谏官时，“月请谏纸。启奏之外，有可以救济人病，裨补时阙，而难于指言者，辄咏歌之，欲稍稍进闻于上”。他将自己的诗分为四类，第一类便是“讽谕诗”。他说：

> 自拾遗来，凡所遇所感关于美刺比兴者，又自武德讫元和，因事立题，题为“新乐府”者，共一百五十首，谓之讽谕诗。

第二类是“闲适诗”。他接着说：

> 又或退公独处，或移病闲居，知足保和，吟玩性情者，一百首，谓之闲适诗。

他又说：

> 故仆志在兼济，行在独善，奉而始终之则为道，言而发明之则为诗。谓之“讽谕诗”，兼济之志也。谓之“闲适诗”，独善

之义也。故览仆诗,知仆之道焉。

这简直可以说是诗以明道了。“兼济”和“独善”都是道,所以上以“补察时政”,下以“泄导人情”,都是诗歌的作用。但可以注意的是,他的“讽谕诗”里只有一部分是后世所谓“比兴”,大多数还是赋体,《新乐府》是的,“所遇所感”诸篇中一部分也是的。而《长恨歌》《琵琶行》等赋体诗,为当时及后世所传诵的,却并不在“讽谕诗”而在“感伤诗”里。更可以注意的是,他说“风雅比兴”,又说“美刺比兴”,“风雅”和“美刺”可不都包括赋体诗在内吗!原来《毛传》《郑笺》虽为经学家所尊奉,文士作诗,却从不敢如法炮制,照他们的标准去用譬喻。因为那么一来,除非自己加注,恐怕就没人懂。建安以来的作家,可以说没有一个用过《传》《笺》式的“比兴”作诗的。用《楚辞》式的譬喻作诗的倒有的是,阮籍是创始的人。不过这一种,连后来的比体在内,也还是不多。赋体究竟是大宗。赋体诗中间却不短譬喻,后世的“比”就以这种譬喻为多。就这种“比”及比体诗加以触类引申,便是后世的“兴”了。这样,后世论诗所说的“比兴”并不是《诗大序》的“比”“兴”了。可是《大序》的主旨,诗以“经夫妇,成孝敬,厚人伦,美教化,移风俗”,“发乎情,止乎礼义”,却始终牢固的保存着。这可以说是“诗教”,也可以说是“诗言志”或诗以明道。代表这意念的便是白氏所举“风雅”“比兴”“美刺”三个名称。不过“风雅”和“美刺”既然都兼包赋比兴而言,而赋是“直陈其事”,不及“比兴”“主文而谲谏,言之无罪,闻之者足以戒”,所以白氏以后,“比兴”这名称用得最多。那么,论诗尊“比兴”,所尊的并不全在“比”“兴”本身价值,而是在“诗以言志”、诗以明道的作用上了。明白了这一层,像谭献《箧中词》(五)

评蒋春霖《扬州慢》词[①]，竟说“赋体至此，转高于比兴”，就毫不足怪了。

① 题为“癸丑十一月二十七日赋趋京口，报官军收扬州”，后半阕云：“劫灰到处，便遗民见惯都惊。问障扇遮尘，围棋赌墅，可奈苍生！月黑流萤何处？西风暗鬼火星星。更伤心南望，隔江无数峰青。”

诗　　教

一　六艺之教

“诗教”这个词始见于《礼记·经解》篇：

> 孔子曰：“入其国，其教可知也。其为人也温柔敦厚，《诗》教也。疏通知远，《书》教也。广博易良，《乐》教也。洁静精微，《易》教也。恭俭庄敬，《礼》教也。属辞比事，《春秋》教也。故《诗》之失愚，《书》之失诬，《乐》之失奢，《易》之失贼，《礼》之失烦，《春秋》之失乱。
>
> “其为人也温柔敦厚而不愚，则深于《诗》者也。疏通知远而不诬，则深于《书》者也。广博易良而不奢，则深于《乐》者也。洁静精微而不贼，则深于《易》者也。恭俭庄敬而不烦，则深于《礼》者也。属辞比事而不乱，则深于《春秋》者也。”

《经典释文》引郑玄说：“《经解》者，以其记六艺政教得失。”这里论的是六艺之教；《诗》教虽然居首，可也只是六中居一。《礼记》大概是汉儒的述作，其中称引孔子，只是儒家的传说，未必真是孔子

的话。而这两节尤其显然。《淮南子·泰族》篇也论六艺之教,文极近似,不说出于孔子:

> 六艺异科而皆同道(《北堂书钞》九十五引作"六艺异用而皆通")。温惠柔良者,《诗》之风也。淳庞敦厚者,《书》之教也。清明条达者,《易》之义也。恭俭尊让者,《礼》之为也。宽裕简易者,《乐》之化也。刺几(讥)辩义(议)者,《春秋》之靡也。故《易》之失鬼,《乐》之失淫,《诗》之失愚,《书》之失拘,《礼》之失忮,《春秋》之失訾。六者圣人兼用而财(裁)制之。失本则乱,得本则治。其美在调,其失在权。

"六艺"本是礼、乐、射、御、书、数,见《周官·保氏》和《大司徒》;汉人才用来指经籍[①]。所谓"六艺异用而皆通",冯友兰先生在《原杂家》里称为"本末说的道术统一论"[②];也就是汉儒所谓"六学"。六艺各有所以为教,各有得失,而其归则一。《泰族》篇的"风""义""为""化""靡"其实都是"教";《经解》一律称为"教",显得更明白些。——《经解》篇似乎写定在《淮南子》之后,所论六艺之教比《泰族》篇要确切些。《泰族》篇"诗风"和"书教"含混,《经解》篇便分得很清楚了。

汉儒六学,董仲舒说得很明白,《春秋繁露·玉杯》篇云:

> 君子知在位者之不能以恶服人也,是故简六艺以赡养之。

① 许冲《上说文解字表》"六艺群书之诂"句下段玉裁注,见《说文解字注》十五下。

② 《云南大学学报》第一期。

《诗》《书》序其志，《礼》《乐》纯其养，《易》《春秋》明其知。“六学”皆大，而各有所长。《诗》道志，故长于质。《礼》制节，故长于文。《乐》咏德，故长于风。《书》著功，故长于事。《易》本天地，故长于数。《春秋》正是非，故长于治人。能兼得其所长，而不能遍举其详也。

他将六艺分为“《诗》《书》”、“《礼》《乐》”、“《易》《春秋》”三科，又说“六学皆大，而各有所长”，可见并不特别注重诗教，和《经解》篇、《泰族》篇是相同的。《汉书》八十八《儒林传叙》也道：

古之儒者博学乎六艺之文。六艺（原作“学”，从王念孙《读书杂志》校改）者，王教之典籍，先圣所以明天道、正人伦、致至治之成法也。……及至秦始皇……六学从此缺矣。……

这就是“异科而皆同道”了。六艺中早先只有“《诗》《书》《礼》《乐》”并称。《论语·述而》“《诗》《书》执礼，皆雅言也”，《泰伯》“兴于《诗》，立于《礼》，成于《乐》”；前者《诗》《书》和《礼》并称，后者《诗》和《礼》《乐》并称。《庄子·徐无鬼》篇：“横说之则以《诗》《书》《礼》《乐》”，《荀子·儒教》篇：“故《诗》《书》《礼》《乐》之〔道〕归是矣”（从王先谦《荀子集解》引刘台拱说加“道”字）；“《诗》《书》《礼》《乐》”已经是成语了。《诗》《书》《礼》《乐》加上《易》《春秋》，便是“六经”，也便是六艺。《庄子·天运》篇和《天下》篇都曾列举《诗》《书》《礼》《乐》《易》《春秋》，前者并明称“六经”，《荀子·儒效》篇的另一处却只举《诗》《书》《礼》《乐》《春秋》，没有《易》；可见那时“六经”还没有定论。段玉裁《说文解字叙注》里谈到这一层：

> 周人所习之文，以《礼》《乐》《诗》《书》为急。故《左传》曰"说《礼》《乐》而敦《诗》《书》"①，《王制》曰"春秋教以《礼》《乐》，冬夏教以《诗》《书》"。而《周易》，其用在卜筮，其道取精微，不以教人。《春秋》则列国掌于史官，亦不以教人。故韩宣子适鲁，乃见《易》象与鲁《春秋》；此二者非人所常习明矣②。

段氏指出《易》《春秋》不是周人所常习，确切可信。不过周人所习之文，似乎只有《诗》《书》；礼、乐是行，不是文。《礼古经》等大概是战国时代的记载，所以孔子还只说"执礼"；乐本无经，更是不争之论。而《诗》在乐章，古籍中屡称"《诗三百》"，似乎都是人所常习；《书》不便讽诵，又无一定的篇数，散篇断简，未必都是人所常习。《诗》居六经之首，并不是偶然的。

董仲舒承用旧来六经的次序而分《诗》《书》、《礼》《乐》、《易》《春秋》为三科，合于传统的发展。西汉今文学序列六艺，大致都依照旧传的次第。这次第的根据是六学发展的历史。后来古文学兴，古文家根据六艺产生的时代重排它们的次序。《易》的八卦，传是伏羲所画，而《书》有《尧典》，这两者该在《诗》的前头。所以到了《汉书·艺文志》，六艺的次序便变为《易》《书》《诗》《礼》《乐》《春秋》；《儒林传》叙列传经诸儒，也按着这次序。《诗经》改在第

① 《左传·僖公二十七年》。

② 许冲《上说文解字表》"六艺群书之诂"句下段玉裁注，见《说文解字注》十五下。

三位。一方面西汉阴阳五行说极盛。汉儒本重通经致用;这正是当世的大用,大家便都偏着那个方向走。于是乎《周易》和《尚书·洪范》成了显学。而那时整个的六学也多少都和阴阳五行说牵连着;一面更都在竭力发挥一般的政教作用。这些情形,看《汉书·儒林传》就可知道:

《易》 宣帝时,闻京房为《易》明,求其门人得〔梁丘〕贺。……贺入说,上善之;以贺为郎。……以筮有应,繇是近幸,为大中大夫、给事中,至少府。……京房……以明灾异得幸。……费直……治《易》为郎,至单父令。长于卦筮。高相……治《易》……专说阴阳灾异。

《书》 许商……善为算,著《五行论历》。李寻……善说灾异,为骑都尉。

《诗》 申公……见上,上问治乱之事。申公……对曰:"为治者不在多言,顾力行何如耳。"……即以为大中大夫……议明堂事。……弟子为博士十余人……其治官民,皆有廉节,称其学官。王式……为昌邑王师。昭帝崩,昌邑王嗣立,以行淫乱废。昌邑群臣皆下狱诛。唯中尉王吉、郎中令龚遂以数谏减死论。式系狱当死。治事使者责问曰:"师何以亡谏书?"式对曰:"臣以《诗》三百五篇朝夕授王,至于忠臣孝子之篇,未尝不为王反复诵之也;至于危亡失道之君,未尝不流涕为王深陈之也。臣以三百五篇谏,是以亡谏书。"使者以闻,亦得减死论。

《礼》 鲁徐生善为颂(容)。孝文时,徐生以颂为礼官大夫。传……孙延、襄。……襄亦以颂为大夫,至广陵内史。延及徐氏弟子公户满意、桓生、单次皆为礼官大夫。而瑕丘萧奋以《礼》至淮阳太守。

《春秋》　眭孟……为符节令，坐说灾异诛。

这里《易》《书》《春秋》三家都说"阴阳灾异"。而见于别处的，《齐诗》说"五际"①，《礼》家说"明堂阴阳"②，也一道同风。这也是所谓"异科而皆同道"，不过是另一方面罢了。

"阴阳灾异"是所谓天人之学；是阴阳家言，不是儒家言。汉儒推尊孔子，究竟不能不维持儒家面目，不能奉阴阳家为正传；所以一般立说，还只着眼在人事的政教上。前节所引《儒林传》，《易》主卜筮，《诗》当谏书，《礼》习容仪，正是一般的政教作用。而《书》"长于事"。《尚书大传》记子夏对孔子论《书》道："《书》之论事也，昭昭若日月之代明，离离若参辰之错行。上有尧、舜之道，下有三王之义。"③这几句话可以说明所谓《书》教。《春秋》"长于治人"。《春秋繁露·精华》篇："《春秋》之听狱也，必本其事而原其志。志邪者不待成，首恶者罪特重，本直者其论轻。……听讼折狱，可无审邪！"《汉书》三十《艺文志》有"《公羊董仲舒治狱》十六篇"。《后汉书》七十八《应劭传》记着应劭的话："董仲舒老病致仕，朝廷每有政议，数遣廷尉张汤亲至陋巷问其得失。于是作《春秋决狱》二百三十二事，动以经对。"这就是《春秋》之教。这些是所谓六学，"异科而皆同道"所指的以这些为主。就这六学而论，应

① 《汉书》七十五《翼奉传》载奉封事，有云："《易》有阴阳，《诗》有五际，《春秋》有灾异。"颜师古注引孟康曰："《诗内传》曰'五际，卯酉午戌亥也。阴阳终始际会之岁，于此则有变改之政也。'"

② 《汉书·艺文志》有"《明堂阴阳》三十三篇"，"《明堂阴阳说》五篇"。

③ 《艺文类聚》六十四《居处部》引。

用最广的还得推《诗》。《诗》《书》传习比《礼》《易》《春秋》早得多，上文已见。阮元辑《诗书古训》六卷，罗列先秦、两汉著述中引用《诗》《书》的章节；《续经解》本分为十卷，《诗》占七卷，《书》只有三卷。可见引《诗》的独多。这有三个原故。《汉书·艺文志》云："凡三百五篇，遭秦而全者，以其讽诵，不独在竹帛故也。"《诗》因讽诵而全，因讽诵而传，更因讽诵而广传。《周易》也并无亡佚，《汉书·儒林传叙》云："及秦禁学，《易》为卜筮之书，独不禁，故传受者不绝。"可是《易》在汉代虽然成了显学，流传之广到底不如《诗》。这就因为《诗》一向是讽诵在人口上的。清劳孝舆《春秋诗话》卷三论引诗道：

〔春秋时〕自朝会聘享以至事物细微，皆引《诗》以证其得失焉。大而公卿大夫，以至舆台贱卒(?)，所有论说，皆引《诗》以畅厥旨焉。……可以诵读而称引者，当时止有《诗》《书》。然《传》之所引，《易》乃仅见，《书》则十之二三。若夫《诗》，则横口之所出，触目之所见，沛然决江河而出之者，皆其肺腑中物，梦寐间所呻吟也。岂非《诗》之为教所以浸淫人之心志而厌饫之者，至深远而无涯哉？

这里所说的虽然不尽切合当日情形，但《诗》那样的讽诵在人口上，确是事实。——除了无亡佚和讽诵两层，诗语简约，可以触类引申，断章取义，便于引证，也帮助它的流传。董仲舒说："《诗》无达诂，《易》无达占，《春秋》无达辞。"①是就解经论，不就引文论。——王应麟以为"《诗》无达诂"就是《孟子》的"不以文害辞，

① 《春秋繁露·精华》篇。

不以辞害志"[①],是不错的。——就引文论,像《诗》那样富于弹性,可以说是独一无二的。

二　著述引诗

言语引《诗》,春秋时始见,《左传》里记载极多。私家著述从《论语》创始[②];著述引《诗》,也就从《论语》起始。以后《墨子》和《孟子》也常引《诗》,而《荀子》引《诗》独多。《荀子》引《诗》,常在一段议论之后,作证断之用,也比前人一贯。荀子影响汉儒最大。汉儒著述里引《诗》,也是学他的样子;汉人的《诗》教,他该算是开山祖师。汪中《述学·荀卿子通论》云:

> 荀卿之学,出于孔氏,而尤有功于诸经。《经典叙录》:"《毛诗》……一云,子夏传曾申。……根牟子传赵人孙卿子。孙卿子传鲁人大毛公。"由是言之,《毛诗》,荀卿子之传也。《汉书·楚元王交传》:"少时尝与鲁穆生、白生、申公同受诗于浮邱伯。伯者,孙卿门人也。"……由是言之,《鲁诗》,荀卿子之传也。《韩诗》之存者《外传》而已。其引荀卿子以说《诗》者四十有四。由是言之,《韩诗》,荀卿子之别子也。……盖自七十子之徒既殁,汉诸儒未兴,中更战国暴秦之乱,六艺之传赖以不绝者,荀卿也。

荀子其实是汉人六学的开山祖师。而四家《诗》除《齐诗》外都有他

---

① 《困学纪闻》卷三。

② 近人多以为《老子》书在孔子后,可信。

的传授，可见他在《诗》学方面的影响更大。四家中《毛诗》流传较晚，鲁、齐、韩别称三家《诗》。《史记》一二一《儒林传》说："韩生推诗之意而为内、外传数万言，其语颇与齐、鲁间殊，然其归一也。"《齐诗》虽然多采阴阳五行说，而"其归"还在政教。《毛诗》因为与经传诸子密合，为人所重，不用说更其如此。陈乔枞在《韩诗遗说考序》里先引了《史记·儒林传》"其归一也"的话，接着道：

> 今观《外传》之文，记夫子之绪论与春秋杂说，或引《诗》以证事，或引事以明《诗》，使"为法者章显，为戒者著明"（郑玄《诗谱序》语）。虽非专于解经之作，要其触类引伸，断章取义，皆有合于圣门商、赐言《诗》之义也。况夫微言大义往往而有，上推天人性理，明皆有仁义礼智顺善之心；下究万物情状，多识于鸟兽草木之名。考风雅之正变，知王道之兴衰，固天命性道之蕴而古今得失之林邪？

这段话除一二处外可以当作四家《诗》的总论看，也可以当作著述引《诗》的总论看。也可以当作汉人《诗》教的总论看。

汉人著述引《诗》，当推刘向为最。他世习《鲁诗》①。《汉书》三十六本传云：

> 向睹俗弥奢淫，而赵、卫之属起微贱，逾礼制②；向以为王教由内及外，自近者始。故采取《诗》《书》所载贤妃贞妇兴国

① 见陈乔枞：《鲁诗遗说考序》。
② 颜师古注："赵皇后、昭仪、卫婕妤也。"

显家可法则,及孽嬖乱亡者,序次为《列女传》凡八篇,以戒天子;及采传记行事,著《新序》《说苑》凡五十篇,奏之。

他这三部书多“引《诗》以证事,或引事以明《诗》”,而《列女传》引《诗》更为繁密。《汉书》本传中存着他的封事、奏疏五篇,一篇谏造陵,别篇都论灾异。各篇屡屡引《诗》,繁密不下于《列女传》。他的用意无非要“使为法者章显,为戒者著明”。他家著述引《诗》,引申或有广狭,用意也都不外乎此。阮元《诗书古训序》云:

《诗》三百篇,《尚书》数十篇,孔、孟以此为学,以此为教。故一言一行皆深奉不疑。即如孔子作《孝经》,子思作《中庸》,孟子作七篇,多引《诗》《书》以为证据。若曰,世人亦知此事之义乎?《诗》曰某某即此也。否则尚恐自说有偏弊,不足以训于人。……元录《诗书古训》……乃总《论语》、《孝经》、《孟子》、《礼记》、《大戴记》、《春秋》三传、《国语》、《尔雅》十经。……降至《国策》,罕引《诗》《书》。……汉兴……《诗》《书》复出,朝野诵习,人心反正矣。子史引《诗》《书》者,多存古训。……以晋为断。盖因汉、晋以前,尚未以二氏为训,所说皆在政治言行,不尚空言也①。

所谓“以此为学,以此为教,故一言一行皆深奉不疑”,以及“多引《诗》《书》以为证据”,正可见出段玉裁说的《诗》《书》是周人所常习。“所说皆在政治言行”是征引《诗》《书》的用意所在,也就是

① 《揅经室续集》卷一。

《诗》《书》之教。《诗》《书》之教，浑言之“异科而皆同道”，析言之又各有分别。现在单论汉人引《诗》，以著述为主，略为归类，看看所谓《诗》教的背景是什么样子。

阮元只概括的举出“政治言行”，我们看著述引《诗》要算宣扬德教的为最多。德教属于言行，可也包括在广义的政治里。如《韩诗外传》五云：

> 德也者，包天地之大，配日月之明，立乎四时之周，临乎阴阳之交，寒暑不能动也，四时不能化也。敛乎太阴而不湿，散乎太阳而不枯，鲜洁清明而备，严威毅疾而神，至精而妙乎天地之间者，德也。微圣人，其孰能与于此矣！《诗》曰：“德輶如毛，民鲜克举之。”（《大雅·烝民》）

这是陈乔枞所谓微言大义，也是引《诗》断案。又如《列女传》三《鲁漆室女传》云：

> 漆室女曰：“夫鲁国有患者，君臣父子皆被其辱，祸及众庶。妇人独安所避乎！吾甚忧之。”……君子曰：远矣，漆室女之思也。《诗》云：“知我者谓我心忧，不知我者谓我何求。”（《王风·黍离》）此之谓也。

这里赞叹漆室女忧国的美德，是“引《诗》以证事”。又同书四《卫宣夫人传》云：

> 弟立，请曰：“卫，小国也，不容二庖，请愿同庖。”终不听。

卫君使人诉于齐兄弟。齐兄弟皆欲与君,使人告女。女终不听,乃作诗曰:“我心匪石,不可转也。我心匪席,不可卷也。”(《邶风·柏舟》)

这里说《邶风·柏舟》是“贞一”的卫宣夫人所作,是“引事以明《诗》”。次于德教的是论政治的引《诗》。如《春秋繁露》十六《山川颂》云:

且积土成山,无损也成其高,无害也成其大,无亏也小其上,泰其下。久长安后世,无有去就,俨然独处,惟山之意。《诗》云:“节彼南山,惟石岩岩。赫赫师尹,民具尔瞻。”(《小雅·节南山》)此之谓也。

这是以山象征领袖的气象。又如《新书·礼》篇云:

故礼者,所以恤下也。……《诗》曰:“投我以木瓜,报之以琼琚。匪报也,永以为好也。”(《卫风·木瓜》)上少投之,则下以躯赏矣。弗敢谓报,愿长以为好;古之蓄其下者,其施报如此。

这是论待臣下的道理,所谓触类引申。又如《汉书》六《武帝纪》元狩元年诏云:

盖君者,心也,民犹肢体。肢体伤则心憯怛。日者淮南、衡山修文学,流货赂,两国接壤,怵于邪说而造篡弑。此朕之不德。《诗》云:"忧心惨惨,念国之为虐。"(《小雅·正月》)已赦天下,涤除与之更始。

诏书引《诗》自责,汉代用《诗》之广可见。又《后汉书》八十七《刘陶传》,陶上议云:

臣尝诵《诗》至于鸿雁于野之劳,哀勤百堵之事,(《小雅·鸿雁》:"之子于征,劬劳于野","之子于垣,百堵皆作。")每喟尔长怀,中篇而叹。近听征夫饥劳之声,甚于斯歌。

悼古伤今,蔼然仁者之言,可作"温柔敦厚"的一条注脚。

引《诗》论学养的也不少。如《礼记·大学》云:

《诗》云:"瞻彼淇澳,菉竹猗猗。有斐君子,如切如磋,如琢如磨。瑟兮僩兮!赫兮喧兮!有斐君子,终不可谖兮!"(《卫风·淇澳》)"如切如磋"者,道学也。"如琢如磨"者,自修也。"瑟兮僩兮"者,恂慄也。"赫兮喧兮"者,威仪也。"有斐君子,终不可谖兮"者,道盛德至善,民之不能忘也。

切磋琢磨,久已成为进德修业的格言,也可见《诗》教的广远了。又如《韩诗外传》三云:

问者曰:"夫仁者何以乐于山也?"曰:"夫山者,万民之所瞻仰也。草木生焉,万物植焉,飞鸟集焉,走兽休焉,四方益取与焉。出云道风,从乎天地之间。天地以成,国事以宁。此仁者所以乐于山也。《诗》曰:‘太山岩岩,鲁邦所瞻。’(《鲁颂·閟宫》)乐山之谓也。”

“仁者乐山”原是孔子的话(《论语·雍也》),这里是断章取义,以见仁者的修养与气度。引《诗》也是断章取义的作证。这一节可以跟前面引的《山川颂》比较着看。又《韩诗外传》二云:

上之人所遇,色为先,声音次之,事行为后。故望而宜为人君者,容也。近而可信者,色也。发而安中者,言也。久而可观者,行也。故君子容色,天下仪象而望之,不假言而知为人君者。《诗》曰:“颜如渥丹,其君也哉!”(《秦风·终南》)

容色也是学养的表现。孟子道“仁义礼智根于心;其生色也,睟然见于面,盎于背,施于四体”(《尽心上》),正是这个意思。德教、政治、学养都属于人事;与人事相对的是天道。论天道的也常引诗。如《礼记·中庸》云:

《诗》曰“德輶如毛”(《大雅·烝民》),毛犹有伦,“上天之载,无声无臭”(《大雅·文王》),至矣!

这正是《论语》上孔子说的:“天何言哉! 四时行焉,百物生焉。天何言哉!”(《阳货》)又如《春秋繁露·尧舜不擅移汤武不专杀》篇云:

且天之生民,非为王也,而天立王以为民也。故其德足以安乐民者,天予之;其恶足以贼害民者,天夺之。《诗》云:“殷士肤敏，裸将于京，侯服于周。天命靡常！”（《大雅·文王》）言天之无常予、无常夺也。

“天命靡常”在阴阳家五德终始说的解释下，成为汉代一般的信仰。这里却没有提到五德说，只简截地引《诗》为证。又，汉人常谈的灾异也属于天道。同书《必仁且智》篇云：

天地之物有不常之变者谓之异，小者谓之灾。灾常先至而异乃随之。灾者，天之谴也；异者，天之威也。谴之而不知，乃畏之以威。《诗》云：“畏天之威。”（《周颂·我将》）殆此谓也。

这一节可以作“灾异”的界说看。《汉书》九《元帝纪》，永光四年六月“戊寅晦，日有蚀之”，诏云：

今朕暗于王道，夙夜忧劳，不通其理，靡瞻不眩，靡听不惑。是以政令多还，民心未得。……公卿大夫，好恶不同，或缘奸作邪，侵削细民。元元安所归命哉！乃六月晦日有蚀之。《诗》不云乎？“今此下民，亦孔之哀！”（《小雅·十月之交》）

《十月之交》正是纪日食之异的诗，所以诏书中引《诗》语，见得民生可哀，天变可畏；是罪己并责勉公卿大夫的意思。

此外有引《诗》以述史事、明制度、记风俗的。如《汉书》七十三《韦玄成传》，太仆王舜、中垒校尉刘歆议〔宗庙〕曰：

臣闻周室既衰，四夷并侵，猃狁最强——于今匈奴是也。

至宣王而伐之。诗人美而颂之曰:“薄伐猃狁,至于太原。”(《小雅·六月》)又曰:“啴啴推推,如霆如雷,显允方叔,征伐猃狁,荆蛮来威。”(《小雅·采芑》)故称中兴。……孝武皇帝……遣大将军、骠骑、伏波、楼船之属南灭百粤,起七郡,北攘匈奴,降昆邪十万之众。……东伐朝鲜……断匈奴之左臂。西伐大宛……裂匈奴之右臂。……中兴之功未有高焉者也。……

这里引《诗》述史,颂美武帝的中兴。又如《韩诗外传》八云:

……于是黄帝乃服黄衣,戴黄冕,致斋于宫。凤乃蔽日而至。黄帝降于东阶,西面,再拜稽首曰:“皇天降祉,不敢不承命!”凤乃止帝东囿(原作“国”,据《说苑·辨物》篇校改),集帝梧桐,食帝竹实,没身不去。《诗》曰:“凤凰于飞,翙翙其羽,亦集爰止。”(《大雅·卷阿》)

这是神话,可是在古人眼里也是史。这不是引《诗》述史而是引《诗》证史。又如蔡邕《独断》下云:

宗庙之制,古学以为人君之居前有朝,后有寝;终则前制庙以象朝,后制寝以象寝。庙以藏主,列昭穆;寝有衣冠几杖象生之具。总谓之宫。《月令》曰“先荐寝庙”,《诗》云“公侯之宫”(《召南·采蘩》),《颂》曰“寝庙奕奕”(《鲁颂·閟宫》;《毛诗》作“新庙”,蔡当据《鲁诗》),言相连也。

这是引《诗》以证宫的制度。又如《春秋繁露·郊祀》篇云：

为人子而不事父者，天下莫能以为可。今为天之子而不事天，何以异是？是故天子每至岁首，必先郊祭以享天，乃敢为地，行子礼也。每将兴师，必先郊祭以告天，乃敢征伐，行子之道也。文王受天命而王天下，先郊乃敢行事而兴师伐崇。其诗曰："芃芃棫朴，薪之槱之。济济辟王，左右趋之。济济辟王，左右奉璋。奉璋莪莪，髦士攸宜。"(《大雅·棫朴》)此郊辞也。其下曰："淠彼泾舟，烝徒楫之。周王于迈，六师及之。"(同上)此伐辞也。

这里引《诗》以明郊的制度。又如《汉书》二十八《地理志》云：

天水、陇西山多林木，民以板为室屋。及安定、北地、上郡、西河皆迫近戎狄，修习战备，高上气力，以射猎为先。故《秦诗》曰："在其板屋。"(《小戎》)又曰："王于兴师，修我甲兵，与子偕行。"(《无衣》)及《车辚》《四载》《小戎》之篇，皆言车马田狩之事。

这是记风俗的引《诗》。

还有引《诗》以明天文地理的。又有用《诗》作隐语的。而诗篇入乐的意义，著述中也常论及。如《汉书》二十六《天文志》云：

西方为雨，雨，少阴之位也。月失中道，移而西，入毕，则多雨。故《诗》云："月离于毕，俾滂沱矣。"(《小雅·渐渐之石》）言多雨也。

这两句诗里的天文学早就反映在孔子的故事里。《史记》六十七《仲尼弟子列传》云：

他日，弟子进问〔有若〕曰："昔夫子当行，使弟子持雨具。已而果雨。弟子问曰：'夫子何以知之？'夫子曰：'《诗》不云乎？"月离于毕，俾滂沱矣。"昨暮月不宿毕乎？'"……

故事未必真，却可见劳孝舆说的"事物细微，皆引《诗》以证其得失"（见前）那句话确有道理。又如《汉书·地理志》云：

魏国亦姬姓也，在晋之南河曲。故其诗曰"彼汾一曲"（《汾沮洳》），"置之河之侧"（《伐檀》）。

这里引《诗》以明魏国的地理。至于用《诗》为隐语，春秋时就有了①，直到汉末还存着这个风气。《后汉书》八十三《徐稚传》云：

……及林宗有母忧，稚往吊之，置生刍一束于庐前而去。众怪不知其故。林宗曰："此必南州高士徐孺子也。《诗》不云乎？'生刍一束，其人如玉'（《小雅·白驹》）。吾无德以堪之。"

① 顾颉刚先生《诗经在春秋战国间的地位》一文中说："最奇怪的用《诗》，是把诗句当歇后语或猜谜一样看待。"他举《国语·鲁语》下叔孙穆子说的"豹之业及《匏有苦叶》矣"和《左传·定公十年》驷赤说的"臣之业在《扬水》卒章之四言矣"为例（《古史辨》三下三四〇至三四一面）。

这是无语的隐语，所以“众怪不知其故”。又，解释入乐《诗》篇的意义的，如《礼记·射义》云：

> 其节：天子以《驺虞》为节，诸侯以《狸首》为节，卿大夫以《采苹》为节，士以《采蘩》为节。《驺虞》者，乐官备也。《狸首》者，乐会时也。《采苹》者，乐循法也。《采蘩》者，乐不失职也。

这中间《狸首》篇是逸《诗》。

汉人著述引《诗》之多，用《诗》之广，由以上各项可见。无论大端细节，他们都爱引《诗》，或断或证——这自然非讽诵烂熟不可。陈乔枞所谓“上推天人性理”，“下究万物情状”，以至“古今得失之林”，总而言之，就是包罗万有。春秋以后，要数汉代能够尽《诗》之用。春秋用《诗》，还只限于典礼、讽谏、赋《诗》、言语[①]；汉代典礼别制乐歌，赋《诗》也早已不行，可是著述用《诗》，范围之广，却超过春秋时。孔子道：

> 小子何莫学夫《诗》？《诗》可以兴，可以观，可以群，可以怨。迩之事父，远之事君。多识于鸟兽草木之名。（《论语·阳货》）

这是《诗》教的意念的源头。孔子的时代正是《诗》以声为用到《诗》以义为用的过渡期，他只能提示《诗》教这意念的条件。到了

① 见《诗经在春秋战国间的地位》文中，《古史辨》三下，三二二面。

汉代，这意念才形成，才充分的发展。不过无论怎样发展，这意念的核心只是德教、政治、学养几方面——阮元所谓政治言行，——也就是孔子所谓兴、观、群、怨。“温柔敦厚”一语便从这里提炼出来。《论语》中孔子论《诗》、礼、乐甚详，而且说：

兴于《诗》，立于礼，成于乐。（《泰伯》）

好像看作三位一体似的。因此《经解》里所记孔子论《诗》教、乐教、礼教的话，便觉比较亲切而有所依据，跟其他三科几乎全出于依托的不同。汉代《诗》和礼乐虽然早已分了家，可是所谓“温柔敦厚”，还得将《诗》礼乐合看才能明白。《韩诗外传》八有一个《诗》的故事：

〔魏〕文侯曰：“中山之君亦何好乎？”〔苍唐〕对曰：“好《诗》。”文侯曰：“于《诗》何好？”曰：“好《黍离》与《晨风》。”文侯曰：“《黍离》何哉？”对曰：“彼黍离离，彼稷之苗。行迈靡靡，中心摇摇。知我者谓我心忧，不知我者谓我何求。悠悠苍天，此何人哉！”文侯曰：“怨乎？”①曰：“非敢怨也，时思也。”文侯曰：“《晨风》谓何？”对曰：“‘鴥彼晨风，郁彼北林，未见君子，忧心钦钦。如何如何！忘我实多！’——此自以‘忘我’者也。”（原无末七字。许维遹先生据《文选·四子讲德论注》与《御览》七七九补。）于是文侯大悦……遂废太子䜣，召中山君以为嗣。

① 皮锡瑞《诗经通论》“论诗教温柔敦厚在婉曲不直言”条夹注云：“《韩诗》以《黍离》为伯奇之弟伯封作，言孝子之事，故能感悟慈父。与《毛诗》以为闵周者不同。”

这是一个很著名的故事，西汉王褒作《四子讲德论》，已经引用[1]。宋王应麟《困学纪闻》三列举“兴于《诗》”的事例，第一件便是“子击（中山君名击）好《晨风》《黍离》而慈父感悟”。其次是周磐。《后汉书》六十九本传云：

> 居贫养母，俭薄不充。尝诵《诗》至《汝坟》之卒章，慨然而叹。乃解韦带就孝廉之举。

《召南·汝坟》末章道：“鲂鱼赪尾，王室如燬。虽则如燬，父母孔迩。”章怀太子《后汉书注》引《韩诗薛君章句》：“以父母甚迫近饥寒之忧，为此禄仕。”周磐是“兴于《诗》”“而为亲从仕”（《纪闻》语）的。后世因读诵而兴的例子还有些，多半也是“兴于《诗》”；而以孝思为主[2]。这些都是实践的温柔敦厚的《诗》教。可是探源立论，事亲事君都是礼的节目，而礼乐是互相为用的，是相反相成的；所以要了解《诗》教的意义，究竟不能离开乐教和礼教。

三　温柔敦厚

《经解》篇孔颖达《正义》释“温柔敦厚”句云：

> 温谓颜色温润，柔谓情性和柔。《诗》依违讽谏，不指切事

① 句云：“太子击诵《晨风》，文侯喻其旨意。”

② 见《太平御览》六一六。

情,故云温柔敦厚是《诗》教也。

又释“《诗》之失愚”云:

《诗》主敦厚。若不节之,则失在愚。

又释“温柔敦厚而不愚”句云:

此一经以《诗》化民,虽用敦厚,能以义节之;欲使民虽敦厚,不至于愚。则是在上深达于《诗》之义理,能以《诗》教民也。故云“深于《诗》者也”。

更重要的是《正义》里下面一番话:

然《诗》为乐章,《诗》乐是一,而教别者:若以声音干戚以教人,是乐教也。若以《诗》辞美刺讽谕以教人,是《诗》教也。此为政以教民,故有六经。……此六经者,惟论人君施化,能以此教民,民得从之;未能行之至极也。若盛明之君为民之父母者,则能恩惠下及于民。则《诗》有好恶之情,《礼》有政治之体,《乐》有谐和性情,皆能与民至极,民同上情。故《孔子闲居》云:“志之所至,《诗》亦至焉。《诗》之所至,礼亦至焉。礼之所至,乐亦至焉。”是也。其《书》《易》《春秋》,非是与民相感恩情至极者,故《孔子闲居》无《书》《易》及《春秋》也。

这里将所谓“六经”分为二科,而以《诗》《礼》《乐》为“与民相感恩情至极者”;《诗》《礼》《乐》三位一体,合于《论语》里孔子的话。而所谓“以《诗》化民”,所谓“在上深达于《诗》之义理,能以《诗》教民”,是概括《诗大序》的意思,《诗大序》又是孔子论“学《诗》”那一节话的引申和发展。所谓“以义节之”,就是《诗大序》说的“发乎情,止乎礼义”,也就是儒家说的“不偏之谓中”(《礼记·中庸》)。《诗》教究竟以意义为主,所以说“以《诗》辞美刺讽谕以教人”;美刺讽谕不离乎政治,所谓“《诗》依违讽谏,不指切事情”,就指美刺讽谕而言。

孔子时代,《诗》与乐开始在分家。从前是《诗》以声为用;孔子论《诗》才偏重在《诗》义上去。到了孟子,《诗》与乐已完全分了家,他论《诗》便简直以义为用了。从荀子起直到汉人的引《诗》,也都继承这个传统,以义为用。上文所分析的汉代各例,可以见出。但“《诗》为乐章,《诗》乐是一”是个古久的传统,就是在《诗》乐分家以后,也还有很大的影响。论乐的不会忘记《诗》。《礼记·乐记》云:

> 德者,性之端也。乐者,德之华也。金石丝竹,乐之器也。《诗》言其志也,歌咏其声也,舞动其容也。三者本于心,然后乐气(阮刻本原作“器”,据《校勘记》改)从之。

《诗》与歌舞合一。又云:“乐师辨乎声《诗》。”又云:“然后正六律,和五声,弦歌《诗》颂,此之谓德音。德音谓之乐。”都说的“《诗》乐是一”。论《诗》的也不能忘记乐。《诗大序》云:

> 情动于中而形于言。言之不足,故嗟叹之。嗟叹之不足,

故永歌之。永歌之不足,不知手之舞之、足之蹈之也。情发于声,声成文谓之音。治世之音安以乐,其政和。乱世之音怨以怒,其政乖。亡国之音哀以思,其民困。

前七语,历来论《诗》的不知引过若干次。但这一整段话也散见在《乐记》里,其实都是论乐的。而《诗》教更不能离乐而谈。一来声音感人比文辞广博得多,若只着眼在"《诗》辞美刺讽谕"上,《诗》教就未免狭窄了。二来以声为用的《诗》的传统——也就是乐的传统——比以义为用的《诗》的传统古久得多,影响大得多;《诗》教若只着眼在意义上,就未免单薄了。所以"温柔敦厚"该是个多义语:一面指"《诗》辞美刺讽谕"的作用,一面还映带着那"《诗》乐是一"的背景。这只要看看乐之所以为教,就可明白。《经解》以"广博易良"为乐教。《正义》云:"乐以和通为体,无所不用,是广博;简易良善,使人从化,是易良。"《乐记》阐发乐教最详。《记》云:

乐也者,圣人之所乐也,而可以善民心,其感人深,其移风易俗。故先王著其教焉。

"乐以和通为体",所以说"乐者,天地之和也","异文合爱者也"。又说"仁近于乐","乐者敦和"。又说:"立之学等,广其节奏,省其文采,以绳德厚。"又说:"乐者,天地之命,中和之纪,人情之所不能免也。"从消极方面看,"乐至则无怨","暴民不作,诸侯宾服,兵革不试,五刑不用,百姓无患,天子不怒,如此则乐达矣"。"中和之纪"的"中"是"适"的意思。《吕氏春秋·适音》篇云:

夫音亦有适。……太巨太小,太清太浊,皆非适也。何谓适?

> 衷,音之适也。何谓衷?小(原作"大",据许维遹先生《吕氏春秋集释》引陶鸿庆说改)不出钧,重不过石,小大轻重之衷也。

"衷""中"通用。"适"又有"节"的意思。同书《重己》篇"故圣人必先适欲"高诱注:"适犹节也。"又《荀子·劝学》篇道:"诗者,中声之所止也。"(王先谦《荀子集解》云:"此不言乐,以《诗》乐相兼也。")所谓"中声"当兼具这两层意思。杨倞注:"诗谓乐章,所以节声音,至乎中而止,不使流淫也。"大致不错。以上所引《乐记》和《荀子》的话,都可作"温柔敦厚"的注脚,是乐教,也未尝不是《诗》教。

礼乐是不能分开独立的。虽然《乐记》里说:"乐者为同,礼者为异;同则相亲,异则相敬。"又说:"礼节民心,乐和民声。"又说:"乐者,天地之和也;礼者,天地之序也。"好像礼乐的作用是相反的。可是说"礼乐之情同",《正义》云:"致治是同。"又云:

> 是故先王之制礼乐也,非以极口腹耳目之欲也,将以教民平好恶而反人道之正也。

所以说"知乐则几于礼矣"。"平好恶"是"和"也是"节";二者是相反相成的。《论语》,有子曰:

> 礼之用,和为贵。……知和而和,不以礼节之,亦不可行也。(《学而》)

礼也以和为贵,可见"和"与"节"是一事的两面,所求的是"平",

也就是"适",是"中"。孔子论《关雎》"乐而不淫,哀而不伤"(《论语·八佾》)。何晏《集解》引孔安国云:"乐不至淫,哀不至伤,言其和也。"是"和",同时是"节"。又,《管子·内业》篇云:

> 凡人之生也,必以平正;所以失之,必以喜怒忧患。是故止怒莫若《诗》,去忧莫若乐,节乐莫若礼,守礼莫若敬,守敬莫若静。

《诗》与礼乐并论;说"敬",说"节",说"平正",也都可以跟《乐记》印证。而"止怒莫若《诗》"一语,更得温柔敦厚之旨。《经解》以"恭俭庄敬"为礼教,《正义》云:"礼以恭逊、节俭、齐(斋)庄、敬慎为本。"恭俭是"节",庄敬是"敬";从另一角度看,也是一事的两面。所谓"《诗》依违讽谏,不指切事情",正是"敬"与"节"的表现。古代有献诗讽谏的传统——汉代王式还以《三百五篇》当谏书,《周语上》邵公谏厉王说:"天子听政,使公卿至于列士献诗……而后王斟酌焉,是以事行而不悖。"《晋语》六范文子也向赵文子说到古之王者"使工诵谏于朝,在列者献诗,使勿兜(惑也)"。《白虎通·谏诤》篇云:

> 谏有五:其一曰讽谏,二曰顺谏,三曰窥谏,四曰指谏,五曰陷谏。讽谏者……知祸患之萌,深睹其事未彰而讽告焉。……顺谏者……出词逊顺,不逆君心。……窥谏者……视君颜色不悦,且却;悦则复前,以礼进退。……指谏者……指者,质也,质相其事而谏。……陷谏者……恻隐发于中,直

> 言国之害,励志忘生,为君不避丧身。……孔子曰:"谏有五,吾从讽之谏。"事君……去而不讪,谏而不露。故《曲礼》曰:"为人臣不显谏。"

这里前三种是婉言一类,后二种是直言一类;婉言占五分之三,可见谏诤当以此种为贵。而文中引孔子的话,独推"讽谏",并以"谏而不露"和《曲礼》"不显谏"等语申述意旨。《文选·甘泉赋》李善注:"不敢正言谓之讽。"①大概讽谏更为婉曲。《诗大序》云:"下以风刺上,主文而谲谏;言之者无罪,闻之者足以戒。"郑玄《笺》"风刺","谓譬谕不斥言","谲谏,咏歌依违不直谏"。"主文"当指文辞②,就是所谓"《诗》辞美刺讽谕"。讽谏似乎就是"谲谏",似乎就指献诗讽谏而言。讽谏用诗,自然是最婉曲了。谏诤是君臣之事,属于礼;献诗主"温柔敦厚",正是礼教,也是"诗"教。

"温柔敦厚"是"和",是"亲",也是"节",是"敬",也是"适",是"中"。这代表殷、周以来的传统思想。儒家重中道,就是继承这种传统思想。郭沫若先生《周彝铭中之传统思想考》(《金文丛考》一)论政治思想云:

> 人臣当恪遵君上之命,君上以此命臣,臣亦以此自矢于其君。……为政尚武……征伐以威四夷,刑罚以威内,为之太过

① "奏《甘泉赋》以风"句下,引《毛诗序》"下以风刺上",云:"音讽,不敢正言谓之讽。"

② 《郑笺》:"主文,主与乐之宫商相应也。"似乎不确切。朱子解为"主于文辞而托之以谏"(见《吕氏家塾读诗记》卷三),今依朱说。

则人民铤而走险,故亦以暴虐为戒,以瘅遏庶民,鱼肉鳏寡为戒,而励用中道。

又论道德思想云:

德字始见于周文,于文以“省心”为德。故明德在乎明心。明心之道欲其谦冲,欲其荏染,欲其虔敬,欲其果毅,此得之于内者也。其得之于外,则在崇祀鬼神,帅型祖德,敦笃孝友,敬慎将事,而益之以无逸。

所说的君臣之分,“中道”,以及“谦冲”,“荏染”,“敦笃孝友,敬慎将事”等,“温柔敦厚”一语的涵义里都有。周人文化,继承殷人;这种种思想真是源远流长了。而“中”尤其是主要的意念。“温柔敦厚”本已得“中”;可是说这话的(不会是孔子)还怕人“以辞害志”,所以更进一层说“《诗》之失愚”,必得“温柔敦厚而不愚”才算“深于《诗》”。所谓“愚”就是过中。《孟子·告子下》云:

公孙丑问曰:“高子曰:‘《小弁》,小人之诗也。’”孟子曰:“何以言之?”曰:“怨。”曰:“固哉高叟之为诗也!有人于此,越人关弓而射之,则己谈笑而道之。无他,疏之也。其兄关弓而射之,则己垂涕泣而道之。无他,戚之也。《小弁》之怨,亲亲也;亲亲,仁也。固矣夫高叟之为诗也!”曰:“《凯风》何以不怨?”曰:“《凯风》,亲之过小者也;《小弁》,亲之过大者也。亲之过大而不怨,是愈疏也;亲之过小而怨,是不可矶(赵岐注:激也)也。愈疏,不孝也;不可矶,亦不孝也。”

高子因《小弁》诗(《小雅》)怨亲,便以为是小人之诗;公孙丑并举出《凯风》诗(《邶风》)的不怨亲作反证。孟子说,《诗》也可以怨亲,只要怨得其中。他解释怎样《小弁》篇的怨是得中,《凯风》篇的不怨也是得中;而得中是仁,也是孝。高子以为凡是怨亲都不得中,他的看法未免太死了;他那种看法就是过中。孟子评他为"固","固"就是"《诗》之失愚"的"愚"。像孟子的论《诗》,才是"温柔敦厚而不愚",才是"深于《诗》"。——论《诗》如此,"为人"也如此;所谓愚忠、愚孝,都是过中,过中就"失之愚"了。

有过中自然有不及中。但不及可以求其及,不像过了的往回拉的难,所以《经解》篇的六失都只说过中。一般立论却常着眼在不及中,因为不及中的多。就《诗》教看,更显然如此。高子以《小弁》篇为小人之诗,就是说它不及中,不过他错了。汉代关于屈原《离骚经》的争辩,也是讨论《离骚经》是否不及中,或不够温柔敦厚。《史记》八十四《屈原贾生列传》云:

> 屈平正道直行,竭忠尽智以事其君,谗人间之,可谓穷矣。信而见疑,忠而被谤,能无怨乎?屈平之作《离骚》,盖自怨生也。

又引淮南王安《叙离骚传》云①:

> 《国风》好色而不淫,《小雅》怨诽而不乱。若《离骚》者,可谓兼之矣。……其文约,其辞微,其志洁,其行廉。其称文

① 《史记》并未说明出处,这里根据班固《离骚序》、洪兴祖《楚辞补注》引。

> 小而其指极大，举类迩而见义远。……濯淖污泥之中，蝉蜕于浊秽，以浮游尘埃之外，不获世之滋垢，皭然泥而不滓者也。推此志也，虽与日月争光可也。

刘安以《诗》义论《离骚》，所谓“好色而不淫”“怨诽而不乱”都是得其中；所以虽“自怨生”，还不失为温柔敦厚。但班固以为不然。他作《离骚序》，引刘氏语，以为“斯论似过其真”，又云：

> 且君子道穷，命矣。故潜龙不见是而无闷，《关雎》哀周道而不伤，蘧瑗持可怀之智，宁武保如愚之性，咸以全命避害，不受世患。故《大雅》曰：“既明且哲，以保其身。”（《烝民》）斯为贵矣。今若屈原，露才扬己，竞乎危国群小之间，以离谗贼。然责数怀王，怨恶椒、兰，愁神苦思，强非其人，忿怼不容，沉江而死，亦贬絜（洁）狂狷景行之士。多称昆仑、冥婚、宓妃、虚无之语，皆非法度之政（正），经义所载。谓之兼《诗》风雅而与日月争光，过矣。……虽非明智之器，可谓妙才者也。

这里说屈子为人和他的文辞中的怨责譬谕都不及中；总之，“露才扬已”，不够温柔敦厚。后来王逸作《楚辞章句》，叙中指出屈子“独依诗人之义而作《离骚》，上以讽谏，下以自慰”。又驳班氏云：

> 今若屈原，膺忠贞之质，体清洁之性，直若砥矢，言若丹青，进不隐其谋，退不顾其命。此诚绝世之行，俊彦之英也。而班固云云。昔伯夷、叔齐让国守分，不食周粟，遂饿而死。

岂可复谓有求于世而怨望哉？且诗人怨主刺上，曰："呜呼！小子，未知臧否……匪面命之，言提其耳。"（《大雅·抑》）风谏之语，于斯为切。然仲尼论之，以为《大雅》。引此比彼，屈原之词，优游婉顺，宁以其君不智之故，欲提其耳乎？而论者以为"露才扬己"，怨刺其上，强非其入，殆失厥中矣。

又说"《离骚》之文依托'五经'以立义焉……诚博远矣"，也是驳班氏的。王氏似乎也觉得屈原为人并非"中行"之士，但不以为不及中而以为"绝世"——"绝世"该是超中。至于屈原的文辞，王氏却以为"优游婉顺"，合于"诗人之义"——"优游婉顺"就是温柔敦厚。屈子的"绝世之行"在乎自沉；自沉确是不合乎中——就是超中，倒未尝不可。战国文辞，铺排而有圭角；他受了时代的影响，"体慢"语切[①]，不能像《诗》那样"不指切事情"也是有的。可是《史记》里说得好：

屈平……虽放流，眷顾楚国，系心怀王，不忘欲反，冀幸君之一悟，俗之一改也。其存君兴国而欲反覆之。一篇之中，三致志焉。然终无可奈何。

又以人穷呼天，疾病呼父母喻他的怨。他这怨只是一往的忠爱之忱，该够温柔敦厚的。至于他"引类譬谕"，虽非"经义所载"，而"依《诗》取兴"[②]，异曲同工，并不悖乎《诗》教。班氏也承认"后世莫不……则象其从容"[③]；这从容的气象便是温柔敦厚的表现，不仅

① 《文心雕龙·辨骚》篇论《楚辞》云："体慢于三代。"
② 以上三语都见王逸《离骚经章句序》。
③ 《离骚序》。

是“妙才”所能有。那么,“露才扬己”确是“失中”之语,而淮南王所论并不为“过其真”了。

汉以后时移世异,又书籍渐多,学者不必专读经,经学便衰了下来。讽诵《诗》的少了,引《诗》的自然也就少了。乐府诗虽然代《三百篇》而兴,可是应用不广,不能取得《三百篇》的权威的地位;建安以来,五言诗渐有作者,他们更没有涵盖一切的力量。著述里自然不会引用这些诗。《诗》教的传统因而大减声势。不过汉末直到初唐的诗虽然多“缘情”而少“言志”[①],而“优游不追”[②],还不失为温柔敦厚;这传统还算在相当的背景里生活着。盛唐开始了诗的散文化,到宋代而大盛;以诗说理,成为风气。于是有人出来一面攻击当代的散文化的诗,一面提倡风人之诗。这种意见北宋就有,而南宋中叶最盛[③]。这是在重振那温柔敦厚的《诗》教。一方面道学家也论到了《诗》教。道学家主张“文以载道”,自然也主张“诗以言志”。当时《诗》教既经下衰,诗又在散文化,单说“温柔敦厚”已经不足以启发人,所以他们更进一步,以《论语》所记孔子论《诗》的“思无邪”一语为教;他们所重在道不在诗。北宋程子、谢良佐论《诗》,便已特地拈出这一语[④],但到了南宋初,吕祖谦的《吕氏家塾读诗记》里才更强调主张,他成为这一说的重要的代表。他

① 陆机《文赋》:“诗缘情而绮靡。”《今文尚书·尧典》:“诗言志。”《左传·襄公二十七年》:“诗以言志。”“言志”离不开政教,详《诗言志》篇。

② 严羽《沧浪诗话·诗辩》云:“〔诗之〕大概有二:曰优游不迫,曰沉着痛快。”

③ 北宋时沈括论韩愈诗,以为是“押韵之文”,不是诗,见惠洪:《冷斋夜话》二。南宋提倡风人之诗的以刘克庄、严羽为代表。刘说散见《后村先生大全集》。严说见《沧浪诗话》。

④ 《吕氏家塾读诗记》卷一引程氏曰:“思无邪,诚也。”又引谢氏曰:“……其(诗)为言率皆乐而不淫,忧而不困,怨而不怒,哀而不愁……其与忧愁思虑之作,孰能优游不迫也?孔子所以有取焉。作诗者如此,读诗者其可以邪心读之乎!”

以为"作《诗》之人所思皆无邪"①,以为"《诗》人以无邪之思作之,学者亦以无邪之思观之,闵惜惩创之意自见于言外"②。朱子却觉得如此论《诗》牵强过甚,以为不如说"彼虽以有邪之思作之,而我以无邪之思读之,则彼之自状其丑者,乃所以为吾警惧惩创之资"。又道:"曲为训说而求其无邪于彼,不若反而得之于我之易也。巧为辩驳而归其无邪于彼,不若反而责之于我之切也。"③这便圆融得多了。

朱子可似乎是第一个人,明白的以"思无邪"为《诗》教。在《吕氏诗记》的序里,他虽然还是说"温柔敦厚之教",但在《诗集传》的序里论"《诗》之所以为教",便只发挥"思无邪"一语。他道:

> 诗者,人心之感物而形于言之余也。心之所感有邪正,故言之所形有是非。惟圣人在上,则其所感者无不正,而其言皆足以为教。其或感之之杂,而所发不能无可择者,则上之人必思所以自反,而因有以劝惩之。是亦所以为教也。
>
> 昔周盛时,上自郊庙朝廷而下达于乡党闾巷,其言粹然,无不出于正者。圣人固已协之声律而用之乡人,用之邦国,以化天下。至于列国之诗,则天子巡守,亦必陈而观之,以行黜陟之典。降至昭、穆而后,寖以陵夷;至于东迁而遂废不讲矣。孔子生于其时,既不得位,无以行帝王劝惩黜陟之政。于是特举其籍而讨论之,去其重复,正其纷乱。而其善之不足以为法,恶之不足以为戒者,则亦刊而去之,以从简约,示久远。使

① 朱子《读吕氏诗记·桑中》篇云:"孔子之称'思无邪'也……非以作诗之人所思皆无邪也。"(《朱文公文集》七十)

② 《吕氏家塾读诗记》卷五。

③ 见《读吕氏诗记·桑中》篇。

夫学者即是而有以考其得失，善者师之而恶者改焉。是以其政虽不足行于一时，而其教实被于万世。是则《诗》之所以为教者然也。

这是以“思无邪”为《诗》教的正式宣言。文中以正邪善恶为准，是着眼在“为人”上。我们觉得以“思无邪”论《诗》，真出于孔子之口，自然比“温柔敦厚”一语更有分量；但当时去此取彼，却由于道学眼。其实这两句话一正一负，足以相成，所谓“合之则两美”。道学眼也无妨，只要有一只眼看在诗上。文中从学者方面说到“考其得失，善者师之而恶者改焉”，阐明诗是怎样教人。又从作诗方面说到所感有纯有杂，纯者固足以为教，杂者可使上之人“思所以自反，而因有以劝惩之”，也足以为教。这都足以补充温柔敦厚说之所不及。原来不论“温柔敦厚”也罢，“无邪”也罢，总有那些不及中的。前引孔颖达说人君以“六经”教民，“能与民至极”者少，“未能行之至极”者多，可是都算行了六艺之教。那是说“教”虽有参差，而为教则一——《诗》教自然也如此。朱子却是说，《诗》虽有参差，而为教则一。经过这样补充和解释，《诗》教的理论便圆成了。但是那时代的诗尽向所谓“沉着痛快”一路发展。一方面因为散文的进步，“文笔”“诗笔”的分别转成“诗”“文”的分别，选本也渐渐诗文分家，不再将诗列在“文”的名下，像《文选》以来那样。诗不是从前的诗了，教也不及从前那样广了；“温柔敦厚”也好，“无邪”也好，《诗》教只算是仅仅存在着罢了。这时代却有用“温柔敦厚”论文的，如杨时《龟山集》十《语录》云：

为文要有温柔敦厚之气；对人主语言及章疏文字，温柔敦厚尤不可无。……君子之所养,要令暴慢邪僻之气不设于身体。

这简直将《诗》教整套搬去了,虽然他还是将诗包括在"文"里。这时代在散文的长足的发展下,北宋以来的"文以载道"说渐渐发生了广大的影响,可以说成功了"文教"——虽然并没有用这个名字。于是乎"六经"都成了"载道"之文——这里所谓"文"包括诗;——于是乎"文以载道"说不但代替了《诗》教,而且代替了六艺之教。

正　　变

一　风雅正变[①]

郑玄《诗谱序》云：

迩及商王，不风不雅。何者？论功颂德，所以将顺其美；刺过讥失，所以匡救其恶。各于其党，则为法者彰显，为戒者著明。

周自后稷播种百谷，黎明阻饥，兹时乃粒，自传以此名也。陶唐之末，中叶公刘亦世修其业以明民共财。至于大王、王季，克堪顾天。文、武之德光熙前绪，以集大命于厥身。遂为天下父母，使民有政有居。其时诗，风有《周南》《召南》，雅有《鹿鸣》《文王》之属。及成王、周公致大平，制礼作乐，而有颂声兴焉，盛之至也。本之由此风雅而来，故皆录之，谓之诗之正经。

后王稍更陵迟。懿王始受谮亨（烹）齐哀公。夷身失礼之

① 本段的主要论点，由何善周君启发，引证的材料也多由他搜集给我，特此志谢。

后，邶不尊贤。自是而下，厉也，幽也，政教尤衰，周室大坏。《十月之交》《民劳》《板》《荡》，勃尔俱作；众国纷然，刺怨相寻。五霸之末，上无天子，下无方伯，善者谁赏？恶者谁罚？纪纲绝矣。故孔子录懿王、夷王时诗讫于陈灵公淫乱之事，谓之变风变雅。——以为勤民恤功，昭事上帝，则受颂声，弘福如彼；若违而弗用，则被劫杀，大祸如此。吉凶之所由，忧娱之萌渐，昭昭在斯，足作后王之鉴，于是止矣。

这一番议论有许多来历。第一是审乐知政，本于《左传》季札观乐的记载（襄公二十九年）和《礼记·乐记》[1]。第二是知人论世，本于《孟子》[2]。第三是美刺，本于《春秋》家[3]和《诗序》。这些都只承用旧说，加以发挥和变化。最后是"变风变雅"，本于《诗大序》。《大序》云：

至于王道衰，礼义废，政教失，国异政，家殊俗，而变风变雅作矣。国史明乎得失之迹，伤人伦之废，哀刑政之苛，吟咏情性以风其上，达于事变而怀其旧俗者也。故变风发乎情，止乎礼义。发乎情，民之性也；止乎礼义，先王之泽也。

孔颖达《疏》云：

变风变雅之作，皆王道始衰，政教初失，尚可匡而革之，追而复

① "审乐以知政"，见《礼记》三十七《乐记》。

② 《孟子·万章下》："又尚论古之人。颂其诗，读其书，不知其人，可乎？是以论其世也。"

③ 《公羊》《穀梁》二传多用"褒贬"字，也用"美恶"字，又有"刺"字，详见《比兴》篇。

之；故执彼旧章，绳此新失，觊望自悔其心，更遵正道，所以变诗作也。以其交改正法，故谓之变焉。

“达于事变而怀其旧俗”，“变风变雅”原义只是如此；“变风变雅”的“变”就是“达于事变”的“变”，只是常识的看法，并无微言大义在内。孔《疏》以“变改正法”为“变”，“正”“变”对举，却已是郑氏的影响。郑氏将“风雅正经”和“变风变雅”对立起来，划期论世，分国作谱，显明祸福，“作后王之鉴”，所谓风雅正变说，是他的创见。他这样综合旧来四义组成他自己的系统的诗论。这诗论的系统可以说是靠正变说而完成，不过正变说本身并没有能够圆满地完成。他所谓“风雅正经”和“变风变雅”，有些并无确切的分别。如《郑谱》云：“武公又作卿士。国人宜之，郑之变风又作。”《秦谱》云：“至〔非子〕曾孙秦仲，宣王又命作大夫，始有车马礼乐侍御之好。国人美之，翳（秦）之变风始作（翳，伯翳也，秦是伯翳的后人）。”“宜之”“美之”自然是美诗了，怎么也会是“变风”呢？《雅》诗里也有同样的情形，《小大雅谱》曾解释道：

《大雅·民劳》《小雅·六月》之后，皆谓之变雅。美恶各以其时，亦显善惩过，正之次也。

这个解释不能自圆其说是显然的。而《豳谱》叙《七月》诗曲折更多：

周公……思公刘、大王居豳之职，忧念民事至苦之功，以比序己志。……大师大述其志，主意于豳公之事，故别其诗以为豳国变风焉。

更曲折的,郑氏将《七月》诗分为风雅颂三段;一诗备三体,这是唯一的例子。风雅正变说本身既不完密,后世修正的很多,但到底不能通而无碍①。也有根本怀疑这一说的,如叶适的话:

> 言《诗》者自《邶》《鄘》而下皆为变风,其正者《二南》而已。《二南》王者所以正天下,教则当然,未必其风之然也。《行露》之"不从",《野有死麕》之"恶",虽正于此而变于彼矣。若是则诗无非变,将何以存!季札听诗,论其得失,未尝及变。孔子教小子以可群可怨,亦未尝及变。夫为言之旨,其发也殊,要以归于正尔。美而非谄,刺而非讦,怨而非愤,哀而非私,何不正之有?后之学诗者不顺其义之所出,而于性情轻别之,不极其"志之所至",而于正变强分之——守虚会而迷实得,以薄意而疑雅言,则有蔽而无获矣。
>
> (《习学记言序目》卷六)

这番话甚为有理,但郑氏立说,也有他的背景在那里。

《说文》三下《攴部》:"变,更也。"《淮南子·泛论》篇"夫殷变夏,周变殷,春秋变周",高诱注:"变,改也。"《荀子·不苟》篇"变化代兴",杨倞注:"改其旧质谓之变。"这是"变"的通义。但是"变"还有许多别义;最重要的,就是"变化";"变"就是"化"②。不

① 见《经义考》九十八、一〇一、一〇四、一〇八、一一三、一一六、一一八各卷。

② 《淮南子·地形》篇"变宫生徵"高诱注:"变犹化也。"《广雅·释诂》卷三:"变,七也。"

过“变化”一词中的“变”和“化”原来也有些分别，上面举的《荀子》的话便是例子[①]。还有《易·系辞传》里的“变化”，据虞翻和荀爽的注，“在天为变，在地为化”[②]，也是大同小异。“在天为变”这看法关系很大。《庄子·逍遥游》：“若夫乘天地之正而御六气之辩以游无穷者，彼且恶乎待哉？”郭庆藩《庄子集释》里道：“辩与正对文，辩读为变。《广雅》：‘辩，变也。’辩、变古通用。”这是不错的。正辩就是正变。《管子·戒》篇也有“御正六气之变”一语。正变对文，这两处似乎是最早见。六气，司马彪说是阴阳风雨晦明[③]。郭象注这几句有道：“天地以万物为体，而万物必以自然为正。自然者，不为而自然者也。……故乘天地之正者，即是顺万物之性也；御六气之辩者，即是游变化之涂也。”阴阳风雨晦明都关于气象；“天有不测风云”，所以要“御”变。郭象“以自然为正”，言之成理；但牵及万物，似乎不是原语意旨所在。原语上文说“列子御风而行”，“天地”似乎就指气象，跟“六气”同义异词。郭注又道：“夫唯与物冥而循大变者为能无待而常通。”似乎以为六气虽变化而失自然，只要随顺就成。但是以失自然为变，不如以失常为变。《素问·六节藏象论》云：“苍天之气，不得无常也。气之不袭（承袭也），是谓非常；非常则变矣。”王冰注：“变谓变易天常。”这似乎明白些。可是《白虎通·灾变》篇也道：“变者，非常也。”接着却引《乐稽耀嘉》曰：“禹将受位，天意大变。迅风靡木，雷雨昼冥。”这就复杂起来。《系辞传》《庄子》《白虎通》都说的“在天为变”，但

① 杨注：“驯致于善谓之化。”

② “在天成象，在地成形，变化见矣”虞注，见《周易集解》十三；又“此所以成变化而行鬼神也”荀注，见同书十四。

③ 《周语下》“所以宣养六气九德也”，韦昭注：“六气，阴阳风雨晦明也。”

《系辞传》以变为正为常,《庄子》以变为非正,《白虎通》以变为非常,各不相同。《庄子》里的看法也许比《系辞传》早;前者似乎是一般常识,后者实在是一派哲学。《白虎通》代表汉儒的看法,虽然也从常识出发,而经过当世盛行的阴阳五行说渲染了一番,便另是一副面目。

汉儒以为天变由于失政,是对于人君的一种警告。《汉书》二十六《天文志》论的最详:

> 经星常宿……伏见蚤晚,邪正存亡,虚实阔狭;及五星所行,合散犯守,陵历斗食;彗孛飞流,日月薄食;晕适背穴,抱珥虹霓;迅雷风祅,怪云变气:此皆阴阳之精,其本在地而上发于天者也。政失于此,则变见于彼,犹影之象形,乡(响)之应声。是以明君睹之而寤,饬身正事,思其咎谢;则祸除而福至,自然之符也。

祸福"昭昭在斯",足作人君之"鉴"。但天变有时也不一定告警,如上引《乐稽耀嘉》所谓"禹将受位,天意大变",《宋书·礼志》(十四)说"以明将去虞而适夏也",便是的。不过禹是圣王,当看作例外;后世天变总以示灾为主,所以"灾变"连为一词,《白虎通》专篇讨论。注意天变,并不始于汉代,《天文志》道:

> 春秋二百四十二年间,日食三十六,彗星三见,夜常星不见、夜中星陨如雨者各一。当是时,祸乱辄应。周室微弱,上下交怨……诸侯奔走不得保其社稷者不可胜数。自是之后……并为战国,争于攻取。兵革递起,城邑数屠。因以饥馑

疾疫愁苦。臣主共忧患,其察礼祥、候星气尤急。

春秋时已经候察天变,而战国以来更急。兵革、饥馑、疾疫使人民愁苦不能聊生。"臣主共忧患",急着要找出路。天变示警,可以让"明君睹之而寤",正是一条出路。这原是适应实际的需要的,后来便凝定为一种学说,作为人君施政的指针了。"变"对"正行"而言。《天文志》又云:

夫历者,正行也。……荧惑主内乱,太白主兵,月主刑。自周室衰,乱臣贼子、师旅数起,刑罚失中。虽其亡(无)乱臣贼子、师旅之变,内臣犹不治,四夷犹不服,兵革犹不寝,刑罚犹不错。故二星与月为之失度,三变常见。及有乱臣贼子、伏尸流血之兵,大变乃出。甘、石氏〔《星经》〕见其常然,因以为纪,皆非正行也。《诗》云:"彼月而食,则惟其常。此日而食,于何不臧!"(《十月之交》)《诗传》曰:"月食,非常也,比之日食犹常也;日食则不臧矣。"谓之小变可也,谓之正行非也。

这里说荧惑、太白二星和月的失度不是"正行",是"变"。甘氏、石氏以二星失度为"逆行",和月的失度为月食一样,都是历纪的"常然",可以推算出来;《志》里却以为"逆行"总是"变",总因"政治变于下"而然。"正行"与"变"对举,原来也该本于常识,跟《逍遥游》相同;只是这里加上历算家和阴阳五行说的涵义罢了。

《诗谱序》的风雅正变说显然受了六气正变的分别和天象正变的理论的影响;特别是后者,只看《序》里归结到"弘福""大祸""后王之鉴",跟论灾变的人同一口吻,就可知道。阴阳五行说是当代的显学，郑氏曾注诸《纬书》，更见得不能自外。但“变”还有一个重要的别义，也是助成他这一说的。《穀梁传·僖公五年》：

> 夏……公及齐侯、宋公、陈侯、卫侯、郑伯、许男、曹伯会王世子于首戴。……秋八月，诸侯盟于首戴。无中事（中间无他事也）而复举诸侯，何也？尊王世子而不敢与盟也（诸侯夏“会”王世子，秋始自相“盟”）。尊则其不敢与盟何也？盟者，不相信也，故谨信也。不敢以所不信而加之尊者。（齐）桓，诸侯也，不能朝天子，是不臣也。王世子，子也，块然受诸侯之尊己而立乎其位，是不子也。桓不臣，王世子不子，则其所善焉何也？是则“变之正”也。天子微，诸侯不享觐。桓控大国，扶小国，统诸侯，不能以朝天子，亦不敢致天王。尊王世子于首戴，乃所以尊天王之命也。世子含王命会齐桓，亦所以尊天王之命也。

“是则变之正也”，范宁《集解》云：“虽非礼之正，而合当时之宜。”又襄公二十有九年：

> 夏……仲孙羯会晋荀盈、齐高止、宋华定、卫世叔仪、郑公孙段、曹人、莒人、邾人、滕人、薛人、小邾人城杞。古者天子封诸侯，其地足以容其民，其民足以满城，以自守也。杞危而不能自守，故诸侯之大夫相率以城之。此“变之正”也。

《集解》云：“诸侯危弱，政由大夫。大夫能同恤灾危，故曰变之正。”又昭公三十有一年：

> 冬，仲孙何忌会晋韩不信、齐高张、宋仲幾、卫太叔申、郑

国参、曹人、莒人、邾人、薛人、杞人、小邾人城成周。天子微，诸侯不享觐，天子之在者惟祭与号。故诸侯之大夫相率以城之。此"变之正"也。

诸侯"城杞""城成周"都是越俎代庖，"非礼之正；而合当时之宜"，所以称为"变之正"。这就是《公羊传》所谓"权"。《公羊传》桓公十有一年称美郑祭仲废君为"知权""行权"，说道："权者，反于经然后有善者也。""经权"又称"经变"①，其实也就是"正变"。这"正变"是据礼而言②。《礼记·曾子问》：

曾子问曰："葬引至于堩(道涂也)，日有食之，则有变乎？且不乎？"孔子曰："昔者吾从老聃助葬于巷党，及堩，日有食之。老聃曰：'丘，止柩，就道右，止哭以听变。'既明反而后行。曰：'礼也。'"

后来孔子请教老聃。老聃说柩当见日而行，不可见星而行；见星而行的只有罪人和奔父母之丧的人。他说日食的时候也许会见星的，所以得改变常礼，将柩停住；君子不能只顾行礼，使别人的亡亲受辱。这也是"行权"，也是"变之正"；所以老聃说"礼也"。郑氏注"则有变乎"一句道，"变谓异礼"，就是这个意思。这是"变"的别义，也对"正"而言。变而失正就是"乱"。《太史公自序》引《公

① 《春秋繁露·玉英》篇："《春秋》有经礼，有变礼。"又："明乎经变之事，然后知轻重之分，可与适权矣。"

② 郑樵《风有正变辨》曾道"必不得已，从先儒正变之说，则当如《穀梁》所谓'变之正'也"，见《六经奥论》卷三。

羊》家董仲舒说“拨乱世,反之正,莫近于《春秋》”,就将“乱”与“正”对举。郑氏曾作“起〔《穀梁》〕废疾”,注《三礼》,并作“发〔《公羊》〕墨守”,他那风雅正变对立的见解,也该多少受到这一义的影响。

“正”,《说文》二下:“是也。”有时又是“善”的同义词,见于郑氏的《仪礼注》[①]。从消极方面解释,便是“行无倾邪也”;这也是郑氏的话,见于《周礼注》[②]。“正”与“邪”对举,早见于《逸周书》,《王佩解》道:“见善而怠,时至而疑,亡正处邪,是弗能居。”孔晁注:“邪,奸术也。”贾谊《新书·道术》篇也道:“方直不曲谓之正,反正为邪。”《礼记·乐记》以“中正无邪”为“礼之质”,也是“正”“邪”对举。《乐记》论乐,又有“正声”和“奸声”的分别,本于《荀子·乐论》。《乐论》云:

> 凡奸声感人而逆气应之;逆气成象而乱生焉。正声感人而顺气应之;顺气成象而治生焉。唱和有应,善恶相象。故君子慎其所去就也。

乐是象征治乱善恶的,关系极大。奸声又称“邪音”或“淫声”,都见于《乐论》;《乐记》又称为“淫乐”,说“世乱则礼慝而乐淫”——孔颖达《疏》:“淫,过也。”《吕氏春秋·古乐》篇论乐“有正有淫”,直以“正”与“淫”对举;高诱注:“正,雅也;淫,乱也。”《乐记》载子夏对魏文侯语,论“古乐”和“新乐”,称前者为“德音”,后者为“溺

---

① 《仪礼》卷三《士冠礼》“以岁之正”注:“正犹善也。”又三十五《士丧礼》“决用正”注:“正,善也。”

② 《周礼》卷三《天官·小宰》“四曰廉正”注。

音”,也就是“正”“淫”之辨。子夏说古乐“和正以广”,新乐“奸声以滥,溺而不止”。又道:

> 夫古者天地顺而四时当,民有德而五谷昌,疾疢不作而无妖祥,此之谓大当。然后圣人作为父子君臣,以为纪纲。纪纲既正,天下大定。天下大定,然后正六律,和五声,弦歌诗颂。此之谓德音。德音之谓乐。……今君之所好者,其溺音乎?

文侯“问溺音何从出”,他答道:

> 郑音好滥淫志,宋音燕女(许维遹先生疑当作“安”字)溺志,卫音趋(促)数(速)烦志,齐音敖(傲)辟乔志。此四者皆淫于色而害于德,是以祭祀弗用也。

古代诗教与乐教是分不开的。古乐衰而新乐盛,正声微而淫声兴,是在春秋、战国之交,正是《汉书·天文志》说的“饥馑疾疫愁苦”的时代,《乐记》所谓“世乱”。这对于郑氏的诗正变说当给予若干的影响。不过诗的正变在乎所美刺的政教,“风雅正经”固然“为法者彰显”,“变风变雅”也“为戒者著明”——这并不减少诗本身的价值,跟新乐的生乱、害德是大不相同的。

但是对于诗正变说的最有力的直接的影响,也许是五行家所说的“诗妖”。《汉书》二十七中之上《五行志》引刘向《洪范五行传》云:

> 言之不从,是谓不乂。厥咎僭,厥罚恒阳,厥极忧。时则有诗妖。……

《志》里解释道：

“言之不从”，从，顺也。“是谓不乂”，乂，治也。孔子曰：“君子居其室，出其言不善，则千里之外违之；况其迩者乎？”（《易·系辞上》）《诗》云：“如蜩如螗，如沸如羹。”（《荡》）言上号令不顺民心，虚哗愦乱，则不能治海内。失在过差，故其咎僭，僭，差也。刑罚妄加，群阴不附，则阳气胜，故其罚常阳也。旱伤百谷，则有寇难，上下俱忧，故其极忧也。君炕阳而暴虐，臣畏刑而拑口，则怨谤之气发于歌谣，故有诗妖。

《开元占经》一一三“童谣”节也引《洪范五行传》云：

下既非君上之刑，畏严刑而不敢正言，则北（别？）发于歌谣，歌其事也。气逆则恶言至，或有怪谣，以此占之。故曰诗妖。

《荀子》将“奸声”和“逆气”相提并论，这里将“恶言”和“气逆”相提并论，正见出乐教、诗教的相通。据《五行志》，“妖”和“夭胎”同义，是兆头的意思①。逆气生恶言的见解，春秋末年已经有了。《国语·周语下》单穆公谏周景王铸钟，曾道：

夫耳内（纳）和声而口出美言，以为宪令而布诸民，正之以度量。民以心力，从之不倦。成事不忒（原作“贰”，依王引之

① 《汉书》二十七中之上：“凡草木之类谓之‘妖’。‘妖’，犹夭胎，言尚微。”

> 校改),乐之至也。口内味而耳内声,声味生气。气在口为言……若视听不和而有震眩,则味入不精,不精则气佚。气佚则不和,于是乎有狂悖之言……民无据依,不知所力,各有离心。上失其民,作则不济,求则不获,其何以能乐?

这番话原也是论乐教的。“气佚”,韦昭注:“气放佚,不行于身体。”这气就是气质的气。《乐记》说到“逆气”,接着说“君子……情慢邪辟之气不设于身体”,可见“惰慢邪辟之气”就是“逆气”。孔颖达《疏》以“逆气”为“奸邪之气”,刘向以“逆气”为“怨谤之气”,其实都是气质的气。刘向的话,和单穆公是相通的。单穆公说的是人君,“狂悖之言”指教令,刘向所谓“言之不从”说的也是在上位的人。不过他所谓“诗妖”却专指民间歌谣而言。单穆公似乎只据常识立论;刘向有阴阳五行说作背景,说得自然复杂些。“诗妖”既指民间歌谣——那些发泄“怨谤之气”的歌谣或“怪谣”——而歌谣也是诗,那么,诗也有发泄“怨谤之气”的作用了。这种诗就是所谓“刺诗”;“刺”也就是“怨谤”。依《毛诗》小序,刺诗的数量远过于美诗(刺诗一百二十九篇,美诗二十八篇)——所以“变风变雅”也比“风雅正经”多得多(变诗二百零六篇,正诗五十九篇)。郑氏给《毛诗传》作《笺》,面对这事实,自然而然会转念头到“诗妖”上去。借了“诗妖”说的光,他去理会《诗大序》中“变风变雅”的所谓“变”;他说“弘福如彼”“大祸如此”,将祸福强调,显然见出阴阳五行说的色彩。他又根据天文和气象的正变,礼的正变,以及乐的正淫,将那表见“旧俗”——旧时美俗——的风诗雅诗,定为“风雅正经”,来和“变风变雅”配对儿,这样构成了他的风雅正变说。这一说确是他的创见。

风雅正变说和“诗妖”说的渊源,前人已经有指出的。清初汪琬给俞南史和汪森选的《唐诗正》作序,曾道:

> 诗风雅之有正变也,盖自毛、郑之学始。成周之初,虽在途歌巷谣而皆得列于“正”。幽、厉以还,举凡出于诸侯、夫人、公卿、大夫闵世病俗之所为,而莫不以“变”名之。“正变”云云,以其时,非以其人也。……观乎诗之正变,而其时之废兴治乱、污隆得丧之数可得而鉴也。史家传志五行,恒取其“变”之甚者以为“诗妖”诗孽、“言之不从”之证。故圣人必用“温柔敦厚”为教,岂偶然哉?

这里虽未明说风雅正变说出于“诗妖”说,但能将两者比较着看,已是巨眼。“以其时,非以其人”一句话说“正变”最透彻。说到“温柔敦厚”的诗教,是说“变风变雅”虽“变而不失正”,还可以“正人心,端世教”,正是《诗大序》所谓“达于事变而怀其旧俗”和“止乎礼义,先王之泽也”的意思。惟其“变而不失正”,所以“变风变雅”并不因“变”而减少诗本身的价值。风雅正变说原只为解诗,不为评诗。不过在解诗方面,郑氏并没有能够自圆其说,如前所论。至于作诗方面,本非他意旨所及,正变说自然更无启发人处。他又说:“孔子录懿王、夷王时诗讫于陈灵公淫乱之事,谓之变风变雅。”陈灵公以后为什么连变风变雅也没有了呢?孔颖达《毛诗正义序》里的话也许可以补充他的意思。孔氏道:“成、康没而颂声寝,陈灵兴而变风息。”所谓“变风息”者,他在《诗大序》疏中道:

> 太平则无所更美,道绝则无所复讥,人情之常理也。故初

变恶俗,则民歌之,风雅正经是也。始得太平,则民颂之,《周颂》诸篇是也。若其王纲绝纽,礼义消亡,民皆逃死,政尽纷乱——《易》称“天地闭,贤人隐”——于此时也,虽有智者,无复讥刺。成王太平之后,其美不异于前,故颂声止也。陈灵公淫乱之后,其恶不可复言,故变风息也。班固云“成、康没而颂声寝,王泽竭而诗不作”(《两都赋序》),此之谓也①。

这番话将诗的发展看得太死了,有些强词夺理。但孔氏本于班固,班固又本于孟子。孟子道:“王者之迹熄而诗亡,诗亡然后《春秋》作。”(《离娄》下)②孟子说“诗亡”,班固说“诗不作”,郑氏不提“孔子录”的以后的诗——陈灵公以后的诗,自有他们的理由。孟子正生在古乐衰而新乐盛的战国时代,诗已不歌,新乐又不雅,而新的诗的传统也还没露一点芽儿,所以说是“诗”亡。班固跟着孟子说话;郑氏似乎也相信孟子的意见。郑氏生在东汉末年。四言诗从《三百篇》后一蹶不振,中间虽有拟作,也甚稀罕;到这时候才有新的乐府诗的传统建立起来。可是乐府诗原来大部分是“街陌谣讴”③,后来也只是文人争相拟制;若说个人创作的抒情的五言诗,那要等到建安时代才诞生,等到正始时代的阮籍的手里才长成。因而评论作诗的工拙的风气也到建安时代才创始。郑氏不会想到作诗方面,也是自然而然。正变说既不能圆满的解诗,后世引用的便少。上文引过的汪琬的《唐诗正序》却声明由正变说以读唐诗,

① “而变风变雅作矣”句下,见《毛诗正义》一之一。

② 赵岐注以“颂声不作”为“诗亡”,郑玄《王城谱》有“其诗不能复雅”一语,后世据此,又以雅亡为“诗亡”,都与班固不同。

③ 《宋书》十九《乐志》:“凡乐章古词今之存者,并汉世街陌谣讴。”

他道：

> 有唐三百年之间，能者间出。贞观、永徽诸诗，正之始也。然而雕刻组缋，犹不免陈、隋之遗。开元、天宝诸诗，正之盛也。然而李、杜两家联衽接踵，或近于跌宕流逸，或趋于沉着感愤，正矣，有变焉。降而大历以讫贞元，典刑具在，往往不失承平故风，庶几乎变而不失正者与？自是以后，其词愈繁，其声愈细，而唐遂陵夷以底于亡，说者比诸《曹》《郐》“无讥”焉。凡此皆时为之也。
>
> 当其盛也，人主励精于上，宰臣百执趋事尽言于下，政清刑简，人气和平。故其发之于诗率皆从容而尔雅。读者以为正，作者不自知其正也。及其既衰，在朝则朋党之相讦，在野则戎马之交讧，政繁刑苛，人气愁苦。故其所发又皆哀思促节者为多，最下则浮且靡矣。虽有贤人君子，亦尝博大其学，掀决其气，以求篇什之昌，而卒不能进及于前。读者以为变，作者亦不自知其变也。是故正变之所形，国家之治乱系焉，人才之消长、风俗之隆污系焉。后之言诗者顾惟取一字一句之工以相夸尚，夫岂足以语此？

汪氏论正变，只是说诗反映时代，毫不带阴阳五行说的色彩；这就跟郑氏大不相同。我们现在也还是这种意见——一切文学反映时代。汪氏说“读者以为正，作者不自知其正”，“读者以为变，作者亦不自知其变”，可以补充郑氏的理论；提出“作者”，他的正变说便不专为解诗，而是兼为评诗了。他说李白“跌宕流逸”，杜甫“沉着感愤”，又说“最下则浮且靡”，“虽有贤人君子……卒不能进及于前”，都是在评诗。诗到唐代，个人创作的传统已几经递嬗，“作者”和诗本身的价值的重要，早经公认。论唐诗的不但要“以其时”，还要“以其人”、以其诗。汪氏由正变说以读唐诗，而不能不牵涉到评诗，也还是个自然而然①。他又提到初唐诗“雕刻组缋，犹不免陈、隋之遗”，这又牵涉到作诗方面；又提到“后之言诗者惟取一字一句之工以相夸尚”，是兼论评诗和作诗。按他的正变说，陈、隋“雕刻组缋”跟后来作诗求“一字一句之工”也该是“变”，不过变而“失正”罢了②。这样将正变说引用到评诗和作诗两方面，是郑氏想不到的。这两方面的引用，起源远在六朝，后来逐渐发展。汪氏自然也受到影响。这可以称为诗体正变说；从郑氏的风雅正变说出来，却不是直线的发展，而是“旁逸斜出”的发展。

二　诗体正变

六朝论文，可以梁昭明太子和元帝兄弟为代表。昭明《文选序》别裁经、子、辞、史，以为都不是文；他注重“综缉辞采”，“错比文华”，举“事出于沉思，义归乎翰藻”为文的标准。“事”是事类，

---

① 朱子《跋病翁先生诗》道：“变亦大是难事。果然变而不失其正，则纵横妙用，何所不可。不幸一失其正，却似反不如守古本旧法以终其身之为稳也。李、杜、韩、柳初亦皆学选诗者；然杜、韩变多而柳、李变少。变不可学，而不变可学。”（集八十四）所谓正变，“不失其正”，“失其正”，都就诗体论；汪氏说似乎一部分出于此。

② 叶燮有《汪文摘谬》一卷，曾驳汪氏道：“昔夫子删诗，未闻有正变之分。……后之人翻欲尽变而绌之，其不然也明矣。原其故，胸中既无明见，依违于汉儒之肤说。既又迁易其辞，以正变归之时运。迨执时运之说，则又穷于论诗；于是又迁就以附会之。掣肘支离，终无一定之衡。”论虽稍苛，但指出汪氏迁易“正变”的辞义，以就后代诗的发展，是不错的。

就是典故;"藻"指譬喻,也兼指典故。"事出于沉思,义归乎翰藻"是善于用事,善于用比的意思①。元帝《金楼子·立言》篇说"吟咏风谣,流连哀思者谓之文",又说:"文者,惟须绮縠纷披,宫徵靡曼,唇吻遒会,情灵摇荡。"所谓"绮縠纷披",也当指用事用比而言。六朝论诗,可以锺嵘和刘勰为代表。《诗品序》指出:"气之动物,物之感人,故摇荡性情,形诸舞咏。"可是当时的诗:

> 颜延、谢庄尤为繁密,于时化之。故大明、泰始中,文章殆同书抄。近任昉、王元长等,辞不贵奇,竞须新事。尔来作者浸以成俗。遂乃句无虚语,语无虚字,拘挛补衲,蠹文已甚。但自然英旨,罕值其人。词既失高,则宜加事义;虽谢天才,且表学问,亦一理乎?

《文心雕龙·明诗》篇也道:

> 宋初文咏,体有因革。庄、老告退,而山水方滋。俪采百字之偶,争价一句之奇;情必极貌以写物,辞必穷力而追新。此近世之所竞也。

"竞须新事"明指用事,"辞必穷力而追新"似乎也指的用事用比,都可见当时风气。但由锺、刘两家的话,知道求"新"更为当时作者所重。

---

① 说详拙著《〈文选序〉"事出于沉思,义归乎翰藻"说》,北京大学文科研究所油印论文之九。

"新"是创造，对旧而言是"变"；隋、唐以来，"新变"往往连称。《南齐书》五十二《文学传论》道：

习玩为理，事久则渎。在乎文章，弥患凡旧。若无新变，不能代雄。

这里说能求"新变"才能独自成家，雄长一代。《梁书》四十九《庾肩吾传》道：

齐永明中，文士王融、谢朓、沈约，文章始用四声，以为新变。至是转拘声韵，弥尚丽靡。

用事用比之外，声律也是求得"新变"的一条路。又《梁书》三十《徐摛传》说他：

属文好为新变，不拘旧体。

当时不满这类"新变"的，或以为"拘挛补衲"而失自然①，或以为"转拘声韵"而"伤真美"②；但"不拘旧体"也该是贵古者的一种口实。《隋书》十五《音乐志》道：

开皇中……有曹妙达、王长通、李士衡、郭金乐、安进贵

① 裴子野《雕虫论》道："淫文破典，斐尔为功。"也是此意。

② 《诗品序》："故使文多拘忌，伤其真美。"

> 等，皆妙绝弦管，新声奇变，朝改暮易，持其音技，估炫王公之间，举时争相慕尚。高祖病之，谓群臣曰："闻公等皆好新变，所奏无复正声，此不祥之大也。……"

这里"正声"与"新变"对举。乐尚"新变"，"无复正声"；文好"新变"，"不拘旧体"，道理是一样的。隋高祖以"无复正声"为病，也该有人以"不拘旧体"为病。《文心雕龙·通变》篇就有这个意思，下文详论。

风雅正变的"变"，指的"政教衰""纪纲绝"，指的时世由盛变衰。这里并不曾应用那影响巨大的《易传》的"变"的哲学。《易·系辞传》道：

> 《易》穷则变，变则通，通则久（下）。

这似乎是"变"的哲学的纲领。"变"与"通"是连着的，而"通"与"穷"是对着的。"通"才能"久"，"久"便无穷①。《系辞传》又道：

> 变通莫大乎四时（上）。

荀爽注："四时相变，终而复始也。"（《周易集解》十四）这似乎是一种循环论。但是无论如何

> 变通者，趣（趋）时者也（下）。

① 王弼注："通变则无穷，故可久也。"

"趣时"就不至于固执了。又道：

> 形而上者谓之道，形而下者谓之器。化而裁之谓之变，推而行之谓之通；举而错之天下之民谓之事业（上）。

道与器都可以"变""通"而成事业，所以

> 变而通之以尽利（上）。
> 通交之谓事（上）。

"变"的作用如此之大，风雅正变的"变"显然跟这种"变"不相干。"新变"的"变"倒似乎有意无意间在应用着这种哲学。我们可以说梁、陈以至隋、唐之际，文论开始采用了这种"变"的哲学。

通变说的应用固然可以解释求新，而在求新成为风气之后，这一说却也可以帮助复古论者张目。《文心雕龙·通变》篇就有这个倾向。

> 夫设文之体有常，变文之数无方。何以明其然耶？凡诗赋书记，名理相因，此有常之体也。文辞气力，通变则久，此无方之数也。名理有常，体必资于故实。通变无方，数必酌于新声。故能骋无穷之路，饮不竭之源。然绠短者衔渴，足疲者辍涂。非文理之数尽，乃通变之术疏耳。……榷而论之，则黄、唐淳而质，虞、夏质而辨，商、周丽而雅，楚、汉侈而艳，魏、晋浅而绮，宋初讹而新。从质及讹，弥近弥澹。何则？竞今疏古，风味气衰也。

今才颖之士刻意学文，多略汉篇，师范宋集。虽古今备阅，然近附而远疏矣。夫青生于蓝，绛生于蒨，虽逾本色，不能复化。桓君山云："予见新进丽文，美而无采，及见刘、杨言辞，常辄有得。"此其验也。故练青濯绛，必归蓝蒨；矫讹翻浅，还宗经诰。斯斟酌乎质文之间，而檃栝乎雅俗之际，可与言通变矣。……若乃龌龊于偏解，矜激乎一致，此庭间之回骤，岂万里之逸步哉！

文中承认"文辞气力，通变则久"，"数必酌于新声"。但像当时那样"竞今疏古"，蔽于偏而不知全，便不免千篇一律，"风味气衰"。文中论"宋初讹而新"，"讹"，化也，又有"妖"义①；"新"而不"雅"，"新"而失正，"新"得过了分，便是"讹"。"讹"自然不会"淳"，"淳"是浓，是厚②，不淳就薄了，"澹"了。这时候好像"文理之数尽"，走投无路；其实也不然。只要"矫讹翻浅，还宗经诰"，"斟酌乎质文之间，而檃栝乎雅俗之际"，还可通变起去，路还是"无穷"的。清代纪昀评这一段道：

彦和以通变立论。然求新于俗尚之中，则小智师心，转成纤仄。……故挽其返而求诸古。盖当代之新声既无非滥调，则古人之旧式转属新声。复古而名以通变，盖以此尔。

这番话透彻地说出复古怎样也是通变，解释刘氏的用意最为确切。

---

① 《山海经·西次三经》："章莪之山……有鸟焉，……名曰毕方，……见则其邑有譌火。"郭璞注："譌亦妖譌字。""譌"即"讹"字。

② 《一切经音义》二十八引《三苍》："淳，浓也。"《淮南子·齐俗》篇"浇天下之淳"，许慎注："淳，厚也。"

刘氏以复古为通变，虽然近于循环论，但确是创见；他针对当时的情形，给指出了一条新路。不过他的意见在当时似乎没有发生什么影响，他的影响直到唐代才显著。首先以复古号召的是陈子昂，他在《与东方左史虬修竹篇》的叙里劈头便道：

文章道弊五百年矣。汉、魏风骨，晋、宋莫传，然而文献有可征者。仆尝暇时观齐、梁间诗，彩丽竞繁，而兴寄都绝，每以永叹。窃思古人，常恐逶迤颓靡，风雅不作，以耿耿也。

（《陈伯玉文集》一）

他要将诗还到风雅，还到汉、魏；他作《感遇诗》三十八章，是学阮籍的。卢藏用给他的文集作序，说道："道丧五百岁而得陈君……卓立千古，横制颓波；天下翕然，质文一变。"又说："至于感激顿挫，微显阐幽，庶几见变化之朕，以接乎天人之际者，则《感遇》之篇存焉。"（《全唐文》二三八）所谓"质文一变"，所谓"变化之朕"，正是《文心·通变》的意思。李白继子昂之后提倡诗"复古道"，他说"梁、陈以来，艳薄斯极，沈休文又尚以声律；将复古道，非我而谁与！"（《本事诗·高逸》第三）他的古风第一首论的更详：

大雅久不作，吾衰竟谁陈！《王风》委蔓草，战国多荆榛；龙虎相啖食，兵戈逮狂秦。正声何微茫！哀怨起骚人。扬、马激颓波，开流荡无垠。废兴虽万变，宪章亦已沦。自从建安来，绮丽不足珍。圣代复玄古，垂衣贵清真。群才属休明，乘运共跃鳞；文质相炳焕，众星罗秋旻。我志在删述，垂辉映千春。希圣如有立，绝笔于获麟。

（《李太白集》三）

“大雅久不作”，“正声何微茫”，“废兴虽万变，宪章亦已沦”，也将“正”“变”对举。所谓“正声”，就是《诗谱序》的“风雅正经”；不过“废兴万变”的“变”，却是“以其人”兼“以其时”，“宪章已沦”也如此。“绮丽”似乎侧重“其人”，侧重诗体的“变”，但也还是“时为之”，所以说“自从建安来，绮丽不足珍”。诗末说唐代“复玄古”，“贵清真”；“清真”就是《诗品序》所谓“自然”，也就是太白《赠江夏韦太守良宰》诗里所谓“清水出芙蓉，天然去雕饰”（《集》十一）。“绮丽”是“文胜质”，他要的是“文质相炳焕”，《文心》所谓“斟酌乎质文之间”。他虽然说过“兴寄深微，五言不如四言，七言又其靡也”（《本事诗·高逸》第三），可是还只作五七言诗，而七言更多；七古和七绝两体且都成立在他手里。他的复古其实是革新，其实也是通变。

韩愈是提倡古文的第一个人。他在《与冯宿论文书》里将“应事”而作的“俗下文字”与“古文”对立（《韩昌黎集》十七）；又在《答刘正夫书》里说为文“宜师古圣贤人”（《集》十八）。他所师的古圣贤人，《进学解》列出详目：

作为文章，其书满家。上规姚、姒，浑浑无涯；周《诰》殷《盘》，佶屈聱牙。《春秋》谨严，《左氏》浮夸。《易》奇而法，《诗》正而葩。下逮《庄》《骚》，太史所录；子云、相如，同工异曲。

（《集》十二）

这就是《答李翊书》中所谓“非三代两汉之书不敢观”(《集》十六)。他“思古人而不得见,学古道则欲兼通其辞”;所谓“通其辞”,便是“取其句读不类于今者”(《题欧阳生哀辞后》,《集》二十二)。他虽说过要“直似古人”(《与冯宿书》),但“取其句读不类于今”,其实正是“惟陈言之务去”(《答李翊书》),是自造新语。《旧唐书》一六〇本传说得好:

> 〔愈〕常以为自魏、晋已还为文者多拘偶对,而经诰之指归,迁、雄之气格不复振起矣。故愈所为文务反近体,杼意立言,自成一家新语。

李翱《祭吏部韩侍郎文》也道:“六经之学,绝而复新;学者有归,大变于文。”(《李文公集》十六)韩愈的复古还只是通变。后来到了宋代,古文已成正宗,所以苏轼《潮州韩文公庙碑》说“天下靡然从公,复归于正,盖三百年于此矣”(《东坡先生全集》十七)。在唐为变,在宋却成“正”了。通变而以复古号召,就是利用这种循环论,以便取得正宗的地位。韩愈门下还有个皇甫湜,论文尚奇,更见出“务反近体”、自造新语的师传。他有《答李生第二书》道:

> 夫谓之奇,则非正矣,然亦无伤于正也。谓之奇,即非常矣;非常者,谓不如常者,谓不如常,乃出常也。无伤于正而出于常,虽尚之亦可也。……夫文者非他,言之华者也。其用在通理而已,固不务奇,然亦无伤于奇也。使文奇而理正,是尤难也。
>
> (《皇甫持正文集》四)

“奇正”本是兵家语,《孙子》卷五《势》篇道:

> 战势不过奇正。奇正之变,不可胜穷也。奇正相生,如循环之无端,孰能穷之?

所以“变”有“奇”义,《文选·西京赋》“尽变态乎其中”,薛综注:“变,奇也。”六朝论文,就有“奇变”的话。《宋书》六十九《范晔传》《狱中与诸甥侄书》道:“‘赞’自是吾文之杰思,殆无一字空设,奇变不穷。”可见皇甫湜尚奇,也不外乎求变。

唐代古文虽一直以复古为通变,诗却从杜甫起多径趋新变,而且“奇变不穷”。杜甫并不卑视齐、梁,而是主张“转益多师”①;又颇用心在新兴的律诗上,他要“遣辞必中律”(《桥陵诗》三十韵,《杜少陵集详注》三),并且自许“晚节渐于诗律细”(《遣闷呈路曹长》,《集》十八)。他“为人性僻耽佳句,语不惊人死不休”(《江上值水如海势》,《集》十),明王世贞《艺苑卮言》卷四说他“以独造为宗”,是不错的。作诗这样“以独造为宗”的,杜甫以后,得推韩愈。欧阳修《六一诗话》道:

> 退之笔力无施不可,而尝以诗为文章末事。故其诗曰:“多情怀酒伴,余事作诗人”(《和席》八十二韵,《集》十)也。然其资谈笑,助谐谑,叙人情,状物态,一寓于诗。

“资谈笑,助谐谑”,已经是“独造”了,而《荐士诗》称孟郊“横空盘

① 《戏为六绝句》之六“转益多师是汝师”,《杜少陵集详注》十一。

硬语，妥帖力排奡”（《集》三十二），也是自白，更见出他“独造”的工夫。他虽“以诗为文章末事”，可是狮子搏兔，还是用全力的。杜、韩两家影响宋诗最大。但宋人有说韩诗是“押韵之文”的①，有说他“以文为诗”的②；似乎他的“独造”比较杜为甚，他是更趋向新变些。杜、韩两家却都并“不自知其变”；得等到宋代才有以他们为变的读者。第一个能察变的人该推苏轼。他《书黄子思诗集后》道：

> 余尝论书，以谓锺、王之迹萧散简远，妙在笔画之外。至唐颜、柳，始集古今笔法而尽发之，极书之变。天下翕然以为宗师。而锺、王之法益微。至于诗，亦然。苏、李之天成，曹、刘之自得，陶、谢之超然，盖亦至矣。而李太白、杜子美以英玮绝世之姿凌跨百代，古今诗人尽废。然魏、晋以来高风绝尘亦少衰矣。
>
> （《全集》六十七）

又曾说道：

> 书之美者莫如颜鲁公，然书法之坏自颜始。诗之美者莫如韩文公，然诗格之变自韩始。
>
> （《苕溪渔隐丛话前集》十七引）

① 《冷斋夜话》卷二记沈存中（括）语：“退之诗，押韵之文耳；虽健美富赡，然终不是诗。”

② 《后山诗话》：“退之以文为诗……虽极天下之工，要非本色。”

所谓"天成""自得""超然""高风绝尘",只是自然和浑成的意思,跟书法的"萧散简远,意在笔画之外"相通。苏氏看出李、杜、韩极诗之变,恰如颜、柳"极书之变"一般;但那"高风绝尘"的衰息,他还是在低徊惋惜着的。文体的变是有意的复古的主张,所以他说"复归于正";诗体的变只是自然的求新的趋向,所以他不免怀古的口吻。后来朱子也论到诗体的变,他《答巩仲至(丰)书》(四)道:

> 古今之诗凡有三变。盖书传所记,虞、夏以来下及魏、晋,自为一等。自晋、宋间颜、谢以后下及唐初,自为一等。自沈、宋以后定著律诗下及今日,又为一等。然自唐初以前,其为诗者固有高下,而法犹未变。至律诗出而后诗之与法始皆大变,以至今日,益巧益密,而无复古人之风矣。
>
> (《朱文公文集》六十四)

所谓"古人之风",也指的"高风远韵"①。但他以"高风远韵"为"根本准则"②,便和苏氏有些出入。他说"坡公病李、杜而推韦、柳,盖亦自悔其平时之作而未能自拔者"(《答巩书》(三),《集》六十四),就指的《书黄子思诗集后》那一篇里的话。"病李、杜"显然不合苏氏原意;说他"自悔其平时之作",似乎也出于成见。

不过这种以"高风远韵"为正宗的意见,后来却成了一般的意

① 朱子《答巩仲至书》(五)有"古人之高风远韵"一语,见《集》六十四。

② 朱子《答巩仲至书》(四):"尝妄欲抄取经史诸书所载韵语,下及《文选》汉、魏古词,以尽乎郭景纯、陶渊明之所作,自为一编,而附于《三百篇》《楚辞》之后,以为诗之根本准则。"

见。如刘克庄的《韩隐君诗序》道：

后人尽诵读古人书，而下语终不能仿佛风人之万一，余窃惑焉。或古诗出于情性，发必善，今诗出于记问博而已。自杜子美未免此病。

（《后村先生大全集》九十四）

又《竹溪诗序》道：

唐文人皆能诗，柳尤高，韩尚非本色。迨本朝则文人多，诗人少。三百年间，虽人各有集，集各有诗，诗各自为体，或尚理致，或负材力，或逞辨博，少者千篇，多至万首，要皆经义策论之有韵者，亦非诗也。（同上）

刘氏对杜、韩两家都有微词。严羽《沧浪诗话》也道：

近代诸公乃作奇特解会，遂以文字为诗，以才学为诗，以议论为诗。夫岂不工？终非古人之诗也。盖于一唱三叹之音有所歉焉。

（《诗辨》）

所谓"仿佛风人"，所谓"一唱三叹之音"，都就是"高风远韵"。这种意见又是复古的倾向，但也还是为的通变。原来宋诗自黄庭坚以来，有意的求新求变求奇。他指出"以俗为雅，以故为新"的法门，说是"举一纲而张万目"，并且说这是"诗人之奇"（《再次韵杨

明叔诗》引,《山谷诗内集》十二)。又倡所谓夺胎换骨法,说道:

> 诗意无穷而人之才有限。以有限之才追无穷之意,虽渊明、少陵不得工也。然不易其意而造其语,谓之换骨法,窥入其意而形容之,谓之夺胎法。
>
> (《冷斋夜话》)

这又是"以故为新"的节目。黄氏开示了这种法门,给后学无穷方便;大家都照他指出的路子"穷力追新",这就成了江西诗派——惟其有法门可以传授,才能自立宗派。但宗派既成,沿流日久,又不免刘勰说的"龌龊于偏解,矜激乎一致","竞今疏古,风味气衰"。于是乎从朱子起又有了复古论。这回的复古的理论到了明代实现,所谓"文必秦、汉,诗必盛唐";但也造成了一种新风气。

文到六朝成为专科之学。范晔作《后汉书》,创立《文苑列传》,锺嵘定《诗品》,刘勰论《文心》,都在此时。而刘氏更注重文体的代变。《时序》篇开端道:"时运交移,质文代变,古今情理,如可言乎?"接着就从陶唐叙到江左,作一断语:

> 故知文变染乎世情,兴废系乎时序;原始以要终,"虽百世可知也"。

《文心》上篇论列各体,也都详述源流迁变。在前沈约已经论到文体的变,《宋书》六十七《谢灵运传论》中道:

> 自汉至魏四百余年,辞人才子,文体三变。相如工为形似

之言，二班长于情理之说，子建、仲宣以气质为体，并标能擅美，独映当时。

以下直叙到宋代的颜、谢为止。但刘氏论文，专门名家，详备自然远在沈约之上。他们这些文字却都是我国文学史的开山之作，见出独具手眼。根柢在他们能识变；而这又是跟当时追求“新变”的风气相应的。刘勰以后，论“文变”的便多起来。唐人修六朝史书，多有文苑传或文学传，传各有序或论，皆论“文变”；并且多引《易传》“观乎天文以察时变，观乎人文以化成天下”二语（《贲卦彖辞》，《周易》三）为论据，正见出六朝以来的风气。文士著作中也有论的，前引卢藏用的《陈子昂集序》末云“故粗论文变而为之序”，便是一例。这些都是通论历代“文变”；至于专论一代的，似乎从宋祁《唐书》二〇一《文艺传序》创始。他说“唐有天下三百年，文章无虑三变”，王、杨是一变，燕、许是一变，韩愈又是一变。专论诗体的变的也有通论和断代的分别。严羽《沧浪诗话》有《诗体》一篇，辨析历代诗体最细：他分唐诗为“唐初”“盛唐”“大历”“元和”“晚唐”五体，是至今通行的“四唐”说的源头。

“文变”是指诗文体的变；这个“变”是“患凡旧”，是“化而裁之”，是“趣时”。复古也罢，求新也罢，“变”的总是新的；“变”能成体，这新的就是好的，即使未必是更好的。“变则通，通则久”，“变”是可喜的。明白了通变的道理，便不至于一味的隆古贱今，也不至于一味的竞今疏古，便能公平的看历代，各各还给它一副本来面目。分体或分期，就为的看清楚这些个本来面目。唐代的诗比历代盛，也比文盛，所以严氏分体最多。后来论诗体的也特别注重唐代。元时杨士弘选录唐诗，成《唐音》一集，叙目里说唐人选唐诗多载中晚唐人诗,盛唐诗甚少,宋人选唐诗也多载晚唐人诗。他原来也只能读到这些选本,后来才得着人家收藏的许多初唐、盛唐诗,“于是审其音律之正变,而择其精粹,分为‘始音’‘正音’‘遗响’,总名曰《唐音》”。他将严氏的五体并为“唐初”“盛唐”“中唐”“晚唐”四体;所谓“中唐”,包括“大历体”“元和体”,是杨氏新立的名目。这样就见得整齐了。唐、宋人选诗侧重中晚唐,正是《文心》所谓“近附而远疏”;杨氏采取严羽的理论,分期精择,便公平得多。他特别注重音律,所以集名《唐音》,又以“音”“响”标目。叙目里道:

> 夫诗之为道,非惟吟咏情性、流通精神而已,其所以奏之郊、庙,歌之燕、射,求之音律,知其世道,岂偶然哉?

律体新创于唐代,古诗和律诗的分别就在音律上;重音律正是唐诗的面目。杨氏看清楚了这副面目,所以说“审其音律之正变”,又说“求之音律,知其世道”,“世道”就是“时”。“韵律之正变”虽“以其时”,更“以其人”、以其诗,所以他的“正音”里有“唐初”和“盛唐”,也有“中唐”和“晚唐”,前二者为一类,后二者又为一类。他说“世次不同,音律高下虽各成家,然体制声响相类”,可见所重在“其人”、其体、其诗。他的“始”“正”之分是“以其人”兼“以其时”;“正”“遗”之分是以其诗、“以其人”兼“以其时”。

明初高棅的《唐诗品汇》承《唐音》而作,《总叙》里说得明白;他也采取严羽的诗论,并见《总叙》中。《总叙》论唐诗的变道:

> 有唐三百年诗,众体备矣,故有近体、往体长短篇,五七言

> 律、绝句等制。莫不兴于始，成于中，流于变，而陊之于终。至于声律、兴象、文词、理致，各有品格高下之不同。略而言之，则有初唐、盛唐、中唐、晚唐之殊。

“详而分之”：“贞观、永徽之时”是“初唐之始制”，“神龙以还，洎开元初”是“初唐之渐盛”。“开元、天宝间”是“盛唐之盛”。“大历、贞元中”是“中唐之再盛”。“下洎元和之际”是“晚唐之变”，“降而开成以后”是“晚唐变态之极；而遗风余韵犹有存者焉”。这是后来所谓“四唐”；初、盛、中、晚各有定限，不仅仅是分体，而且是分期。按这个分期，初唐不包括高祖时代，中唐也太短，还不甚适用。明末沈骐在《诗体明辨》的序里分唐诗为“四大宗”，修正了这两处。后来便照两家所论，限年分期：初唐从高祖武德元年算起，到玄宗开元初，约一百年间（西元六一八至七一三）。盛唐从开元元年到代宗大历初，约五十年间（七一三至七六六）。中唐从大历元年到文宗太和九年，将高氏所谓“晚唐之变”并入，约八十年间（七六六至八三五）。晚唐从文宗开成元年到昭宗天祐三年，约七十年间（八三六至九〇六）。至今通行的四唐说便是如此。虽然有人根本反对这个分期，也有人推敲各期的界划，但是四唐说渐渐为一般论诗者所公认，并且流行至今；因为它给人方便，让人更清楚地看见唐诗的种种面目。在我国文学史上，四唐说是唯一的断限的分期；一般论文的人总害怕“支离割剥”[①]，所以尝试这种断限的分期的绝

---

① 钱谦益《唐诗鼓吹注序》：“唐人一代之诗，各有神髓，各有气候。今以初、盛、中、晚厘为界分，又从而判断之曰：此为‘妙悟’，彼为‘二乘’；此为‘正宗’，彼为‘羽翼’。支离割剥，俾唐人之面目蒙幂于千载之上，而后人之心眼沉锢于千载之下。甚矣，诗之道穷也！”

无仅有。从现在看来,这一说实在是一个重要的创始。而这个创始还是以“文变”说为依据。《品汇总叙》说选诗“校其体裁,分体从类,随类定其品目,因目别其上下,始终正变,各立序论”。品目有九,称为“九格”。初唐是“正始”。盛唐是“正宗”,“大家”,“名家”,“羽翼”。中唐是“接武”。晚唐是“正变”,“余响”。方外、异人等是“旁流”。初、盛、晚各自为“正”,中唐“接武”,自然也有其为“正”者。《总叙》又道:

> 诚使吟咏性情之士观诗以求其人,因人以知其时,因时以辩其文章之高下,词气之盛衰,本乎始以达其终,审其变而归于正,则优游敦厚之教,未必无小补云。

这里以诗为主,因诗及人,因人及时,再因时及诗,跟风雅正变说专“以其时”的大不相同了。“审其变而归于正”一语虽然侧重在“正”,但这个“正”并不是风雅正变的“正”,而是“变之正”,“趣时”的“正”;高氏以为一“时”的诗自有其“正”,他对于“时”是持着平等观的。

论“文变”的人,对于“时”多少持着平等观,但也还不免贵远贱近或“竞今疏古”的偏见;前者如《沧浪诗话》诋抑中晚唐诗①,后者如《唐音》不录李、杜、韩三家。明末清初以来,公正不颇的平等观才渐渐出现。顾炎武《日知录》二十一“诗体代降”条云:

> 《三百篇》之不能不降而《楚辞》,《楚辞》之不能不降而

① 《诗辩》:“论诗如论禅。汉、魏、晋与盛唐之诗,则第一义也。大历以还之诗,则小乘禅也,已落第二义矣。晚唐之诗,则声闻、辟支果也。”

汉、魏，汉、魏之不能不降而六朝，六朝之不能不降而唐，势也。用一代之体，则必似一代之文，而后为合格。

诗文之所以代变，有不得不变者。一代之文沿袭已久，不容人人皆道此语。今且千数百年矣，而犹取古人之陈言一一而摹仿之，以是为诗，可乎？故不似则失其所以为诗，似则失其所以为我。李、杜之诗所以独高于唐人者，以其未尝不似而未尝似也。知此者"可与言诗也已矣"。

所谓"沿袭已久"，便是《南齐书·文学传论》说的"弥患凡旧"。顾氏能从诗体上确切断定诗有"不得不变"之"势"，是他的独到处；虽然他又说"不能不降"，还不免"伸正而诎变"的意思。至于"未尝不似而未尝似"，该是前引汪琬所谓"变而不失正者"，不过顾氏专就诗体立论罢了。稍后叶燮作《原诗》，论盛衰正变，更见通达明晓。他道：

自有天地以来，古今世运气数，递变迁以相禅。古云，天道十年一变，此理也，亦势也。无事无物不然。宁独诗之一道胶固而不变乎？今就《三百篇》言之，风有正风、有变风，雅有正雅、有变雅。风雅已不能不由正而变，吾夫子亦不能存正而删变也。则后此为风雅之流者，其不能伸正而诎变也明矣。

这里"不能伸正而诎变"，真是一语破的。又道：

诗之为道，未有一日不相续相禅而或息者也。但就一时而论，有盛必有衰；综千古而论，则盛而必至于衰，又必自衰而复盛。非在前者之必居于盛,后者之必居于衰也。

(《内篇》)

又道:

且夫风雅之有正有变,其正变系乎时,谓政治风俗之由得而失,由隆而污。此以时言诗,时有变而诗因之。时变而失正,诗变而仍不失其正。故有盛无衰,诗之源也。吾言后代之诗有正有变,其正变系乎诗,谓体格、声调、命意、措辞新故升降之不同。此以诗言时,诗递变而时随之。故有汉、魏、六朝、唐、宋、元、明之互为盛衰,惟交以救正之衰。故递衰递盛,诗之流也。(同上)

他指出诗在"相续相禅",无日或息,就是说诗老是在"变";其间"递衰递盛",不能说在前必盛,在后必衰。而"后代之诗""正变系乎诗",系乎体,"诗递变而时随之",所以当"以诗言时",跟风雅正变说"以时言诗"不同。他又道:

或曰:"温柔敦厚,诗教也。汉、魏去古未远,此意犹存,后此者不及也。"不知温柔敦厚,其意也,所以为体也,措之于用则不同。辞者,其文也,所以为用也,返之于体则不异。汉、魏之辞,有汉、魏之温柔敦厚;唐、宋、元之辞,有唐、宋、元之温柔敦厚。……(同上)

这也就是高棅说的"审其变而归于正,则优游敦厚之教未必无小补”，不过更为直截了当罢了。诗体正变说经叶氏这一番阐发而大明。

历来倡复古的都有现成的根据；主求新的却或默而不言，或言而不备。叶氏论诗体正变，第一次给“新变”以系统的理论的基础，值得大书特书。他说“诗之源流本末、正变盛衰，互为循环”，“惟正有渐衰，故变能启盛”：

> 如建安之诗，正矣，盛矣，相沿久而流于衰。后之人力大者大变，力小者小变。六朝诸诗人间能小变，而不能独开生面。……迨开、宝诸诗人始一大变。……杜甫之诗，包源流，综正变……巧无不到，力无不举，长盛于千古，不能衰，不可衰者也。……唐诗为八代以来一大变，韩愈为唐诗之一大变，其力大，其思雄，崛起特为鼻祖。……愈尝自谓“陈言之务去”。……晚唐诗人亦以陈言为病，但无愈之力，故日趋于尖新纤巧。至于宋，人之心手日益以启，纵横钩致，发挥无余蕴。……如苏轼之诗，其境界皆开辟古今之所未有，天地万物，嬉笑怒骂，无不鼓舞于笔端而适如其意之所欲出。此韩愈后一大变也，而盛极矣。自后或数十年而一变，或百余年而一变，或一人独自为变，或数人而共为变，皆交之小者也。其间或有因变而得盛者，然亦不能无因变而益衰者。（同上）

变有小大，“有因变而得盛者”，也有“因变而益衰者”。“伸正而诎变”并非全无理由；只是向来“伸正而诎变”的不加辨别，一笔抹煞，却不合道理。这段话发挥“变”的意义最为详切，真可算得“毫发无遗憾”。叶氏竭力攻击明代的复古派，但又似乎不愿意赞助求新的公安派和竟陵派,因为一个太率,一个太僻。他所以自辟蹊径来论盛衰正变;他的求新的倾向其实还是跟那两派一致的。稍后王士祯倡“神韵”,再后沈德潜倡“格调”,又都以复古为通变。但袁枚接着倡“性灵”,翁方纲接着倡“肌理”,诗又趋向新变。直到“文学革命”而有新诗,真是“变之极”了。薪诗以抒情为主,多少合于所谓“高风远韵”,大概可以算得变而“归于正”罢。

叶氏说诗的正变盛衰,“互为循环”;又说“惟正有渐衰,故变能启盛”,就是“循环”的注脚。在前明代王世贞也曾偶然见到这里,他在《艺苑卮言》卷四中道:

> 衰中有盛,盛中有衰,各含机藏隙。盛者得衰而变之,功在创始;衰者自盛而沿之,弊由趋下。……此虽人力,自是天地间阴阳剥复之妙。

这里论盛衰正和叶氏合拍,而语更详。接这个说法,我们也可以说“变中有正,正中有变”。“变”本来还有“更相生”一义,见于《淮南子·原道》篇高诱注①,正可以用在此处。正变相生是“循环”,王世贞的话是一例。但说“循环”的倒不一定相信循环论,照《原诗》所说,这个“环”其实是越来越大的。所以变而成体,就那一体而论,变固然是好的;综所有的体而论,这一变有加富增华之功,又是更好的。向来论“文变”的多说“变”而少说“正”,好像有变而无正似的。其实不然。他们的意思,变不一变,正也非一正;由正而变,变可以成正,但后正跟前正不一样,所谓“措之于用则不同”,“返之

① “而五音之变不可胜用也”注:“变,更相生也。”

于体则不异”；而这个后正又将复变，如此的循环不穷。苏轼说韩愈出而天下之文“复归于正”，高棅说“审其变而归于正”，该都是变而成正的意思。这个“正——变——正”便是“文变”的程式，和德国大哲海格尔“正——反——合”的辩证法颇有相似处；而变总是有道理的，也合于他所说“凡现实的都是有道理的”。“文变”虽然兼诗文体而言，而以《易传》“变”的哲学为依据，但是六朝、隋、唐以至宋代，论“变”的都隐含“正”义，明、清以来，更显举“正”名，足见还是从风雅正变说推衍而出。不过不用来解诗，而用来评诗并指示作诗门径罢了①。所以说这是“旁逸斜出”的发展。

① 如《唐诗品汇总叙》道：“裒成一集，以为学唐诗者之门径。”又，文中所引《日知录》“诗体代降”条论“似”与“不似”，也是就作诗而论。

经典常谈

目　　录

序

在中等以上的教育里,经典训练应该是一个必要的项目。经典训练的价值不在实用,而在文化。有一位外国教授说过,阅读经典的用处,就在教人见识经典一番。这是很明达的议论。再说做一个有相当教育的国民,至少对于本国的经典,也有接触的义务。本书所谓经典是广义的用法,包括群经、先秦诸子、几种史书、一些集部;要读懂这些书,特别是经、子,得懂"小学",就是文字学,所以《说文解字》等书也是经典的一部分。我国旧日的教育,可以说整个儿是读经的教育。经典训练成为教育的唯一的项目,自然偏枯失调;况且从幼童时代就开始,学生食而不化,也徒然摧残了他们的精力和兴趣。新式教育施行以后,读经渐渐废止。民国以来虽然还有一两回中小学读经运动,可是都失败了,大家认为是开倒车。另一方面,教育部制定的初中国文课程标准里却有"使学生从本国语言文字上了解固有文化"的话,高中的标准里更有"培养学生读解古书,欣赏中国文学名著之能力"的话。初、高中的国文教材,从经典选录的也不少。可见读经的废止并不就是经典训练的废止,经典训练不但没有废止,而且扩大了范围,不以经为限,又按着学生程度选材,可以免掉他们囫囵吞枣的弊病。这实在是一种进步。

我国经典,未经整理,读起来特别难,一般人往往望而生畏,结果是敬而远之。朱子似乎见到了这个，他注“四书”，一种作用就是使“四书”普及于一般人。他是成功的，他的“四书”注后来成了小学教科书。又如清初人选注的《史记菁华录》，价值和影响虽然远在“四书”注之下，可是也风行了几百年，帮助初学不少。但到了现在这时代，这些书都不适用了。我们知道清代“汉学家”对于经典的校勘和训诂贡献极大。我们理想中一般人的经典读本——有些该是全书，有些只该是选本、节本——应该尽可能的采取他们的结论：一面将本文分段，仔细的标点，并用白话文作简要的注释。每种读本还得有一篇切实而浅明的白话文导言。这需要见解、学力和经验，不是一个人一个时期所能成就的。商务印书馆编印的一些《学生国学丛书》，似乎就是这番用意，但离我们理想的标准还远着呢。理想的经典读本既然一时不容易出现，有些人便想着先从治标下手。顾颉刚先生用浅明的白话文译《尚书》，又用同样的文体写《汉代学术史略》，用意便在这里。这样办虽然不能教一般人直接亲近经典，却能启发他们的兴趣，引他们到经典的大路上去。这部小书也只是向这方面努力的工作。如果读者能把它当作一只船，航到经典的海里去，编撰者将自己庆幸，在经典训练上，尽了他做尖兵的一分儿。可是如果读者念了这部书，便以为已经受到了经典训练，不再想去见识经典，那就是以筌为鱼，未免辜负编撰者的本心了。

这部书不是“国学概论”一类。照编撰者现在的意见，“概论”这名字容易教读者感到自己满足；“概论”里好像什么都有了，再用不着别的——其实什么都只有一点儿！“国学”这名字，和西洋人所谓“汉学”一般，都未免笼统的毛病。国立中央研究院的历史语言研究所分别标明历史和语言，不再浑称“国学”，确是正办。这部书以经典为主，以书为主，不以“经学”“史学”“诸子学”等作纲领。但《诗》《文》两篇，却还只能叙述源流；因为书太多了，没法子一一详论，而集部书的问题，也不像经、史、子的那样重要，在这儿也无需详论。书中各篇的排列，按照传统的经、史、子、集的顺序；并照传统的意见，将“小学”书放在最前头。各篇的讨论，尽量采择近人新说；这中间并无编撰者自己的创见，编撰者的工作只是编撰罢了。全篇的参考资料，开列在各篇后面；局部的，随处分别注明。也有袭用成说而没有注出的，那是为了节省读者的注意力；一般的读物和考据的著作不同，是无需乎那样严格的。末了儿，编撰者得谢谢杨振声先生，他鼓励编撰者写下这些篇常谈。还得谢谢雷海宗先生允许引用他还没有正式印行的《中国通史选读》讲义，陈梦家先生允许引用他的《中国文字学》稿本。还得谢谢董庶先生，他给我钞了全份清稿，让排印时不致有太多的错字。

朱自清

一九四二年二月，昆明西南联合大学。

《说文解字》第一

中国文字相传是黄帝的史官叫仓颉的造的。这仓颉据说有四只眼睛，他看见了地上的兽蹄儿、鸟爪儿印着的痕迹，灵感涌上心头，便造起文字来。文字的作用太伟大了，太奇妙了，造字真是一件神圣的工作。但是文字可以增进人的能力，也可以增进人的巧诈。仓颉泄漏了天机，却将人教坏了。所以他造字的时候，“天雨粟，鬼夜哭”。人有了文字，会变机灵了，会争着去作那容易赚钱的商人，辛辛苦苦去种地的便少了。天怕人不够吃的，所以降下米来让他们存着救急。鬼也怕这些机灵人用文字来制他们，所以夜里嚎哭①；文字原是有巫术的作用的。但仓颉造字的传说，战国末期才有，那时人并不都相信，如《易·系辞》里就只说文字是“后世圣人”造出来的。这“后世圣人”不止一人，是许多人。我们知道，文字不断的在演变着；说是一人独创，是不可能的。《系辞》的话自然合理得多。

“仓颉造字说”也不是凭空起来的。秦以前是文字发生与演化的时代，字体因世、因国而不同，官书虽是系统相承，民间书却极为庞杂。到了战国末期，政治方面，学术方面，都感到统一的需要了，鼓吹的也有人了；文字统一的需要，自然也在一般意识之中。这时

---

① 《淮南子·本经训》及高诱注。

候抬出一个造字的圣人，实在是统一文字的预备工夫，好教人知道“一个”圣人造的字当然是该一致的。《荀子·解蔽》篇说：“好书者众矣，而仓颉独传者，一也。”“一”是“专一”的意思，这儿只说仓颉是个整理文字的专家，并不曾说他是造字的人；可见得那时“仓颉造字说”还没有凝成定型。但是，仓颉究竟是什么人呢？照近人的解释，“仓颉”的字音近于“商契”，造字的也许指的是商契。商契是商民族的祖宗。“契”有“刀刻”的义；古代用刀笔刻字，文字有“书契”的名称。可能因为这点联系，商契便传为造字的圣人。事实上商契也许和造字全然无涉，但这个传说却暗示着文字起于夏、商之间。这个暗示也许是值得相信的。至于仓颉是黄帝的史官，始见于《说文序》。“仓颉造字说”大概凝定于汉初，那时还没有定出他是那一代的人；《说文序》所称，显然是后来加添的枝叶了。

识字是教育的初步。《周礼·保氏》说贵族子弟八岁入小学，先生教给他们识字。秦以前字体非常庞杂，贵族子弟所学的，大约只是官书罢了。秦始皇统一了天下，他也统一了文字；小篆成了国书，别体渐归淘汰，识字便简易多了。这时候贵族阶级已经没有了，所以渐渐注重一般的识字教育。到了汉代，考试史、尚书史（书记秘书）等官儿，都只凭识字的程度；识字教育更注重了。识字需要字书。相传最古的字书是《史籀篇》，是周宣王的太史籀作的。这部书已经佚去，但许慎《说文解字》里收了好些“籀文”，又称为“大篆”，字体和小篆差不多，和始皇以前三百年的碑碣器物上的秦篆简直一样。所以现在相信这只是始皇以前秦国的字书。“史籀”是“书记必读”的意思，只是书名。不是人名。

始皇为了统一文字,教李斯作了《仓颉篇》七章,赵高作了《爰历篇》六章,胡母敬作了《博学篇》七章。所选的字,大部分还是《史籀篇》里的,但字体以当时通用的小篆为准,便与"籀文"略有不同。这些是当时官定的标准字书。有了标准字书,文字统一就容易进行了。汉初,教书先生将这三篇合为一书,单称为《仓颉篇》。秦代那三种字书都不传了,汉代这个《仓颉篇》,现在残存着一部分。西汉时期还有些人作了些字书,所选的字大致和这个《仓颉篇》差不多。就中只有史游的《急就篇》还存留着。《仓颉》残篇四字一句,两句一韵。《急就篇》不分章而分部,前半三字一句,后半七字一句,两句一韵;所收的都是名姓、器物、官名等日常用字,没有说解。这些书和后世"日用杂字"相似,按事类收字——所谓分章或分部,都据事类而言。这些一面供教授学童用,一面供民众检阅用,所收约三千三百字,是通俗的字书。

东汉和帝时,有个许慎,作了一部《说文解字》。这是一部划时代的字书。经典和别的字书里的字,他都搜罗在他的书里,所以有九千字。而且小篆之外,兼收籀文"古文";"古文"是鲁恭王所得孔子宅"壁中书"及张仓所献《春秋左氏传》的字体,大概是晚周民间的别体字。许氏又分析偏旁,定出部首,将九千字分属五百四十部首。书中每字都有说解,用晚周人作的《尔雅》,扬雄的《方言》,以及经典的注文的体例。这部书意在帮助人通读古书,并非只供通俗之用,和秦代及西汉的字书是大不相同的。它保存了小篆和一些晚周文字,让后人可以溯源沿流;现在我们要认识商、周文字,探寻汉以来字体演变的轨迹,都得凭这部书。而且不但研究字形得靠它,研究字音、字义也得靠它。研究文字的形、音、义的,以前叫"小学",现在叫文字学。从前学问限于经典,所以说研究学问必须从小学入手；现在学问的范围是广了，但要研究古典、古史、古文化，也还得从文字学入手。《说文解字》是文字学的古典，又是一切古典的工具或门径。

《说文序》提起出土的古器物，说是书里也搜罗了古器物铭的文字，便是"古文"的一部分，但是汉代出土的古器物很少；而拓墨的法子到南北朝才有，当时也不会有拓本，那些铭文，许慎能见到的怕是更少。所以他的书里还只有秦篆和一些晚周民间书，再古的可以说是没有。到了宋代，古器物出土的多了，拓本也流行了，那时有了好些金石、图录考释的书。"金"是铜器，铜器的铭文称为金文。铜器里钟鼎最是重器，所以也称为钟鼎文。这些铭文都是记事的。而宋以来发现的铜器大都是周代所作，所以金文多是两周的文字。清代古器物出土的更多，而光绪二十五年（西元一八九九）河南安阳发现了商代的甲骨，尤其是划时代的。甲是龟的腹甲，骨是牛胛骨。商人钻灼甲骨，以卜吉凶，卜完了就在上面刻字纪录。这称为甲骨文，又称为卜辞，是盘庚（约西元前一三〇〇）以后的商代文字。这大概是最古的文字了。甲骨文，金文，以及《说文》里所谓"古文"，还有籀文，现在统统算作古文字，这些大部分是文字统一以前的官书。甲骨文是"契"的，金文是"铸"的。铸是先在模子上刻字，再倒铜。古代书写文字的方法，除"契"和"铸"外，还有"书"和"印"，因用的材料而异。"书"用笔，竹、木简以及帛和纸上用"书"。"印"是在模子上刻字，印在陶器或封泥上①。古代用竹、木简最多，战国才有帛，纸是汉代才有的。笔出现于商代，却只用竹木削成。竹木简、帛、

① 古代简牍用泥封口，在泥上盖印。

纸，都容易坏，汉以前的，已经荡然无存了。

造字和用字有六个条例，称为“六书”。“六书”这个总名初见于《周礼》，但六书的各个的名字到汉人的书里才见。一是“象形”，象物形的大概，如“日”“月”等字。二是“指事”，用抽象的符号，指示那无形的事类，如“𠄞”（上）“𠄟”（下）两个字，短画和长画都是抽象的符号，各代表着一个物类。“𠄞”指示甲物在乙物之上，“𠄟”指示甲物在乙物之下。这“上”和“下”两种关系便是无形的事类。又如“刃”字，在“刀”形上加一点，指示刃之所在，也是的。三是“会意”，会合两个或两个以上的字为一个字，这一个字的意义是那几个字的意义积成的，如“止”“戈”为“武”，“人”“言”为“信”等。四是“形声”，也是两个字合成一个字，但一个字是形，一个字是声；形是意符，声是音标。如“江”“河”两字，“氵”（水）是形，“工”“可”是声。但声也有兼义的。如“浅”“钱”“贱”三字，“水”“金”“贝”是形，同以“戋”为声；但水小为“浅”，金小为“钱”，贝小为“贱”，三字共有的这个“小”的意义，正是从“戋”字来的。象形、指事、会意、形声，都是造字的条例；形声最便，用处最大，所以我们的形声字最多。

五是“转注”，就是互训。两个字或两个以上的字，意义全部相同或一部相同，可以互相解释的，便是转注字，也可以叫作同义字。如“考”“老”等字，又如“初”“哉”“首”“基”等字；前者同形同部，后者不同形不同部，却都可以“转注”。同义字的孳生，大概是各地方言不同和古今语言演变的缘故。六是“假借”，语言里有许多有音无形的字，借了别的同音的字，当作那个意义用。如代名词，“予”“汝”“彼”等，形况字“犹豫”“孟浪”“关关”“突如”等，虚助字“於”“以”“与”“而”“则”“然”“也”“乎”“哉”等，都是假借字。

又如“令”，本义是“发号”，借为县令的“令”；“长”本义是“久远”，借为县长的“长”。“县令”“县长”是“令”“长”的引伸义。假借本因有音无字，但以后本来有字的也借用别的字。所以我们现在所用的字，本义的少，引伸义的多，一字数义，便是这样来的。这可见假借的用处也很广大。但一字借成数义，颇不容易分别。晋以来通行了四声，这才将同一字分读几个音，让意义分得开些。如“久远”的“长”平声，“县长”的“长”读上声之类。这样，一个字便变成几个字了。转注、假借都是用字的条例。

象形字本于图画。初民常以画记名，以画记事，这便是象形的源头。但文字本于语言，语言发于声音，以某声命物，某声便是那物的名字，这是“名”；“名”该只指声音而言。画出那物形的大概，是象形字。“文字”与“字”都是通称；分析的说，象形的字该叫作“文”，“文”是“错画”的意思①。“文”本于“名”，如先有“日”名，才会有“日”这个“文”；“名”就是“文”的声音。但物类无穷，不能一一造“文”，便只得用假借字。假借字以声为主，也可以叫作“名”。一字借为数字，后世用四声分别，古代却用偏旁分别，这便是形声字。如“𠀠”本象箕形，是“文”，它的“名”是“ㄐㄧ”。而日期的“期”，旗帜的“旗”，麒麟的“麒”等，在语言中与“𠀠”同声，却无专字，便都借用“𠀠”字。后来才加“月”为“期”，加“㫃”为“旗”，加“鹿”为“麒”，一个字变成了几个字。严格的说，形声字才该叫作“字”，“字”是“孳乳而渐多”的意思②。象形有抽象作用，如一画可以代表任何一物，“丄”（上）“丅”（下）“一”“二”“三”其实都

① 《说文·文部》。
② 《说文序》。

可以说是象形。象形又有指示作用,如“刀”字上加一点,表明刃在那里。这样,旧时所谓指事字其实都可以归入象形字。象形还有会合作用,会合两个或两个以上的分子,表示一个意义;那么,旧时所谓会意字其实也可以归入象形字。但会合成功的不是“文”,也该是“字”。象形字、假借字、形声字,是文字发展的逻辑的程序,但甲骨文里三种字都已经有了。这里所说的程序,是近人新说,和“六书说”颇有出入。六书说原有些不完备、不清楚的地方,新说加以补充修正,似乎更可信些。

秦以后只是书体演变的时代。演变的主因是应用,演变的方向是简易。始皇用小篆统一了文字,不久便又有了“隶书”。当时公事忙,文书多,书记虽遵用小篆,有些下行文书,却不免写得草率些。日子长了,这样写的人多了,便自然而然成了一体,称为“隶书”,因为是给徒隶等下级办公人看的。这种字体究竟和小篆差不多。到了汉末,才渐渐变了,椭圆的变为扁方的,“敛笔”变为“挑笔”。这是所谓汉隶,是隶书的标准。晋、唐之间,又称为“八分书”。汉初还有草书,从隶书变化,更为简便。这从清末以来在新疆和敦煌发现的汉、晋间的木简里最能见出。这种草书,各字分开,还带着挑笔,称为“章草”。魏、晋之际,又嫌挑笔费事,改为敛笔,字字连书,以一行或一节为单位。这称为“今草”。隶书方整,去了挑笔,又变为“正书”。这起于魏代。晋、唐之间,却称为“隶书”,而称汉隶为“八分书”。晋代也称为“楷书”。宋代又改称为“真书”。正书本也是扁方的,到陈、隋的时候,渐渐变方了。到了唐代,又渐渐变长了。这是为了好看。正书简化,便成“行书”,起于晋代。大概正书不免于拘,草书不免于放,行书介乎两者之间,最为适用。但现在还通用着正书,而辅以行、草。一方面却提倡民间的“简笔字”，将正书、行书再行简化；这也还是求应用便利的缘故。

【参考资料】《说文解字叙》。容庚：《中国文字学》。陈梦家：《中国文字学》稿本。

《周易》第二

在人家门头上，在小孩的帽饰上，我们常见到八卦那种东西。八卦是圣物，放在门头上，放在帽饰里，是可以辟邪的。辟邪还只是它的小神通，它的大神通在能够因往知来，预言吉凶。算命的，看相的，卜课的，都用得着它。他们普通只用五行生克的道理就够了，但要详细推算，就得用阴阳和八卦的道理。八卦及阴阳五行和我们非常熟习，这些道理直到现在还是我们大部分人的信仰，我们大部分人的日常生活不知不觉之中教这些道理支配着。行人不至，谋事未成，财运欠通，婚姻待决，子息不旺，乃至种种疾病疑难，许多人都会去求签问卜，算命看相，可见影响之大。讲五行的经典，现在有《尚书·洪范》，讲八卦的便是《周易》。

八卦相传是伏羲氏画的。另一个传说却说不是他自出心裁画的。那时候有匹龙马从黄河里出来，背着一幅图，上面便是八卦，伏羲只照着描下来罢了。但这因为伏羲是圣人，那时代是圣世，天才派了龙马赐给他这件圣物。所谓“河图”，便是这个。那讲五行的《洪范》，据说也是大禹治水时在洛水中从一只神龟背上得着的，也出于天赐。所谓“洛书”，便是那个。但这些神怪的故事，显然是八卦和五行的宣传家造出来抬高这两种学说的地位的。伏羲氏恐怕压根儿就没有这个人，他只是秦、汉间儒家假托的圣王。至于八卦，大概是有了筮法以后才有的。商民族是用龟的腹甲或牛的胛骨卜吉凶，他们先在甲骨上钻一下，再用火灼；甲骨经火，有裂痕，便是兆象，卜官细看兆象，断定吉凶；然后便将卜的人、卜的日子、卜的问句等用刀笔刻在甲骨上，这便是卜辞。卜辞里并没有阴阳的观念，也没有八卦的痕迹。

卜法用牛骨最多，用龟甲是很少的。商代农业刚起头，游猎和畜牧还是主要的生活方式，那时牛骨头不缺少。到了周代，渐渐脱离游牧时代，进到农业社会了，牛骨头便没有那么容易得了。这时候却有了筮法，作为卜法的辅助。筮法只用些蓍草，那是不难得的。蓍草是一种长寿草，古人觉得这草和老年人一样，阅历多了，知道的也就多了，所以用它来占吉凶。筮的时候用它的杆子，方法已不能详知，大概是数的。取一把蓍草，数一下看是什么数目，看是奇数还是偶数，也许这便可以断定吉凶。古代人看见数目整齐而又有变化，认为是神秘的东西。数目的连续、循环以及奇偶，都引起人们的惊奇。那时候相信数目是有魔力的，所以巫术里用得着它。——我们一般人直到现在，还嫌恶奇数，喜欢偶数，该是那些巫术的遗迹。那时候又相信数目是有道理的，所以哲学里用得着它。我们现在还说，凡事都有定数，这就是前定的意思；这是很古的信仰了。人生有数，世界也有数，数是算好了的一笔帐；用现在的话说，便是机械的。数又是宇宙的架子，如说太极生两仪，两仪生四象①，就是一生二、二生四的意思。筮法可以说是一种巫术，是靠了数目来判断吉凶的。

八卦的基础便是一、二、三的数目。整画“—”是一；断画“- -”是二；三画叠而成卦是三。这样配出八个卦，便是☰☱☲☳☴☵☶☷

① 二语见《易·系辞》。太极是混沌的元气，两仪是天地，四象是日月星辰。

☷;乾、兑、离、震、艮、坎、巽、坤,是这些卦的名字。那整画、断画的排列,也许是在排列着蓍草时触悟出来的。八卦到底太简单了,后来便将这些卦重起来,两卦重作一个,按照算学里错列与组合的必然,成了六十四卦,就是《周易》里的卦数。蓍草的应用,也许起于民间;但八卦的创制,六十四卦的推演,巫与卜官大约是重要的脚色。古代巫与卜官同时也就是史官,一切的记载,一切的档案,都掌管在他们手里。他们是当时知识的权威,参加创卦或重卦的工作是可能的。筮法比卜法简便得多,但起初人们并不十分信任它。直到《春秋》时候,还有"筮短龟长"的话①。那些时代,大概小事才用筮,大事还得用卜的。

筮法袭用卜法的地方不少。卜法里的兆象,据说有一百二十体,每一体都有十条断定吉凶的"颂"辞②。这些是现成的辞。但兆象是自然的灼出来的,有时不能凑合到那一百二十体里去,便得另造新辞。筮法里的六十四卦,就相当于一百二十体的兆象。那断定吉凶的辞,原叫作繇辞,"繇"是抽出来的意思。《周易》里一卦有六画,每画叫作一爻——六爻的次序,是由下向上数的。繇辞有属于卦的总体的,有属于各爻的;所以后来分称为卦辞和爻辞。这种卦、爻辞也是卜筮官的占筮纪录,但和甲骨卜辞的性质不一样。

从卦、爻辞里的历史故事和风俗制度看,我们知道这些是西周初叶的纪录,纪录里好些是不联贯的,大概是几次筮辞并列在一起的缘故。那时卜筮官将这些卦、爻辞按着卦、爻的顺序编辑起来,便成了《周易》这部书。"易"是"简易"的意思,是说筮法比卜法简

① 《左传·僖公四年》。
② 《周礼·春官·太卜》。

易的意思。本来呢,卦数既然是一定的,每卦每爻的辞又是一定的,检查起来,引申推论起来,自然就"简易"了。不过这只在当时的卜筮官如此。他们熟习当时的背景,卦、爻辞虽"简",他们却觉得"易"。到了后世就不然了,筮法久已失传,有些卦、爻辞简直就看不懂了。《周易》原只是当时一部切用的筮书。

《周易》现在已经变成了儒家经典的第一部,但早期的儒家还没注意这部书。孔子是不讲怪、力、乱、神的。《论语》里虽有"五十以学《易》,可以无大过矣"的话,但另一个本子作"五十以学,亦可以无大过矣"①;所以这句话是很可疑的。孔子只教学生读《诗》《书》和《春秋》,确没有教读《周易》。《孟子》称引《诗》《书》,也没说到《周易》。《周易》变成儒家的经典,是在战国末期。那时候阴阳家的学说盛行,儒家大约受了他们的影响,才研究起这部书来。那时候道家的学说也盛行,也从另一面影响了儒家。儒家就在这两家学说的影响之下,给《周易》的卦、爻辞作了种种新解释。这些新解释并非在忠实的、确切的解释卦、爻辞,其实倒是借着卦、爻辞发挥他们的哲学。这种新解释存下来的,便是所谓《易传》。

《易传》中间较有系统的是彖辞和象辞。彖辞断定一卦的涵义——"彖"就是"断"的意思。象辞推演卦和爻的象,这个"象"字相当于现在所谓"观念"。这个字后来成为解释《周易》的专门名词。但彖辞断定的涵义,象辞推演的观念,其实不是真正从卦、爻里探究出来的;那些只是作传的人傅会在卦、爻上面的。这里面包含着多量的儒家伦理思想和政治哲学;彖辞的话更有许多和《论语》相近的。但说到"天"的时候,不当作有人格的上帝,而只当作

① 《古论语》作"易",《鲁论语》作"亦"。

自然的道，却是道家的色彩了。这两种传似乎是编纂起来的，并非一人所作。此外有《文言》和《系辞》。《文言》解释乾坤两卦；《系辞》发挥宇宙观、人生观，偶然也有分别解释卦、爻的话。这些似乎都是抱残守缺，汇集众说而成。到了汉代，又新发现了《说卦》《序卦》《杂卦》三种传。《说卦》推演卦象，说明某卦的观念象征着自然界和人世间的某些事物，譬如乾卦象征着天，又象征着父之类。《序卦》说明六十四卦排列先后的道理。《杂卦》比较各卦意义的同异之处。这三种传据说是河内一个女子在什么地方找着的，后来称为《逸易》；其实也许就是汉代人作的。

八卦原只是数目的巫术，这时候却变成数目的哲学了。那整画"—"是奇数，代表天，那断画"- -"是偶数，代表地。奇数是阳数，偶数是阴数，阴阳的观念是从男女来的。有天地，不能没有万物，正和有男女就有子息一样，所以三画才能成一卦。卦是表示阴阳变化的，《周易》的"易"，也便是变化的意思。为什么要八个卦呢？这原是算学里错列与组合的必然，但这时候却想着是万象的分类。乾是天，是父等；坤是地，是母等；震是雷，是长子等；巽是风，是长女等；坎是水，是心病等；离是火，是中女等；艮是山，是太监等；兑是泽，是少女等。这样，八卦便象征着也支配着整个的大自然，整个的人间世了。八卦重为六十四卦，卦是复合的，卦象也是复合的，作用便更复杂、更具体了。据说伏羲、神农、黄帝、尧、舜一班圣人看了六十四卦的象，悟出了种种道理，这才制造了器物，建立了制度、耒耜以及文字等等东西，"日中为市"等等制度，都是他们从六十四卦推演出来的。

这个观象制器的故事，见于《系辞》。《系辞》是最重要的一部《易传》。这传里借着八卦和卦、爻辞发挥着的融合儒、道的哲学，和观象制器的故事，都大大的增加了《周易》的价值，抬高了它的地位。《周易》的地位抬高了，关于它的传说也就多了。《系辞》里只说伏羲作八卦；后来的传说却将重卦的，作卦、爻辞的，作《易传》的人，都补出来了。但这些传说都比较晚，所以有些参差，不尽能像“伏羲画卦说”那样成为定论。重卦的人，有说是伏羲的，有说是神农的，有说是文王的。卦、爻辞有说全是文王作的，有说爻辞是周公作的；有说全是孔子作的。《易传》却都说是孔子作的。这些都是圣人。《周易》的经传都出于圣人之手，所以和儒家所谓道统，关系特别深切；这成了他们一部传道的书。所以到了汉代，便已跳到六经之首了①。但另一面阴阳八卦与五行结合起来，三位一体的演变出后来医卜、星相种种迷信，种种花样，支配着一般民众，势力也非常雄厚。这里面儒家的影响却很少了，大部分还是《周易》原来的卜筮传统的力量。儒家的《周易》是哲学化了的；民众的《周易》倒是巫术的本来面目。

① 《庄子·天运》篇和《天下》篇所说六经的次序是：《诗》《书》《礼》《乐》《易》《春秋》，到了《汉书·艺文志》，便成了《易》《书》《诗》《礼》《乐》《春秋》了。

【参考资料】顾颉刚：《周易卦爻辞中的故事》（《古史辨》第三册上）。李镜池：《易传探原》（同上）。余永梁：《易卦爻辞的时代及其作者》（同上）。

《尚书》第三

《尚书》是中国最古的记言的历史。所谓记言，其实也是记事，不过是一种特别的方式罢了。记事比较的是间接的，记言比较的是直接的。记言大部分照说的话写下来，虽然也须略加剪裁，但是尽可以不必多费心思。记事需要化自称为他称，剪裁也难，费的心思自然要多得多。

中国的记言文是在记事文之先发展的。商代甲骨卜辞大部分是些问句，记事的话不多见。两周金文也还多以记言为主。直到战国时代，记事文才有了长足的进展。古代言文大概是合一的，说出的、写下的都可以叫作“辞”。卜辞我们称为“辞”，《尚书》的大部分其实也是“辞”。我们相信这些辞都是当时的“雅言”①，就是当时的官话或普通话。但传到后世，这种官话或普通话却变成诘屈聱牙的古语了。

《尚书》包括虞、夏、商、周四代，大部分是号令，就是向大众宣布的话，小部分是君臣相告的话。也有记事的，可是照近人的说数，那记事的几篇，大都是战国末年人的制作，应该分别的看。那些号令多称为“誓”或“诰”，后人便用“誓”“诰”的名字来代表这一类。平时的号令叫“诰”，有关军事的叫“誓”。君告臣的话多称为

① “雅言”见《论语·述而》。

"命";臣告君的话却似乎并无定名,偶然有称为"谟"[1]的。这些辞有的是当代史官所记,有的是后代史官追记;当代史官也许根据新闻,后代史官便只能根据传闻了。这些辞原来似乎只是说的话,并非写出的文告;史官纪录,意在存作档案,备后来查考之用。这种古代的档案,想来很多,留下来的却很少。汉代传有《书序》,来历不详,也许是周、秦间人所作。有人说,孔子删《书》为百篇,每篇有序,说明作意。这却缺乏可信的证据。孔子教学生的典籍里有《书》,倒是真的。那时代的《书》是个什么样子,已经无从知道。"书"原是纪录的意思[2];大约那所谓"书"只是指当时留存着的一些古代的档案而言;那些档案恐怕还是一件件的,并未结集成书。成书也许是在汉人手里。那时候这些档案留存着的更少了,也更古了,更稀罕了;汉人便将它们编辑起来,改称《尚书》。"尚","上"也;《尚书》据说就是"上古帝王的书"[3]。"书"上加一"尚"字,无疑的是表示着尊信的意味。至于《书》称为"经",始于《荀子》[4];不过也是到汉代才普遍罢了。

儒家所传的五经中,《尚书》残缺最多,因而问题也最多。秦始皇烧天下诗书及诸侯史记,并禁止民间私藏一切书。到汉惠帝时,才开了书禁;文帝接着更鼓励人民献书。书才渐渐见得着了。那时传《尚书》的只有一个济南伏生[5]。伏生本是秦博士。始皇下诏烧诗书的时候,他将《书》藏在墙壁里。后来兵乱,他流亡在外。汉

① 《说文·言部》:"谟,议谋也。"
② 《说文·书部》:"书,著也。"
③ 《论衡·正说》篇。
④ 《劝学》篇。
⑤ 裴骃《史记集解》引张晏曰:"伏生名胜,《伏氏碑》云。"

定天下，才回家；检查所藏的《书》，已失去数十篇，剩下的只二十九篇了。他就守着这一些，私自教授于齐、鲁之间。文帝知道了他的名字，想召他入朝。那时他已九十多岁，不能远行到京师去。文帝便派掌故官晁错来从他学。伏生私人的教授，加上朝廷的提倡，使《尚书》流传开去。伏生所藏的本子是用"古文"写的，还是用秦篆写的，不得而知；他的学生却只用当时的隶书钞录流布。这就是东汉以来所谓《今尚书》或《今文尚书》。汉武帝提倡儒学，立五经博士；宣帝时每经又都分家数立官，共立了十四博士。每一博士各有弟子员若干人。每家有所谓"师法"或"家法"，从学者必须严守。这时候经学已成利禄的途径，治经学的自然就多起来了。《尚书》也立下欧阳（和伯）、大小夏侯（夏侯胜、夏侯建）三博士，却都是伏生一派分出来的。当时去伏生已久，传经的儒者为使人尊信的缘故，竟有硬说《尚书》完整无缺的。他们说，二十九篇是取法天象的，一座北斗星加上二十八宿，不正是二十九吗[①]！这二十九篇，东汉经学大师马融、郑玄都给作过注；可是那些注现在差不多亡失干净了。

汉景帝时，鲁恭王为了扩展自己的宫殿，去拆毁孔子的旧宅。在墙壁里得着"古文"经传数十篇，其中有《书》。这些经传都是用"古文"写的；所谓"古文"，其实只是晚周民间别体字。那时恭王肃然起敬，不敢再拆房子，并且将这些书都交还孔家的主人孔子的后人叫孔安国的。安国加以整理，发见其中的《书》比通行本多出十六篇；这称为《古文尚书》。武帝时，安国将这部书献上去。因为语言和字体的两重困难，一时竟无人能通读那些"逸书"，所以便一

① 《论衡·正说》篇。

直压在皇家图书馆里。成帝时,刘向、刘歆父子先后领校皇家藏书。刘向开始用《古文尚书》校勘今文本子,校出今文脱简及异文各若干。哀帝时,刘歆想将《左氏春秋》《毛诗》《逸礼》及《古文尚书》立博士;这些都是所谓"古文"经典。当时的五经博士不以为然,刘歆写了长信和他们争辩①。这便是后来所谓今古文之争。

今古文之争是西汉经学一大史迹。所争的虽然只在几种经书,他们却以为关系孔子之道即古代圣帝明王之道甚大。"道"其实也是幌子,骨子里所争的还在禄位与声势;当时今古文派在这一点上是一致的。不过两派的学风确也有不同处。大致今文派继承先秦诸子的风气,"思以其道易天下"②,所以主张通经致用。他们解经,只重微言大义;而所谓微言大义,其实只是他们自己的历史哲学和政治哲学。古文派不重哲学而重历史,他们要负起保存和传布文献的责任;所留心的是在章句、训诂,典礼、名物之间。他们各得了孔子的一端,各有偏畸的地方。到了东汉,书籍流传渐多,民间私学日盛。私学压倒了官学,古文经学压倒了今文经学;学者也以兼通为贵,不再专主一家。但是这时候"古文"经典中《逸礼》即《礼古经》已经亡佚,《尚书》之学,也不昌盛。

东汉初,杜林曾在西州(今新疆境)得漆书《古文尚书》一卷,非常宝爱,流离兵乱中,老是随身带着。他是怕"《古文尚书》学"会绝传,所以这般珍惜。当时经师贾逵、马融、郑玄都给那一卷《古文尚书》作注,从此《古文尚书》才显于世③。原来"《古文尚书》学"直到贾逵才真正开始;从前是没有什么师说的。而杜林所得只一卷,

① 《汉书》本传。

② 语见章学诚《文史通义·言公》上。

③ 《后汉书·杨伦传》。

决不如孔壁所出的多。学者竟爱重到那般地步。大约孔安国献的那部《古文尚书》,一直埋没在皇家图书馆里,民间也始终没有盛行,经过西汉末年的兵乱,便无声无臭的亡失了罢。杜林的那一卷,虽经诸大师作注,却也没传到后世;这许又是三国兵乱的缘故。《古文尚书》的运气真够坏的,不但没有能够露头角,还一而再的遭到了些冒名顶替的事儿。这在西汉就有。汉成帝时,因孔安国所献的《古文尚书》无人通晓,下诏征求能够通晓的人。东莱有个张霸,不知孔壁的书还在,便根据《书序》,将伏生二十九篇分为数十,作为中段,又采《左氏传》及《书序》所说,补作首尾,共成《古文尚书百二篇》。每篇都很简短,文意又浅陋。他将这伪书献上去。成帝教用皇家图书馆藏着的孔壁《尚书》对看,满不是的。成帝便将张霸下在狱里,却还存着他的书,并且听它流传世间。后来张霸的再传弟子樊并谋反,朝廷才将那书毁废;这第一部伪《古文尚书》就从此失传了。

到了三国末年,魏国出了个王肃,是个博学而有野心的人。他伪作了《孔子家语》《孔丛子》[①],又伪作了一部孔安国的《古文尚书》,还带着孔安国的传。他是个聪明人,伪造这部《古文尚书》孔传,是很费了心思的。他采辑群籍中所引"逸书",以及历代嘉言,改头换面,巧为联缀,成功了这部书。他是参照汉儒的成法,先将伏生二十九篇分割为三十三篇,另增多二十五篇,共五十八篇[②],以合于东汉儒者如桓谭、班固所记的《古文尚书》篇数。所增各篇,用力阐明儒家的"德治主义",满纸都是仁义道德的格言。这是汉武

① 《家语》托名孔安国,《孔丛子》托名孔鲋。

② 桓谭《新论》作五十八,《汉书·艺文志》自注作五十七。

帝罢黜百家，专崇儒学以来的正统思想，所谓大经、大法，足以取信于人。只看宋以来儒者所口诵心维的“十六字心传”[①]，正在他伪作的《大禹谟》里，便见出这部伪书影响之大。其实《尚书》里的主要思想，该是“鬼治主义”，像《盘庚》等篇所表现的。“原来西周以前，君主即教主，可以唯所欲为，不受什么政治道德的拘束。逢到臣民不听话的时候，只要抬出上帝和先祖来，自然一切解决。”这叫作“鬼治主义”。“西周以后，因疆域的开拓，交通的便利，富力的增加，文化大开。自孔子以至荀卿、韩非，他们的政治学说都建筑在人性上面。尤其是儒家，把人性扩张得极大。他们觉得政治的良好只在诚信的感应；只要君主的道德好，臣民自然风从，用不到威力和鬼神的压迫。”这叫作“德治主义”[②]。看古代的档案，包含着“鬼治主义”思想的，自然比包含着“德治主义”思想的可信得多。但是王肃的时代早已是“德治主义”的时代；他的伪书所以专从这里下手。他果然成功了。只是词旨坦明，毫无诘屈聱牙之处，却不免露出了马脚。

晋武帝时候，孔安国的《古文尚书》曾立过博士[③]；这《古文尚书》大概就是王肃伪造的。王肃是武帝的外祖父，当时即使有怀疑的人，也不敢说话。可是后来经过怀帝永嘉之乱，这部伪书也散失了，知道的人很少。东晋元帝时，豫章内史梅赜发见了它，便拿来献到朝廷上去。这时候伪《古文尚书》孔传便和马、郑注的《尚书》并行起来了。大约北方的学者还是信马、郑的多，南方的学者才是

① 见真德秀：《大学衍义》。所谓十六字是：“人心惟危，道心惟微，惟精惟一，允执厥中。”在伪《大禹谟》里，是舜对禹的话。

② 以上引顾颉刚：《盘庚中篇今译》（《古史辨》第二册）。

③ 《晋书·荀崧传》。

信伪孔的多。等到隋统一了天下，南学压倒了北学，马、郑《尚书》，习者渐少。唐太宗时，因章句繁杂，诏令孔颖达等编撰《五经正义》；高宗永徽四年（西元六五三），颁行天下，考试必用此本。《正义》成了标准的官书，经学从此大统一。那《尚书正义》便用的伪《古文尚书》孔传。伪孔定于一尊，马、郑便更没人理睬了；日子一久，自然就残缺了，宋以来差不多就算亡了。伪《古文尚书》孔传如此这般冒名顶替了一千年，直到清初的时候。

这一千年中间，却也有怀疑伪《古文尚书》孔传的人。南宋的吴棫首先发难。他有《书裨传》十三卷[①]，可惜不传了。朱子因孔安国的"古文"字句皆完整，又平顺易读，也觉得可疑[②]。但是他们似乎都还没有去找出确切的证据。至少朱子还不免疑信参半：他还采取伪《大禹谟》里"人心""道心"的话解释四书，建立道统呢。元代的吴澄才断然的将伏生今文从伪古文分出；他的《尚书纂言》只注解今文，将伪古文除外。明代梅鷟著《尚书考异》，更力排伪孔，并找出了相当的证据。但是严密钩稽决疑定谳的人，还得等待清代的学者。这里该提出三个可尊敬的名字。第一是清初的阎若璩，著《古文尚书疏证》，第二是惠栋，著《古文尚书考》；两书辨析详明，证据确凿，教伪孔体无完肤，真相毕露。但将作伪的罪名加在梅赜头上，还不免未达一间。第三是清中叶的丁晏，著《尚书馀论》，才将真正的罪人王肃指出。千年公案，从此可以定论。这以后等着动手的，便是搜辑汉人的伏生《尚书》说和马、郑注。这方面努力的不少，成绩也斐然可观；不过所能作到的，也只是抱残守缺

① 陈振孙：《直斋书录解题》四。

② 见《朱子语类》七十八。

的工作罢了。伏生《尚书》从千年迷雾中重露出真面目,清代诸大师的劳绩是不朽的。但二十九篇固是真本,其中也还该分别的看。照近人的意见,《周书》大都是当时史官所记,只有一、二篇像是战国时人托古之作。《商书》究竟是当时史官所记,还是周史官追记,尚在然疑之间。虞、夏《书》大约多是战国末年人托古之作,只《甘誓》那一篇许是后代史官追记的。这么着,《今文尚书》里便也有了真伪之分了。

【参考资料】王先谦:《尚书孔传参正序例》及卷三十六《伪孔安国序》。顾颉刚:《论今文尚书著作时代书》(《古史辨》第一册)。

《诗经》第四

诗的源头是歌谣。上古时候,没有文字,只有唱的歌谣,没有写的诗。一个人高兴的时候或悲哀的时候,常愿意将自己的心情诉说出来,给别人或自己听。日常的言语不够劲儿,便用歌唱;一唱三叹的叫别人回肠荡气。唱叹再不够的话,便手也舞起来了,脚也蹈起来了,反正要将劲儿使到了家。碰到节日,大家聚在一起酬神作乐,唱歌的机会更多。或一唱众和,或彼此竞胜。传说葛天氏的乐八章,三个人唱,拿着牛尾,踏着脚①,似乎就是描写这种光景的。歌谣越唱越多,虽没有书,却存在人的记忆里。有了现成的歌儿,就可借他人酒杯,浇自己块垒;随时拣一支合式的唱唱,也足可消愁解闷。若没有完全合式的,尽可删一些、改一些,到称意为止。流行的歌谣中往往不同的词句并行不悖,就是为此。可也有经过众人修饰,成为定本的。歌谣真可说是"一人的机锋,多人的智慧"了②。

歌谣可分为徒歌和乐歌。徒歌是随口唱,乐歌是随着乐器唱。徒歌也有节奏,手舞脚蹈便是帮助节奏的;可是乐歌的节奏更规律化些。乐器在中国似乎早就有了,《礼记》里说的土鼓土槌儿、芦管儿③,也许是我们乐器的老祖宗。到了《诗经》时代,有了琴瑟钟鼓,

---

① 《吕氏春秋·古乐》篇。

② 英美吉特生:《英国民歌论说》。译文据周作人《自己的园地歌谣》章。

③ "土鼓""蒉桴"见《礼运》和《明堂位》,"苇籥"见《明堂位》。

已是洋洋大观了。歌谣的节奏,最主要的靠重叠或叫复沓;本来歌谣以表情为主,只要翻来覆去将情表到了家就成,用不着费话。重叠可以说原是歌谣的生命,节奏也便建立在这上头。字数的均齐,韵脚的调协,似乎是后来发展出来的。有了这些,重叠才在诗歌里失去主要的地位。

有了文字以后,才有人将那些歌谣记录下来,便是最初的写的诗了。但记录的人似乎并不是因为欣赏的缘故,更不是因为研究的缘故。他们大概是些乐工,乐工的职务是奏乐和唱歌;唱歌得有词儿,一面是口头传授,一面也就有了唱本儿。歌谣便是这么写下来的。我们知道春秋时的乐工就和后世阔人家的戏班子一样,老板叫作太师。那时各国都养着一班乐工,各国使臣来往,宴会时都得奏乐唱歌。太师们不但得搜集本国乐歌,还得搜集别国乐歌。不但搜集乐词,还得搜集乐谱。那时的社会有贵族与平民两级。太师们是伺候贵族的,所搜集的歌儿自然得合贵族们的口味;平民的作品是不会入选的。他们搜得的歌谣,有些是乐歌,有些是徒歌。徒歌得合乐才好用。合乐的时候,往往得增加重叠的字句或章节,便不能保存歌词的原来样子。除了这种搜集的歌谣以外,太师们所保存的还有贵族们为了特种事情,如祭祖、宴客、房屋落成、出兵、打猎等等作的诗。这些可以说是典礼的诗。又有讽谏、颂美等等的献诗;献诗是臣下作了献给君上,准备让乐工唱给君上听的,可以说是政治的诗。太师们保存下这些唱本儿,带着乐谱;唱词儿共有三百多篇,当时通称作《诗三百》。到了战国时代,贵族渐渐衰落,平民渐渐抬头,新乐代替了古乐,职业的乐工纷纷散走。乐谱就此亡失,但是还有三百来篇唱词儿流传下来,便是后来的《诗经》了[①]。

① 今《诗经》共三百十一篇,其中六篇有目无诗,实存三百零五篇。

"诗言志"是一句古话;"诗"(䛊)这个字就是"言""志"两个字合成的。但古代所谓"言志"和现在所谓"抒情"并不一样;那"志"总是关联着政治或教化的。春秋时通行赋诗。在外交的宴会里,各国使臣往往得点一篇诗或几篇诗叫乐工唱。这很像现在的请客点戏,不同处是所点的诗句必加上政治的意味。这可以表示这国对那国或这人对那人的愿望、感谢、责难等等,都从诗篇里断章取义。断章取义是不管上下文的意义,只将一章中一两句拉出来,就当前的环境,作政治的暗示。如《左传》襄公二十七年,郑伯宴晋使赵孟于垂陇,赵孟请大家赋诗,他想看看大家的"志"。子太叔赋的是《野有蔓草》。原诗首章云:"野有蔓草,零露漙兮,有美一人,清扬婉兮。邂逅相遇,适我愿兮。"子太叔只取末两句,借以表示郑国欢迎赵孟的意思;上文他就不管。全诗原是男女私情之作,他更不管了。可是这样办正是"诗言志";在那回宴会里,赵孟就和子太叔说了"诗以言志"这句话。

到了孔子时代,赋诗的事已经不行了,孔子却采取了断章取义的办法,用诗来讨论做学问做人的道理。"如切如磋,如琢如磨"①,本来说的是治玉,将玉比人。他却用来教训学生做学问的工夫②。"巧笑倩兮,美目盼兮,素以为绚兮"③,本来说的是美人,所谓天生丽质。他却拉出末句来比方作画,说先有白底子,才会有画,是一步步进展的;作画还是比方,他说的是文化,人先是朴野的,后来才进展了文化——文化必须修养而得,并不是与生俱来的④。他如此

① 《卫风·淇澳》的句子。
② 《论语·学而》。
③ "巧笑倩兮,美目盼兮",《卫风·硕人》的句子;"素以为绚兮"一句今已佚。
④ 《论语·八佾》。

解诗，所以说“思无邪”一句话可以包括《诗三百》的道理[①]；又说诗可以鼓舞人，联合人，增加阅历，发泄牢骚，事父事君的道理都在里面[②]。孔子以后，《诗三百》成为儒家的六经之一，《庄子》和《荀子》里都说到“诗言志”，那个“志”便指教化而言。

但春秋时列国的赋诗只是用诗，并非解诗；那时诗的主要作用还在乐歌，因乐歌而加以借用，不过是一种方便罢了。至于诗篇本来的意义，那时原很明白，用不着讨论。到了孔子时代，诗已经不常歌唱了，诗篇本来的意义，经过了多年的借用，也渐渐含糊了。他就按着借用的办法，根据他教授学生的需要，断章取义的来解释那些诗篇。后来解释《诗经》的儒生都跟着他的脚步走。最有权威的毛氏《诗传》和郑玄《诗笺》差不多全是断章取义，甚至断句取义——断句取义是在一句、两句里拉出一个两个字来发挥，比起断章取义，真是变本加厉了。

毛氏有两个人：一个毛亨，汉时鲁国人，人称为大毛公，一个毛苌，赵国人，人称为小毛公；是大毛公创始《诗经》的注解，传给小毛公，在小毛公手里完成的。郑玄是东汉人，他是专给《毛传》作《笺》的，有时也采取别家的解说；不过别家的解说在原则上也还和毛氏一鼻孔出气，他们都是以史证诗。他们接受了孔子“无邪”的见解，又摘取了孟子的“知人论世”[③]的见解，以为用孔子的诗的哲学，别裁古代的史说，拿来证明那些诗篇是什么时代作的，为什么事作的，便是孟子所谓“以意逆志”[④]。其实孟子所谓“以意逆志”

---

① “思无邪”，《鲁颂·駉》的句子；“思”是语词，无义。

② 《论语·阳货》。

③ 见《孟子·万章》。

④ 同上。

倒是说要看全篇大意，不可拘泥在字句上，与他们不同。他们这样猜出来的作诗人的志，自然不会与作诗人相合；但那种志倒是关联着政治教化而与"诗言志"一语相合的。这样的以史证诗的思想，最先具体的表现在《诗序》里。

《诗序》有《大序》《小序》。《大序》好像总论，托名子夏，说不定是谁作的。《小序》每篇一条，大约是大、小毛公作的。以史证诗，似乎是《小序》的专门任务；传里虽也偶然提及，却总以训诂为主，不过所选取的字义，意在助成序说，无形中有个一定方向罢了。可是《小序》也还是泛说的多，确指的少。到了郑玄，才更详密的发展了这个条理。他按着《诗经》中的国别和篇次，系统的附合史料，编成了《诗谱》，差不多给每篇诗确定了时代；《笺》中也更多的发挥了作为各篇诗的背景的历史。以史证诗，在他手里算是集大成了。

《大序》说明诗的教化作用；这种作用似乎建立在风、雅、颂、赋、比、兴，所谓"六义"上。《大序》只解释了风、雅、颂。说风是风化（感化）、讽刺的意思，雅是正的意思，颂是形容盛德的意思。这都是按着教化作用解释的。照近人的研究，这三个字大概都从音乐得名。风是各地方的乐调，《国风》便是各国土乐的意思。雅就是"乌"字，似乎描写这种乐的呜呜之音。雅也就是"夏"字，古代乐章叫作"夏"的很多，也许原是地名或族名。雅又分《大雅》《小雅》，大约也是乐调不同的缘故。颂就是"容"字，容就是"样子"；这种乐连歌带舞，舞就有种种样子了。风、雅、颂之外，其实还该有个"南"。南是南音或南调，《诗经》中《周南》《召南》的诗，原是相当于现在河南、湖北一带地方的歌谣。《国风》旧有十五，分出二南，还剩十三；而其中邶、鄘两国的诗，现经考定，都是卫诗，那么只有十一《国风》[①]了。颂有《周颂》《鲁颂》《商颂》,《商颂》经考定实是《宋颂》。至于搜集的歌谣,大概是在二《南》、《国风》和《小雅》里。

赋、比、兴的意义,说数最多。大约这三个名字原都含有政治和教化的意味。赋本是唱诗给人听,但在《大序》里,也许是"直铺陈今之政教善恶"[②]的意思。比、兴都是《大序》所谓"主文而谲谏";不直陈而用譬喻叫"主文",委婉讽刺叫"谲谏"。说的人无罪,听的人却可警诫自己。《诗经》里许多譬喻就在比兴的看法下,断章断句的硬派作政教的意义了。比、兴都是政教的譬喻,但在诗篇发端的叫作兴。《毛传》只在有兴的地方标出,不标赋、比;想来赋义是易见的,比、兴虽都是曲折成义,但兴在发端,往往关系全诗,比较更重要些,所以便特别标出了。《毛传》标出的兴诗,共一百十六篇,《国风》中最多,《小雅》第二;按现在说,这两部分搜集的歌谣多,所以譬喻的句子也便多了。

---

① 卫、王、郑、齐、魏、唐、秦、陈、桧、曹、豳。

② 《周礼·大师》郑玄注。

【参考资料】顾颉刚:《诗经在春秋战国间的地位》(《古史辨》第三册下)。顾颉刚:《论诗经所录全为乐歌》(同上)。朱自清:《言志说》(《语言与文学》)。朱自清:《赋比兴说》(《清华学报》十二卷三期)

三《礼》第五

许多人家的中堂里，供奉着“天地君亲师”的大牌位。天地代表生命的本源。亲是祖先的意思，祖先是家族的本源。君师是政教的本源。人情不能忘本，所以供奉着这些。荀子只称这些为礼的三本[①]；大概是到了后世才宗教化了的。荀子是儒家大师。儒家所称道的礼，包括政治制度、宗教仪式、社会风俗习惯等等，却都加以合理的说明。从那“三本说”，可以知道儒家有拿礼来包罗万象的野心，他们认礼为治乱的根本；这种思想可以叫作礼治主义。

怎样叫作礼治呢？儒家说初有人的时候，各人有各人的欲望，各人都要满足自己的欲望，没有界限，没有分际，大家就争起来了。你争我争，社会就乱起来了。那时的君师们看了这种情形，就渐渐给定出礼来，让大家按着贵贱的等级，长幼的次序，各人得着自己该得的一分儿吃的、喝的、穿的、住的，各人也做着自己该做的一分儿工作。各等人有各等人的界限和分际；若是只顾自己，不管别人，任性儿贪多务得，偷懒图快活，这种人就得受严厉的制裁，有时候保不住性命。这种礼，教人节制，教人和平，建立起社会的秩序，可以说是政治制度。

天生万物，是个很古的信仰。这个天是个能视能听的上帝，管

---

① 《礼论》篇。

生杀，管赏罚。在地上的代表，便是天子。天子祭天，和子孙祭祖先一样。地生万物是个事实。人都靠着地里长的活着，地里长的不够了，便闹饥荒；地的力量自然也引起了信仰。天子诸侯祭社稷，祭山川，都是这个来由。最普遍的还是祖先的信仰。直到我们的时代，这个信仰还是很有力的。按儒家说，这些信仰都是“报本返始”①的意思。报本返始是庆幸生命的延续，追念本源，感恩怀德，勉力去报答的意思。但是这里面怕不单是怀德，还有畏威的成分。感谢和恐惧产生了种种祭典。儒家却只从感恩一面加以说明，看作礼的一部分。但这种礼教人恭敬，恭敬便是畏威的遗迹了。儒家的丧礼，最主要的如三年之丧，也建立在感恩的意味上；却因恩谊的亲疏，又定出等等差别来。这种礼，大部分可以说是宗教仪式。

居丧一面是宗教仪式，一面是普通人事。普通人事包括一切日常生活而言。日常生活都需要秩序和规矩。居丧以外，如婚姻、宴会等大事，也各有一套程序，不能随便马虎过去；这样是表示郑重，也便是表示敬意和诚心。至于对人，事君，事父母，待兄弟、姊妹，待子女，以及夫妇、朋友之间，也都自有一番道理。按着尊卑的分际，各守各的道理，君仁臣忠，父慈子孝，兄友弟恭，夫妇朋友互相敬爱，才算能做人；人人能做人，天下便治了。就是一个人饮食言动，也都该有个规矩，别叫旁人难过，更别侵犯着旁人，反正诸事都记得着自己的分儿。这些个规矩也是礼的一部分；有些固然含着宗教意味，但大部分可以说是风俗习惯。这些风俗习惯有一些也可以说是生活的艺术。

王道不外乎人情，礼是王道的一部分，按儒家说是通乎人情的②。

---

① 《礼记·郊特牲》。

② 《礼记·乐记》。

既通乎人情，自然该诚而不伪了。但儒家所称道的礼，并不全是实际施行的。有许多只是他们的理想，这种就不一定通乎人情了。就按那些实际施行的说，每一个制度、仪式或规矩，固然都有它的需要和意义。但是社会情形变了，人的生活跟着变；人的喜、怒、爱、恶，虽然还是喜、怒、爱、恶，可是对象变了。那些礼的惰性却很大，并不跟着变。这就留下了许许多多遗形物，没有了需要，没有了意义；不近人情的伪礼，只会束缚人。《老子》里攻击礼，说"有了礼，忠信就差了"①；后世有些人攻击礼，说"礼不是为我们定的"②；近来大家攻击礼教，说"礼教是吃人的"。这都是指着那些个伪礼说的。

从来礼乐并称，但乐实在是礼的一部分；乐附属于礼，用来补助仪文的不足。乐包括歌和舞，是"人情之所必不免"的③。不但是"人情之所必不免"，而且乐声的绵延和融和也象征着天地万物的"流而不息，合同而化"④。这便是乐本。乐教人平心静气，互相和爱，教人联合起来，成为一整个儿。人人能够平心静气，互相和爱，自然没有贪欲、捣乱、欺诈等事，天下就治了。乐有改善人心、移风易俗的功用，所以与政治是相通的。按儒家说，礼、乐、刑、政，到头来只是一个道理；这四件都顺理成章了，便是王道。这四件是互为因果的。礼坏乐崩，政治一定不成；所以审乐可以知政⑤。"治世之音安以乐，其政和；乱世之音怨以怒，其政乖；亡国之音哀以思，其民困。"⑥吴

① 《老子》三十八章。
② 阮籍语，原文见《世说新语·任诞》。
③ 《荀子·乐论》篇，《礼记·乐记》。
④ 《礼记·乐记》。
⑤ 同上。
⑥ 同上。

公子季札到鲁国观乐，乐工奏那一国的乐，他就知道是那一国的；他是从乐歌里所表现的政治气象而知道的①。歌词就是诗；诗与礼乐也是分不开的。孔子教学生要“兴于诗，立于礼，成于乐”②；那时要养成一个人才，必需学习这些。这些诗、礼、乐，在那时代都是贵族社会所专有，与平民是无干的。到了战国，新声兴起，古乐衰废，听者只求悦耳，就无所谓这一套乐意。汉以来胡乐大行，那就更说不到了。

古代似乎没有关于乐的经典；只有《礼记》里的《乐记》，是抄录儒家的《公孙尼子》等书而成，原本已经是战国时代的东西了。关于礼，汉代学者所传习的有三种经和无数的“记”。那三种经是《仪礼》《礼古经》《周礼》。《礼古经》已亡佚，《仪礼》和《周礼》相传都是周公作的。但据近来的研究，这两部书实在是战国时代的产物。《仪礼》大约是当时实施的礼制，但多半只是士的礼。那些礼是很繁琐的，踵事增华的多，表示诚意的少，已经不全是通乎人情的了。《仪礼》可以说是宗教仪式和风俗习惯的混合物；《周礼》却是一套理想的政治制度。那些制度的背景可以看出是战国时代；但组成了整齐的系统，便是著书人的理想了。

“记”是儒家杂述礼制、礼制变迁的历史，或礼论之作；所述的礼制有实施的，也有理想的。又叫作《礼记》；这《礼记》是一个广泛的名称。这些“记”里包含着《礼古经》的一部分。汉代所见的“记”很多，但流传到现在的只有三十八篇《大戴记》和四十九篇《小戴记》。后世所称《礼记》，多半专指《小戴记》说。大戴是戴

① 《左传·襄公二十九年》。

② 《论语·泰伯》。

德；小戴是戴圣，戴德的侄儿。相传他们是这两部书的编辑人。但二戴都是西汉的《仪礼》专家。汉代有五经博士；凡是一家一派的经学影响大的，都可以立博士。大戴《仪礼》学后来立了博士，小戴本人就是博士。汉代经师的家法最严，一家的学说里绝不能掺杂别家。但现存的两部"记"里都各掺杂着非二戴的学说。所以有人说这两部书是别人假托二戴的名字纂辑的；至少是二戴原书多半亡佚，由别人拉杂凑成的，——可是成书也还在汉代。——这两部书里，《小戴记》容易些，后世诵习的人比较多些；所以差不多专占了《礼记》的名字。

【参考资料】洪业：《礼记引得序》，《仪礼引得序》。

《春秋》三传第六(《国语》附)

“春秋”是古代记事史书的通称。古代朝廷大事,多在春、秋二季举行,所以记事的书用这个名字。各国有各国的春秋,但是后世都不传了。传下的只有一部鲁《春秋》,《春秋》成了它的专名,便是《春秋经》了。传说这部《春秋》是孔子作的,至少是他编的。鲁哀公十四年,鲁西有猎户打着一只从没有见过的独角怪兽,想着定是个不祥的东西,将它扔了。这个新闻传到了孔子那里,他便去看。他一看,就说,“这是麟啊。为谁来的呢!干什么来的呢!唉唉!我的道不行了!”说着流下泪来,赶忙将袖子去擦,泪点儿却已滴到衣襟上。原来麟是个仁兽,是个祥瑞的东西;圣帝、明王在位,天下太平,它才会来,不然是不会来的。可是那时代那有圣帝、明王?天下正乱纷纷的,麟来的真不是时候,所以让猎户打死;它算是倒了运了。

孔子这时已经年老,也常常觉着生的不是时候,不能行道;他为周朝伤心,也为自己伤心。看了这只死麟,一面同情它,一面也引起自己的无限感慨。他觉着生平说了许多教;当世的人君总不信他,可见空话不能打动人。他发愿修一部《春秋》,要让人从具体的事例里,得到善恶的教训,他相信这样得来的教训,比抽象的议论深切著明的多。他觉得修成了这部《春秋》,虽然不能行道,也算不白活一辈子。这便动起手来,九个月书就成功了。书起于鲁隐公，终于获麟；因获麟有感而作，所以叙到获麟绝笔，是纪念的意思。但是《左传》里所载的《春秋经》，获麟后还有，而且在记了“孔子卒”的哀公十六年后还有：据说那却是他的弟子们续修的了。

这个故事虽然够感伤的，但我们从种种方面知道，它却不是真的。《春秋》只是鲁国史官的旧文，孔子不曾掺进手去。《春秋》可是一部信史，里面所记的鲁国日食，有三十次和西方科学家所推算的相合，这决不是偶然的。不过书中残缺、零乱和后人增改的地方，都很不少。书起于隐公元年，到哀公十四年止，共二百四十二年（西元前七二二—四八一）；后世称这二百四十二年为春秋时代。书中纪事按年月日，这叫作编年。编年在史学上是个大发明；这教历史系统化，并增加了它的确实性。《春秋》是我国现存的第一部编年史。书中虽用鲁国纪元，所记的却是各国的事，所以也是我们第一部通史。所记的齐桓公、晋文公的霸迹最多；后来说“尊王攘夷”是《春秋》大义，便是从这里着眼。

古代史官记事，有两种目的：一是征实，二是劝惩。像晋国董狐不怕权势，记“赵盾弑其君”①，齐国太史记“崔杼弑其君”②，虽杀身不悔，都为的是征实和惩恶，作后世的鉴戒。但是史文简略，劝惩的意思有时不容易看出来，因此便需要解说的人。《国语》记楚国申叔时论教太子的科目，有“春秋”一项，说“春秋”有奖善、惩恶的作用，可以戒劝太子的心。孔子是第一个开门授徒，拿经典教给平民的人，鲁《春秋》也该是他的一种科目。关于劝惩的所在，他大约有许多口义传给弟子们。他死后，弟子们散在四方，就所能记忆

① 《左传·宣公二年》。
② 《左传·襄公二十五年》。

的又教授开去。《左传》《公羊传》《穀梁传》,所谓《春秋》三传里,所引孔子解释和评论的话,大概就是检的这一些。

三传特别注重《春秋》的劝惩作用;征实与否,倒在其次。按三传的看法,《春秋》大义可以从两方面说:明辨是非,分别善恶,提倡德义,从成败里见教训,这是一;夸扬霸业,推尊周室,亲爱中国,排斥夷狄,实现民族大一统的理想,这是二。前者是人君的明鉴,后者是拨乱反正的程序。这都是王道。而敬天事鬼,也包括在王道里。《春秋》里记灾,表示天罚;记鬼,表示恩仇,也还是劝惩的意思。古代记事的书常夹杂着好多的迷信和理想,《春秋》也不免如此;三传的看法,大体上是对的。但在解释经文的时候,却往往一个字一个字的咬嚼;这一咬嚼,便不愿上下文穿凿傅会起来了。《公羊》《穀梁》,尤其如此。

这样咬嚼出来的意义就是所谓"书法",所谓"褒贬",也就是所谓"微言"。后世最看重这个。他们说孔子修《春秋》,"笔则笔,削则削"[①],"笔"是书,"削"是不书,都有大道理在内。又说一字之褒,比教你作王公还荣耀,一字之贬,比将你作罪人杀了还耻辱。本来孟子说过,"孔子成《春秋》而乱臣贼子惧"[②],那似乎只指概括的劝惩作用而言。等到褒贬说发展,孟子这句话倒像更坐实了。而孔子和《春秋》的权威也就更大了。后世史家推尊孔子,也推尊《春秋》,承认这种书法是天经地义;但实际上他们却并不照三传所咬嚼出来的那么穿凿傅会的办。这正和后世诗人尽管推尊《毛诗传》《笺》里比兴的解释,实际上却不那样穿凿傅会的作诗一样。三

① 《史记·孔子世家》。
② 《孟子·滕文公下》。

传，特别是《公羊传》和《穀梁传》，和《毛诗传》《笺》，在穿凿解经这件事上是一致的。

三传之中，公羊、穀梁两家全以解经为主，左氏却以叙事为主。公、穀以解经为主，所以咬嚼得更利害些。战国末期，专门解释《春秋》的有许多家，公、穀较晚出而仅存。这两家固然有许多彼此相异之处，但渊源似乎是相同的；他们所引别家的解说也有些是一样的。这两种《春秋经传》经过秦火，多有残缺的地方；到汉景帝、武帝时候，才有经师重加整理，传授给人。公羊、穀梁只是家派的名称，仅存姓氏，名字已不可知。至于他们解经的宗旨，已见上文；《春秋》本是儒家传授的经典，解说的人，自然也离不了儒家，在这一点上，三传是大同小异的。

《左传》这部书，汉代传为鲁国左丘明所作。这个左丘明，有的说是“鲁君子”，有的说是孔子的朋友；后世又有说是鲁国的史官的[①]。这部书历来讨论的最多。汉时有五经博士。凡解说五经自成一家之学的，都可立为博士。立了博士，便是官学；那派经师便可作官受禄。当时《春秋》立了公、穀二传的博士。《左传》流传得晚些，古文派经师也给它争立博士。今文派却说这部书不得孔子《春秋》的真传，不如公、穀两家。后来虽一度立了博士，可是不久还是废了。倒是民间传习的渐多，终于大行！原来公、穀不免空谈，《左传》却是一部仅存的古代编年通史（残缺又少），用处自然大得多。《左传》以外，还有一部分国记载的《国语》，汉代也认为左丘明所作，称为《春秋外传》。后世学者怀疑这一说的很多。据

① 《史记·十二诸侯年表序》说是“鲁君子”，《汉书·刘歆传》说“亲见夫子”，“好恶与圣人同”，杜预《春秋序》说是“身为国史”。

近人的研究,《国语》重在“语”,记事颇简略,大约出于另一著者的手,而为《左传》著者的重要史料之一。这书的说教,也不外尚德、尊天、敬神、爱民,和《左传》是很相近的。只不知著者是谁。其实《左传》著者我们也不知道。说是左丘明,但矛盾太多,不能教人相信。《左传》成书的时代大概在战国,比公、穀二传早些。

《左传》这部书大体依《春秋》而作;参考群籍,详述史事,征引孔子和别的“君子”解经评史的言论,吟味书法,自成一家言。但迷信卜筮,所记祸福的预言,几乎无不应验;这却大大违背了征实的精神,而和儒家的宗旨也不合了。晋范宁作《穀梁传序》说“左氏艳而富,其失也巫”;“艳”是文章美,“富”是材料多,“巫”是多叙鬼神,预言祸福。这是句公平话。注《左传》的,汉代就不少,但那些许多已散失;现存的只有晋杜预注,算是最古了。

杜预作《春秋序》,论到《左传》,说“其文缓,其旨远”,“缓”是委婉,“远”是含蓄。这不但是好史笔,也是好文笔。所以《左传》不但是史学的权威,也是文学的权威。《左传》的文学本领,表现在记述辞令和描写战争上。春秋列国,盟会颇繁,使臣会说话不会说话,不但关系荣辱,并且关系利害,出入很大,所以极重辞令。《左传》所记当时君臣的话,从容委曲,意味深长。只是平心静气的说,紧要关头却不放松一步,真所谓恰到好处。这固然是当时风气如此,但不经《左传》著者的润饰工夫,也决不会那样在纸上活跃的。战争是个复杂的程序,叙得头头是道,已经不易,叙得有声有色,更难;这差不多全靠忙中有闲,透着优游不迫神儿才成。这却正是《左传》著者所擅长的。

【参考资料】洪业:《春秋传引得序》。

四书第七

“四书五经”到现在还是我们口头上一句熟语。五经是《易》《书》《诗》《礼》《春秋》；四书按照普通的顺序是《大学》《中庸》《论语》《孟子》，前二者又简称《学》《庸》，后二者又简称《论》《孟》；有了简称，可见这些书是用得很熟的。本来呢，从前私塾里，学生入学，是从四书读起的。这是那些时代的小学教科书，而且是统一的标准的小学教科书，因为没有不用的。那时先生不讲解，只让学生背诵，不但得背正文，而且得背朱熹的小注。只要囫囵吞枣的念，囫囵吞枣的背；不懂不要紧，将来用得着，自然会懂的。怎么说将来用得着？那些时候行科举制度。科举是一种竞争的考试制度，考试的主要科目是八股文，题目都出在四书里，而且是朱注的四书里。科举分几级，考中的得着种种出身或资格，凭着这种资格可以建功立业，也可以升官发财；作好作歹，都得先弄个资格到手。科举几乎是当时读书人唯一的出路。每个学生都先读四书，而且读的是朱注，便是这个缘故。

将朱注四书定为科举用书，是从元仁宗皇庆二年（西元一三一三）起的。规定这四种书，自然因为这些书本身重要，有人人必读的价值；规定朱注，也因为朱注发明书义比旧注好些，切用些。这四种书原来并不在一起，《学》《庸》都在《礼记》里，《论》《孟》是单行的。这些书原来只算是诸子书，朱子原来也只称为“四子”；但

《礼记》《论》《孟》在汉代都立过博士，已经都升到经里去了。后来唐代的“九经”里虽然只有《礼记》，宋代的“十三经”却又将《论》《孟》收了进去[①]。《中庸》很早就被人单独注意，汉代已有关于《中庸》的著作，六朝时也有，可惜都不传了[②]。关于《大学》的著作，却直到司马光的《大学通义》才开始，这部书也不传了。这些著作并不曾教《学》《庸》普及，教《学》《庸》和《论》《孟》同样普及的是朱子的注，四书也是他编在一起的，四书的名字也因他而有。

但最初用力提倡这几种书的是程颢、程颐兄弟。他们说：“《大学》是孔门的遗书，是初学者入德的门径。只有从这部书里，还可以知道古人做学问的程序。从《论》《孟》里虽也可看出一些，但不如这部书的分明易晓。学者必须从这部书入手，才不会走错了路。”[③]这里没提到《中庸》。可是他们是很推尊《中庸》的。他们在另一处说：“‘不偏’叫作‘中’，‘不易’叫作‘庸’；‘中’是天下的正道，‘庸’是天下的定理。《中庸》是孔门传授心法的书，是子思记下来传给孟子的。书中所述的人生哲理，意味深长；会读书的细加玩赏，自然能心领神悟终身受用不尽。”[④]这四种书到了朱子手里才打成一片。他接受二程的见解，加以系统的说明，四种书便贯串起来了。

他说，古来有小学大学。小学里教洒扫进退的规矩，和礼、乐、射、御、书、数，所谓“六艺”的。大学里教穷理、正心、修己、治人的道理。所教的都切于民生日用，都是实学。《大学》这部书便是古

---

① 九经：《易》，《书》，《诗》，三《礼》，《春秋》三传。十三经：《易》，《书》，《诗》，三《礼》，《春秋》三传，《论语》，《孝经》，《尔雅》，《孟子》。

② 《汉书·艺文志》有《中庸说》二篇，《隋书·经籍志》有戴颙《中庸传》二卷，梁武帝《中庸讲疏》一卷。

③ 原文见《大学章句》卷头。

④ 原文见《中庸章句》卷头。

来大学里教学生的方法，规模大，节目详；而所谓“格物、致知、诚意、正心、修身、齐家、治国、平天下”，是循序渐进的。程子说是“初学者入德的门径”，就是为此。这部书里的道理，并不是为一时一事说的，是为天下后世说的。这是“垂世立教的大典”①，所以程子举为初学者的第一部书。《论》《孟》虽然也切实，却是“应机接物的微言”②，问的不是一个人，记的也不是一个人。浅深先后，次序既不分明，抑扬可否，用意也不一样，初学者领会较难。所以程子放在第二步。至于《中庸》，是孔门的心法，初学者领会更难，程子所以另论。

但朱子的意思，有了《大学》的提纲挈领，便能领会《论》《孟》里精微的分别去处；融贯了《论》《孟》的旨趣，也便能领会《中庸》里的心法。人有人心和道心；人心是私欲，道心是天理。人该修养道心，克制人心，这是心法。朱子的意思，不领会《中庸》里的心法，是不能从大处着眼，读天下的书，论天下的事的。他所以将《中庸》放在第三步，和《大学》《论》《孟》合为“四书”，作为初学者的基础教本。后来规定四书为科举用书，原也根据这番意思。不过朱子教人读四书，为的成人，后来人读四书，却重在猎取功名；这是不合于他提倡的本心的。至于顺序变为《学》《庸》《论》《孟》，那是书贾因为《学》《庸》篇页不多，合为一本的缘故；通行既久，居然约定俗成了。

《礼记》里的《大学》，本是一篇东西，朱子给分成经一章，传十章；传是解释经的。因为要使传合经，他又颠倒了原文的次序，并

① 原文见《中庸章句》卷头。
② 朱子：《大学或问》卷一。

补上一段儿。他注《中庸》时，虽没有这样大的改变，可是所分的章节，也与郑玄注的不同。所以这两部书的注，称为《大学章句》《中庸章句》。《论》《孟》的注，却是融合各家而成，所以称为《论语集注》《孟子集注》。《大学》的经一章，朱子想着是曾子追述孔子的话；传十章，他相信是曾子的意思，由弟子们记下的。《中庸》的著者，朱子和程子一样，都接受《史记》的记载，认为是子思①。但关于书名的解释，他修正了一些。他说，"中"除"不偏"外，还有"无过无不及"的意思；"庸"解作"不易"，不如解作"平常"的好②。照近人的研究，《大学》的思想和文字，很有和荀子相同的地方，大概是荀子学派的著作。《中庸》，首尾和中段思想不一贯，从前就有人疑心。照近来的看法，这部书的中段也许是子思原著的一部分，发扬孔子的学说，如"时中""忠恕""知仁勇""五伦"等。首尾呢，怕是另一关于《中庸》的著作，经后人混合起来的；这里发扬的是孟子的天人相通的哲理，所谓"至诚""尽性"，都是的。著者大约是一个孟子学派。

《论语》是孔子弟子们记的。这部书不但显示一个伟大的人格——孔子，并且让读者学习许多做学问做人的节目：如"君子""仁""忠恕"，如"时习""阙疑""好古""隅反""择善""困学"等，都是可以终身应用的。《孟子》据说是孟子本人和弟子公孙丑、万章等共同编定的。书中说"仁"兼说"义"，分辨"义""利"甚严；而辩"性善"，教人求"放心"，影响更大。又说到"养浩然之气"，那"至大至刚""配义与道"的"浩然之气"③，这是修养的最高境界，所

① 《孔子世家》。

② 《中庸或问》卷一。

③ 《公孙丑》。

谓天人相通的哲理。书中攻击杨朱、墨翟两派，辞锋咄咄逼人。这在儒家叫作攻异端，功劳是很大的。孟子生在战国时代，他不免“好辩”，他自己也觉得的①；他的话流露着“英气”，“有圭角”，和孔子的温润是不同的。所以儒家只称为“亚圣”，次于孔子一等②。《孟子》有东汉的赵岐注。《论语》有孔安国、马融、郑玄诸家注，却都已残佚，只零星的见于魏何晏的《集解》里。汉儒注经，多以训诂名物为重；但《论》《孟》词意显明，所以只解释文句，推阐义理而止。魏、晋以来，玄谈大盛，孔子已经道家化；解《论语》的也多参入玄谈，参入当时的道家哲学。这些后来却都不流行了。到了朱子，给《论》《孟》作注，虽说融会各家，其实也用他自己的哲学作架子。他注《学》《庸》，更显然如此。他的哲学切于世用，所以一般人接受了，将他解释的孔子当作真的孔子。

他那一套“四书”注实在用尽了平生的力量，改定至再至三；直到临死的时候，他还在改定《大学·诚意》章的注。注以外又作了《四书或问》，发扬注义，并论述对于旧说的或取或舍的理由。他在四书上这样下工夫，一面固然为了诱导初学者，一面还有一个用意，便是排斥老、佛，建立道统。他在《中庸章句序》里论到诸圣道统的传承，末尾自谦说，“于道统之传，不敢妄议”；其实他是隐隐在以传道统自期呢。《中庸》传授心法，正是道统的根本。将它加在《大学》《论》《孟》之后而成“四书”，朱子自己虽然说是给初学者打基础，但一大半恐怕还是为了建立道统，不过他自己不好说出罢了。他注四书在宋孝宗淳熙年间（西元一一七四——一一八九）。他

① 《滕文公》。

② 《孟子集注序》说引程子说。

死后朝廷将他的“四书”注审定为官书,从此盛行起来。他果然成了传儒家道统的大师了。

《战国策》第八

春秋末年，列国大臣的势力渐渐膨胀起来。这些大臣都是世袭的，他们一代一代聚财养众，明争暗夺了君主的权力，建立起自己的特殊地位。等到机会成熟，便跳起来打倒君主自己干。那时候各国差不多都起了内乱。晋国让韩、魏、赵三家分了，姓姜的齐国也让姓田的大夫占了。这些，周天子只得承认了。这是封建制度崩坏的开始。那时候周室也经过了内乱，土地大半让邻国抢去，剩下的又分为东、西周；东、西周各有君王，彼此还争争吵吵的。这两位君王早已失去春秋时代"共主"的地位，而和列国诸侯相等了。后来列国纷纷称王，周室更不算回事；他们至多能和宋、鲁等小国君主等量齐观罢了。

秦、楚两国也经过内乱，可是站住了。它们本是边远的国家，却渐渐伸张势力到中原来。内乱平后，大加整顿，努力图强，声威便更广了。还有极北的燕国，向来和中原国家少来往；这时候也有力量向南参加国际政治了。秦、楚、燕和新兴的韩、魏、赵、齐，是那时代的大国，称为"七雄"。那些小国呢，从前可以仰仗霸主的保护，作大国的附庸；现在可不成了，只好让人家吞的吞，并的并，算只留下宋、鲁等两三国，给七雄当缓冲地带。封建制度既然在崩坏中，七雄便各成一单位，各自争存，各自争强；国际政局比春秋时代紧张多了。战争也比从前严重多了。列国都在自己边界上修起长城来。这时候军器进步了，从前的兵器都用铜打成，现在有用铁打成的了。战术也进步了。攻守的方法都比从前精明，从前只用兵车和步卒，现在却发展了骑兵了。这时候还有以帮人家作战为职业的人。这时候的战争，杀伤是很多的。孟子说："争地以战，杀人盈野；争城以战，杀人盈城。"①可见那凶惨的情形。后人因此称这时代为战国时代。

在长期混乱之后，贵族有的作了国君，有的渐渐衰灭。这个阶级算是随着封建制度崩坏了。那时候的国君，没有了世袭的大臣，便集权专制起来。辅助他们的是一些出身贵贱不同的士人。那时候君主和大臣都竭力招揽有技能的人，甚至学鸡鸣、学狗盗的也都收留着。这是所谓"好客""好士"的风气。其中最高的是说客，是游说之士。当时国际关系紧张，战争随时可起。战争到底是劳民伤财的，况且难得有把握；重要的还是作外交的工夫。外交办得好，只凭口舌排难解纷，可以免去战祸；就是不得不战，也可以多找一些与国，一些帮手。担负这种外交的人，便是那些策士，那些游说之士。游说之士既然这般重要，所以立谈可以取卿相；只要有计谋，会辩说就成，出身的贵贱倒是不在乎的。

七雄中的秦，从孝公用商鞅变法以后，日渐强盛。到后来成了与六国对峙的局势。这时候的游说之士，有的劝六国联合起来抗秦，有的劝六国联合起来亲秦。前一派叫"合纵"，是联合南北各国的意思，后一派叫"连横"，是联合东西各国的意思——只有秦是西方的国家。合纵派的代表是苏秦，连横派的是张仪，他们可以代表所有的战国游说之士。后世提到游说的策士，总想到这两个人，提

① 《离娄》。

到纵横家,也总是想到这两个人。他们都是鬼谷先生的弟子。苏秦起初也是连横派。他游说秦惠王,秦惠王老不理他;穷得要死,只好回家。妻子、嫂嫂、父母,都瞧不起他。他恨极了,用心读书,用心揣摩;夜里倦了要睡,用锥子扎大腿,血流到脚上。这样整一年,他想着成了,便出来游说六国合纵。这回他果然成功了,佩了六国相印,又有势又有钱。打家里过的时候,父母郊迎三十里,妻子低头,嫂嫂爬在地下谢罪。他叹道:"人生世上,势位富贵,真是少不得的!"张仪和楚相喝酒。楚相丢了一块璧。手下人说张仪穷而无行,一定是他偷的,绑起来打了几百下。张仪始终不认,只好放了他。回家,他妻子说:"唉,要不是读书游说,那会受这场气!"他不理,只说:"看我舌头还在罢?"妻子笑道:"舌头是在的。"他说:"那就成!"后来果然作了秦国的相;苏秦死后,他也大大得意了一番。

苏秦使锥子扎腿的时候,自己发狠道:"那有游说人主不能得金玉锦绣,不能取卿相之尊的道理!"这正是战国策士的心思。他们凭他们的智谋和辩才,给人家画策,办外交;谁用他们就帮谁。他们是职业的,所图的是自己的功名富贵;帮你的时候帮你,不帮的时候也许害你。翻覆,在他们看来是没有什么的。本来呢,当时七雄分立,没有共主,没有盟主,各干各的,谁胜谁得势。国际间没有是非,爱帮谁就帮谁,反正都一样。苏秦说连横不成,就改说合纵,在策士看来,这正是当然。张仪说舌头在就行,说是说非,只要会说,这也正是职业的态度。他们自己没有理想,没有主张,只求揣摩主上的心理,拐弯儿抹角投其所好。这需要技巧;韩非子《说难》篇专论这个。说得好固然可以取"金玉锦绣"和"卿相之尊",说得不好也会招杀身之祸,利害所关如此之大,苏秦费一整年研究揣摩不算多。当时各国所重的是威势,策士所说原不外战争和诈谋;但要因人、因地进言,广博的知识和微妙的机智都是不可少的。

记载那些说辞的书叫《战国策》,是汉代刘向编定的,书名也是他提议的。但在他以前,汉初著名的说客蒯通,大约已经加以整理和润饰,所以各篇如出一手。《汉书》本传里记着他"论战国时说士权变,亦自序其说,凡八十一篇,号曰《隽永》",大约就是刘向所根据的底本了①。蒯通那支笔是很有力量的。铺陈的伟丽,叱咤的雄豪,固然传达出来了;而那些曲折微妙的声口,也丝丝入扣,千载如生。读这部书,真是如闻其语,如见其人。汉以来批评这部书的都用儒家的眼光。刘向的序里说战国时代"捐礼让而贵战争,弃仁义而用诈谲,苟以取强而已矣",可以代表。但他又说这些是"高才秀士"的"奇策异智","亦可喜,皆可观"。这便是文辞的作用了。宋代有个李文叔,也说这部书所记载的事"浅陋不足道",但"人读之,则必乡其说之工,而忘其事之陋者,文辞之胜移之而已"。又道,说的还不算难,记的才真难得呢②。这部书除文辞之胜外,所记的事,上接春秋时代,下至楚、汉兴起为止,共二百零二年(西元前四〇三—二〇二),也是一部重要的古史。所谓战国时代,便指这里的二百零二年;而战国的名称也是刘向在这部书的序里定出的。

① 罗根泽:《战国策作于蒯通考》及《补证》(《古史辨》第四册)。

② 李格非:《书战国策后》。

【参考资料】雷海宗:《中国通史选读》第二册(清华大学讲义排印本)。

《史记》《汉书》第九

说起中国的史书，《史记》《汉书》，真是无人不知，无人不晓。这有两个原因。一则这两部书是最早的有系统的历史，再早虽然还有《尚书》、鲁《春秋》、《国语》、《春秋左氏传》、《战国策》等，但《尚书》《国语》《战国策》，都是记言的史，不是记事的史。《春秋》和《左传》是记事的史了，可是《春秋》太简短，《左氏传》虽够铺排的，而跟着《春秋》编年的系统，所记的事还不免散碎。《史记》创了"纪传体"，叙事自黄帝以来到著者当世，就是汉武帝的时候，首尾三千多年。《汉书》采用了《史记》的体制，却以汉事为断，从高祖到王莽，只二百三十年。后来的史书全用《汉书》的体制，断代成书；二十四史里，《史记》《汉书》以外的二十二史都如此。这称为"正史"。《史记》《汉书》，可以说都是"正史"的源头。二则，这两部书都成了文学的古典；两书有许多相同处，虽然也有许多相异处。大概东汉、魏、晋到唐，喜欢《汉书》的多，唐以后喜欢《史记》的多，而明、清两代尤然。这是两书文体各有所胜的缘故。但历来班、马并称，《史》《汉》连举，它们叙事写人的技术，毕竟是大同的。

《史记》，汉司马迁著。司马迁字子长，左冯翊夏阳（今陕西韩城）人，（景帝中元五年——西元前一四五——生，卒年不详。）他是太史令司马谈的儿子。小时候在本乡只帮人家耕耕田、放放牛玩儿。司马谈作了太史令，才将他带到京师（今西安）读书。他十岁的时候，便认识“古文”的书了。二十岁以后，到处游历，真是足迹遍天下。他东边到过现在的河北、山东及江、浙沿海，南边到过湖南、江西、云南、贵州，西边到过陕、甘、西康等处，北边到过长城等处；当时的“大汉帝国”，除了朝鲜、河西（今宁夏一带）、岭南几个新开郡外，他都走到了。他的出游，相传是父亲命他搜求史料去的；但也有些处是因公去的。他搜得了多少写的史料，没有明文，不能知道。可是他却看到了好些古代的遗迹，听到了好些古代的轶闻；这些都是活史料，他用来印证并补充他所读的书。他作《史记》，叙述和描写往往特别亲切有味，便是为此。他的游历不但增扩了他的见闻，也增扩了他的胸襟；他能够综括三千多年的事，写成一部大书，而行文又极其抑扬变化之致，可见出他的胸襟是如何的阔大。

他二十几岁的时候，应试得高第，作了郎中。武帝元封元年（西元前一一〇），大行封禅典礼，步骑十八万，旌旗千余里。司马谈是史官，本该从行；但是病得很重，留在洛阳不能去。司马迁却跟去了。回来见父亲，父亲已经快死了，拉着他的手呜咽着道：“我们先人从虞、夏以来，世代作史官；周末弃职他去，从此我家便衰微了。我虽然恢复了世传的职务，可是不成；你看这回封禅大典，我竟不能从行，真是命该如此！再说孔子因为眼见王道缺，礼乐衰，才整理文献，论《诗》《书》，作《春秋》，他的功绩是不朽的。孔子到现在又四百多年了，各国只管争战，史籍都散失了，这得搜求整理；汉朝一统天下，明主、贤君、忠臣、死义之士，也得记载表彰。我作了太史令，却没能尽职，无所论著，真是惶恐万分。你若能继承先业，再作太史令，成就我的未竟之志，扬名于后世，那就是大孝了。

你想着我的话罢。"[1]司马迁听了父亲这番遗命,低头流泪答道:"儿子虽然不肖,定当将你老人家所搜集的材料,小心整理起来,不敢有所遗失。"[2]司马谈便在这年死了;司马迁这年三十六岁。父亲的遗命指示了他一条伟大的路。

父亲死的第三年,司马迁果然作了太史令。他有机会看到许多史籍和别的藏书,便开始作整理的工夫。那时史料都集中在太史令手里,特别是汉代各地方行政报告,他那里都有。他一面整理史料,一面却忙着改历的工作;直到太初元年(西元前一〇四),太初历完成,才动手著他的书。天汉二年(西元前九九),李陵奉了贰师将军李广利的命,领了五千兵,出塞打匈奴。匈奴八万人围着他们;他们杀伤了匈奴一万多,可是自己的人也死了一大半。箭完了,又没吃的,耗了八天,等贰师将军派救兵。救兵竟没有影子。匈奴却派人来招降。李陵想着回去也没有脸,就降了。武帝听了这个消息,又急又气。朝廷里纷纷说李陵的坏话。武帝问司马迁,李陵到底是个怎样的人。李陵也作过郎中,和司马迁同过事,司马迁是知道他的。

他说李陵这个人秉性忠义,常想牺牲自己,报效国家。这回以少敌众,兵尽路穷,但还杀伤那么些人,功劳其实也不算小。他决不是怕死的人,他的降大概是假意的,也许在等机会给汉朝出力呢。武帝听了他的话,想着贰师将军是自己派的元帅,司马迁却将功劳归在投降的李陵身上,真是大不敬;便教将他抓起来,下在狱里。第二年,武帝杀了李陵全家,处司马迁宫刑。宫刑是个大辱,

---

① 原文见《史记·自序》。

② 同上。

污及先人，见笑亲友。他灰心失望已极，只能发愤努力，在狱中专心致志写他的书，希图留个后世名。过了两年，武帝改元太始，大赦天下。他出了狱，不久却又作了宦者作的官，中书令，重被宠信。但他还继续写他的书。直到征和二年（西元前九一），全书才得完成，共一百三十篇，五十二万六千五百字。他死后，这部书部分的流传；到宣帝时，他的外孙杨恽才将全书献上朝廷去，并传写公行于世。汉人称为《太史公书》、《太史公》、《太史公记》、《太史记》。魏、晋间才简称为《史记》，《史记》便成了定名。这部书流传时颇有缺佚，经后人补续改窜了不少；只有元帝、成帝间褚少孙补的有主名，其余都不容易考了。

司马迁是窃比孔子的。孔子是在周末官守散失时代第一个保存文献的人；司马迁是秦火以后第一个保存文献的人。他们保存的方法不同，但是用心一样。《史记·自序》里记着司马迁和上大夫壶遂讨论作史的一番话。司马迁引述他的父亲称扬孔子整理六经的丰功伟业，而特别着重《春秋》的著作。他们父子都是相信孔子作《春秋》的。他又引董仲舒所述孔子的话：“我有种种觉民救世的理想，凭空发议论，恐怕人不理会；不如借历史上现成的事实来表现，可以深切著明些。”①这便是孔子作《春秋》的趣旨；他是要明王道，辨人事，分明是非、善恶、贤不肖，存亡继绝，补敝起废，作后世君臣龟鉴。《春秋》实在是礼义的大宗，司马迁相信礼治是胜于法治的。他相信《春秋》包罗万象，采善贬恶，并非以刺讥为主。像他父亲遗命所说的，汉兴以来，人主明圣盛德，和功臣、世家、贤大夫之业，是他父子职守所在，正该记载表彰。他的书记汉事较详，

① 原文见《史记·自序》。

固然是史料多,也是他意主尊汉的缘故。他排斥暴秦,要将汉远承三代。这正和今文家说的《春秋》尊鲁一样,他的书实在是窃比《春秋》的。他虽自称只是"厥协六经异传,整齐百家杂语"[①],述而不作,不敢与《春秋》比,那不过是谦词罢了。

他在《报任安书》里说他的书"欲以究天人之际,通古今之变,成一家之言"。《史记·自序》里说:"罔(网)罗天下放失旧闻,王迹所兴,原始察终,见盛观衰,论考之行事。""王迹所兴",始终盛衰,便是"古今之变",也便是"天人之际"。"天人之际"只是天道对于人事的影响;这和所谓"始终盛衰"都是阴阳家言。阴阳家倡"五德终始说",以为金、木、水、火、土五行之德,互相克胜,终始运行,循环不息。当运者盛,王迹所兴;运去则衰。西汉此说大行,与"今文经学"合而为一。司马迁是请教过董仲舒的,董就是今文派的大师;他也许受了董的影响。"五德终始说"原是一种历史哲学;实际的教训只是让人君顺时修德。

《史记》虽然窃比《春秋》,却并不用那咬文嚼字的书法,只据事实录,使善恶自见。书里也有议论,那不过是著者牢骚之辞,与大体是无关的。原来司马迁自遭李陵之祸,更加努力著书。他觉得自己已经身废名裂,要发抒意中的郁结,只有这一条通路。他在《报任安书》和《史记·自序》里引了文王以下到韩非诸贤圣,都是发愤才著书的。他自己也是个发愤著书的人。天道的无常,世变的无常,引起了他的慨叹;他悲天悯人,发为牢骚抑扬之辞。这增加了他的书的情韵。后世论文的人推尊《史记》,一个原因便在这里。

班彪论前史得失,却说他"论议浅而不笃,其论术学,则崇黄、老而薄五经,序货殖,则轻仁义而羞贫穷,论游侠,则贱守节而贵俗

① 原文见《史记·自序》。

功”,以为“大敝伤道”[1];班固也说他“是非颇谬于圣人”[2]。其实推崇道家的是司马谈;司马迁时,儒学已成独尊之势,他也成了一个推崇的人了。至于《游侠》《货殖》两传,确有他的身世之感。那时候有钱可以赎罪,他遭了李陵之祸,刑重家贫,不能自赎,所以才有“羞贫穷”的话;他在穷窘之中,交游竟没有一个抱不平来救他的,所以才有称扬游侠的话。这和《伯夷传》里天道无常的疑问,都只是偶一借题发挥,无关全书大旨。东汉王允死看“发愤”著书一语,加上咬文嚼字的成见,便说《史记》是“佞臣”的“谤书”[3],那不但误解了《史记》,也太小看了司马迁了。

《史记》体例有五:十二本纪,记帝王政迹,是编年的。十表,以分年略记世代为主。八书,记典章制度的沿革。三十世家,记侯国世代存亡。七十列传,类记各方面人物。史家称为“纪传体”,因为“纪传”是最重要的部分。古史不是断片的杂记,便是顺案年月的纂录;自出机杼,创立规模,以驾驭去取各种史料的,从《史记》起始。司马迁的确能够贯穿经传,整齐百家杂语,成一家言。他明白“整齐”的必要,并知道怎样去“整齐”:这实在是创作,是以述为作。他这样将自有文化以来三千年间君臣士庶的行事,“合一炉而冶之”,却反映着秦汉大一统的局势。《春秋左氏传》虽也可算通史,但是规模完具的通史,还得推《史记》为第一部书。班固根据他父亲班彪的意见,说司马迁“善叙事理,辩而不华,质而不俚;其文直,其事核,不虚美,不隐恶,故谓之实录”[4]。“直”是“简省”的意

① 《后汉书·班彪传》。
② 《汉书·司马迁传赞》。
③ 《后汉书·蔡邕传》。
④ 《汉书·司马迁传赞》。

思;简省而能明确,便见本领。《史记》共一百三十篇,列传占了全书的过半数;司马迁的史观是以人物为中心的。他最长于描写;靠了他的笔,古代许多重要人物的面形,至今还活现在纸上。

《汉书》,汉班固著。班固,字孟坚,扶风安陵(今陕西咸阳)人,(光武帝建武八年——西元三二——生,和帝永元四年——西元九二——卒。)他家和司马氏一样,也是个世家;《汉书》是子继父业,也和司马迁差不多。但班固的凭藉,比司马迁好多了。他曾祖班斿,博学有才气,成帝时,和刘向同校皇家藏书。成帝赐了他全套藏书的副本,《史记》也在其中。当时书籍流传很少,得来不易;班家得了这批赐书,真像大图书馆似的。他家又有钱,能够招待客人。后来有好些学者,老远的跑到他家来看书;扬雄便是一个。班斿的次孙班彪,既有书看,又得接触许多学者;于是尽心儒术,成了一个史学家。《史记》以后,续作很多,但不是偏私,就是鄙俗;班彪加以整理补充,著了六十五篇《后传》。他详论《史记》的得失,大体确当不移。他的书似乎只有本纪和列传;世家是并在列传里。这部书没有流传下来,但他的儿子班固的《汉书》是用它作底本的。

班固生在河西;那时班彪避乱在那里。班固有弟班超,妹班昭,后来都有功于《汉书》。他五岁时随父亲到那时的京师洛阳。九岁时能作文章,读诗赋。大概是十六岁罢,他入了洛阳的大学,博览群书。他治学不专守一家;只重大义,不沾沾在章句上。又善作辞赋。为人宽和容众,不以才能骄人。在大学里读了七年书,二十三岁上,父亲死了,他回到安陵去。明帝永平元年(西元五八),他二十八岁,开始改撰父亲的书。他觉得《后传》不够详的,自己专心精究,想完成一部大书。过了三年,有人上书给明帝,告他私自改作旧史。当时天下新定,常有人假造预言,摇惑民心;私改旧史,更有机会造谣，罪名可以很大。

明帝当即诏令扶风郡逮捕班固，解到洛阳狱中，并调看他的稿子。他兄弟班超怕闹出大乱子，永平五年（西元六二），带了全家赶到洛阳；他上书给明帝，陈明原委，请求召见。明帝果然召见。他陈明班固不敢私改旧史，只是续父所作。那时扶风郡也已将班固稿子送呈。明帝却很赏识那稿子，便命班固作校书郎，兰台令史，跟别的几个人同修世祖（光武帝）本纪。班家这时候很穷。班超也作了一名书记，帮助哥哥养家。后来班固等又述诸功臣的事迹，作列传载记二十八篇奏上。这些后来都成了刘珍等所撰的《东观汉记》的一部分，与《汉书》是无关的。

明帝这时候才命班固续完前稿。永平七年（西元六四），班固三十三岁，在兰台重行写他的大著。兰台是皇家藏书之处，他取精用弘，比家中自然更好。次年，班超也作了兰台令史。虽然在官不久，就从军去了，但一定给班固帮助很多。章帝即位，好辞赋，更赏识班固了。他因此得常到宫中读书，往往连日带夜的读下去。大概在建初七年（西元八二），他的书才大致完成。那年他是五十一岁了。和帝永元元年（西元八九），车骑将军窦宪出征匈奴，用他作中护军，参议军机大事。这一回匈奴大败，逃得不知去向。窦宪在出塞三千多里外的燕然山上刻石纪功，教班固作铭。这是著名的大手笔。

次年他回到京师，就作窦宪的秘书。当时窦宪威势极盛；班固倒没有仗窦家的势欺压人，但他的儿子和奴仆却都无法无天的。这就得罪了许多地面上的官儿；他们都敢怒而不敢言。有一回他的奴子喝醉了，在街上骂了洛阳令种兢，种兢气恨极了，但也只能记在心里。永元四年（西元九二），窦宪阴谋弑和帝，事败，自杀。

他的党羽，或诛死，或免官。班固先只免了官，种兢却饶不过他，逮捕了他，下在狱里。他已经六十一岁了，受不得那种苦，便在狱里死了。和帝得知，很觉可惜，特地下诏申斥种兢，命他将主办的官员抵罪。班固死后，《汉书》的稿子很散乱。他的妹子班昭也是高才博学，嫁给曹世叔，世叔早死，她的节行并为人所重。当时称为曹大家。这时候她奉诏整理哥哥的书；并有高才郎官十人，从她研究这部书——经学大师扶风马融，就在这十人里。书中的八表和《天文志》那时还未完成，她和马融的哥哥马续参考皇家藏书，将这些篇写定，这也是奉诏办的。

《汉书》的名称从《尚书》来，是班固定的。他说唐、虞、三代当时都有记载，颂述功德；汉朝却到了第六代才有司马迁的《史记》。而《史记》是通史，将汉朝皇帝的本纪放在尽后头，并且将尧的后裔的汉和秦、项放在相等的地位，这实在不足以推尊本朝。况《史记》只到武帝而止，也没有成段落似的。他所以断代述史，起于高祖，终于平帝时王莽之诛，共十二世，二百三十年，作纪、表、志、传凡百篇，称为《汉书》①。班固著《汉书》，虽然根据父亲的评论，修正了《史记》的缺失，但断代的主张，却是他的创见。他这样一面保存了文献，一面贯彻了发扬本朝功德的趣旨。所以后来的正史都以他的书为范本，名称也多叫作“书”。他这个创见，影响是极大的。他的书所包举的，比《史记》更为广大；天地、鬼神、人事、政治、道德、艺术、文章，尽在其中。

书里没有世家一体，本于班彪《后传》。汉代封建制度，实际上已不存在；无所谓侯国，也就无所谓世家。这一体的并入列传，也

① 《汉书·叙传》。

是自然之势。至于改“书”为“志”，只是避免与《汉书》的“书”字相重，无关得失。但增加了《艺文志》，叙述古代学术源流，记载皇家藏书目录，所关却就大了。《艺文志》的底本是刘歆的《七略》。刘向、刘歆父子都曾奉诏校读皇家藏书；他们开始分别源流，编订目录①，使那些“中秘书”渐得流传于世，功劳是很大的。他们的原著都已不存，但《艺文志》还保留着刘歆《七略》的大部分。这是后来目录学家的宝典。原来秦火之后，直到成帝时，书籍才渐渐出现；成帝诏求遗书于天下，这些书便多聚在皇家。刘氏父子所以能有那样大的贡献，班固所以想到在《汉书》里增立《艺文志》，都是时代使然。司马迁便没有这样好运气。

《史记》成于一人之手，《汉书》成于四人之手。表、志由曹大家和马续补成；纪、传从昭帝至平帝有班彪的《后传》作底本。而从高祖至武帝，更多用《史记》的文字。这样一看，班固自己作的似乎太少。因此有人说他的书是“剽窃”而成②，算不得著作。但那时的著作权的观念还不甚分明，不以抄袭为嫌；而史书也不能凭虚别构。班固删润旧文，正是所谓“述而不作”。他删润的地方，却颇有别裁，决非率尔下笔。史书叙汉事，有阙略的，有隐晦的，经他润色，便变得详明，这是他的独到处。汉代“明主、贤君、忠臣、死义之士”，他实在表彰得更为到家。书中收载别人整篇的文章甚多，有人因此说他是“浮华”之士③。这些文章大抵关系政治学术，多是经世有用之作。那时还没有文集，史书加以搜罗，不失保存文献之旨。至于收录辞赋，却是当时的风气和他个人的嗜好；不过从现在

---

① 刘向著有《别录》。

② 《通志总序》。

③ 同上。

看来，这些也正是文学史料，不能抹煞的。

班、马优劣论起于王充《论衡》。他说班氏父子“文义浃备，纪事详赡”，观者以为胜于《史记》[1]。王充论文，是主张“华实俱成”的[2]。汉代是个辞赋的时代，所谓“华”，便是辞赋化。《史记》当时还用散行文字；到了《汉书》，便弘丽精整，多用排偶，句子也长了。这正是辞赋的影响。自此以后，直到唐代，一般文士，大多偏爱《汉书》，专门传习，《史记》的传习者却甚少。这反映着那时期崇尚骈文的风气。唐以后，散文渐成正统，大家才提倡起《史记》来；明归有光及清桐城派更力加推尊，《史记》差不多要驾乎《汉书》之上了。这种优劣论起于二书散整不同，质文各异；其实是跟着时代的好尚而转变的。

晋代张辅，独不好《汉书》。他说：“世人论司马迁、班固才的优劣，多以固为胜，但是司马迁叙三千年事，只五十万言，班固叙二百年事，却有八十万言。烦省相差如此之远，班固那里赶得上司马迁呢！”[3]刘知几《史通》却以为“《史记》虽叙三千年事，详备的也只汉兴七十多年，前省后烦，未能折中；若教他作《汉书》，恐怕比班固还要烦些”[4]。刘知几左袒班固，不无过甚其辞。平心而论，《汉书》确比《史记》繁些。《史记》是通史，虽然意在尊汉，不妨详近略远，但叙汉事倒底不能太详；司马迁是知道“折中”的。《汉书》断代为书，尽可充分利用史料，尽其颂述功德的职分；载事既多，文字自然繁了，这是一。《汉书》载别人文字也比《史记》多，这是二。《汉

① 《超奇》篇，这里据《史通·鉴识》原注引，和通行本文字略异。
② 《超奇》篇。
③ 原文见《晋书·张辅传》。
④ 原文见《史通·杂说上》。

书》文字趋向骈体，句子比散体长，这是三。这都是“事有必至，理有固然”，不足为《汉书》病。范晔《后汉书·班固传赞》说班固叙事“不激诡，不抑抗，赡而不秽，详而有体，使读之者亹亹而不厌”，这是不错的。

宋代郑樵在《通志总序》里抨击班固，几乎说得他不值一钱。刘知几论通史不如断代，以为通史年月悠长，史料亡佚太多，所可采录的大都陈陈相因，难得新异。《史记》已不免此失；后世仿作，贪多务得，又加上繁杂的毛病，简直教人懒得去看[①]。按他的说法，像鲁《春秋》等，怕也只能算是截取一个时代的一段儿，相当于《史记》的叙述汉事；不是无首无尾，就是有首无尾。这都不如断代史的首尾一贯好。像《汉书》那样，所记的只是班固的近代，史料丰富，搜求不难。只需破费工夫，总可一新耳目，“使读之者亹亹而不厌”的[②]。郑樵的意见恰相反。他注重会通，以为历史是联贯的，要明白因革损益的轨迹，非会通不可。通史好在能见其全，能见其大。他称赞《史记》，说是“六经之后，惟有此作”。他说班固断汉为书，古今间隔，因革不明，失了会通之道，真只算是片段罢了[③]。其实通古和断代，各有短长，刘、郑都不免一偏之见。

《史》《汉》可以说是各自成家。《史记》“文直而事核”，《汉书》“文赡而事详”[④]。司马迁感慨多，微情妙旨，时在文字蹊径之外；《汉书》却一览之余，情词俱尽。但是就史论史，班固也许比较客观些，比较合体些。明茅坤说“《汉书》以矩矱胜”[⑤]，清章学诚说

① 《史通·六家》。
② 同上。
③ 《通志总序》。
④ 《后汉书·班固传赞》。
⑤ 《汉书评林序》。

"班氏守绳墨","班氏体方用智"①,都是这个意思。晋傅玄评班固,"论国体则饰主阙而折忠臣,叙世教则贵取容而贱直节"②。这些只关识见高低,不见性情偏正,和司马迁《游侠》《货殖》两传蕴含着无穷的身世之痛的不能相比,所以还无碍其为客观的。总之,《史》《汉》二书,文质和繁省虽然各不相同,而所采者博,所择者精,却是一样;组织的弘大,描写的曲达,也同工异曲。二书并称良史,决不是偶然的。

① 《文史通义·诗教下》。
② 《史通·书事》。
【参考资料】郑鹤声:《史汉研究》。《司马迁年谱》。《班固年谱》。

诸子第十

春秋末年,封建制度开始崩坏,贵族的统治权,渐渐维持不住。社会上的阶级,有了紊乱的现象。到了战国,更看见农奴解放,商人抬头。这时候一切政治的、社会的、经济的制度,都起了根本的变化。大家平等自由,形成了一个大解放的时代。在这个大变动当中,一些才智之士,对于当前的情势,有种种的看法,有种种的主张;他们都想收拾那动乱的局面,让它稳定下来。有些倾向于守旧的,便起来拥护旧文化、旧制度,向当世的君主和一般人申述他们拥护的理由,给旧文化、旧制度找出理论上的根据。也有些人起来批评或反对旧文化、旧制度;又有些人要修正那些。还有人要建立新文化、新制度来代替旧的;还有人压根儿反对一切文化和制度。这些人也都根据他们自己的见解各说各的,都"持之有故,言之成理"。这便是诸子之学,大部分可以称为哲学。这是一个思想解放的时代,也是一个思想发达的时代,在中国学术史里是稀有的。

诸子都出于职业的"士"。"士"本是封建制度里贵族的末一级;但到了春秋、战国之际,"士"成了有材能的人的通称。在贵族政治未崩坏的时候,所有的知识、礼、乐等等,都在贵族手里,平民是没分的。那时有知识技能的专家,都由贵族专养专用,都是在官的。到了贵族政治崩坏以后,贵族有的失了势,穷了,养不起自用的专家。这些专家失了业,流落到民间,便卖他们的知识技能为生。凡有权有钱的都可以临时雇用他们;他们起初还是伺候贵族的时候多,不过不限于一家贵族罢了。这样发展了一些自由职业;靠这些自由职业为生的,渐渐形成了一个特殊阶级,便是"士农工商"的"士"。这些"士",这些专家,后来居然开门授徒起来。徒弟多了,声势就大了,地位也高了。他们除掉执行自己的职业之外,不免根据他们专门的知识技能,研究起当时的文化和制度来了。这就有了种种看法和主张。各"思以其道易天下"①。诸子百家便是这样兴起的。

第一个开门授徒发扬光大那非农非工非商非官的"士"的阶级的,是孔子。孔子名丘,他家原是宋国的贵族,贫寒失势,才流落到鲁国去。他自己作了一个儒士;儒士是以教书和相礼为职业的,他却只是一个"老教书匠"。他的教书有一个特别的地方,就是"有教无类"②。他大招学生,不问身家,只要缴相当的学费就收;收来的学生,一律教他们读《诗》《书》等名贵的古籍,并教他们礼、乐等功课。这些从前是只有贵族才能够享受的,孔子是第一个将学术民众化的人。他又带着学生,周游列国,说当世的君主;这也是从前没有的。他一个人开了讲学和游说的风气,是"士"阶级的老祖宗。他是旧文化、旧制度的辩护人,以这种姿态创始了所谓儒家。所谓旧文化、旧制度,主要的是西周的文化和制度,孔子相信是文王、周公创造的。继续文王、周公的事业,便是他给他自己的使命。他自己说,"述而不作,信而好古"③;所述的,所信所好的,都是周代的文化和制度。《诗》《书》《礼》《乐》等是周文化的代表,所以他拿来

① 语见章学诚:《文史通义·言公上》。
② 《论语·卫灵公》。
③ 《论语·述而》。

作学生的必修科目。这些原是共同的遗产，但后来各家都讲自己的新学说，不讲这些；讲这些的始终只有“述而不作”的儒家。因此《诗》《书》《礼》《乐》等便成为儒家的专有品了。

孔子是个博学多能的人，他的讲学是多方面的。他讲学的目的在于养成“人”，养成为国家服务的人，并不在于养成某一家的学者。他教学生读各种书，学各种功课之外，更注重人格的修养。他说为人要有真性情，要有同情心，能够推己及人，这所谓“直”“仁”“忠”“恕”；一面还得合乎礼，就是遵守社会的规范。凡事只问该作不该作，不必问有用无用；只重义，不计利。这样人才配去干政治，为国家服务。孔子的政治学说，是“正名主义”。他想着当时制度的崩坏，阶级的紊乱，都是名不正的缘故。君没有君道，臣没有臣道，父没有父道，子没有子道，实和名不能符合起来，天下自然乱了。救时之道，便是“君君，臣臣，父父，子子”[①]；正名定分，社会的秩序，封建的阶级便会恢复的。他是给封建制度找了一个理论的根据。这个正名主义，又是从《春秋》和古史官的种种书法归纳得来的。他所谓“述而不作”，其实是以述为作，就是理论化旧文化、旧制度，要将那些维持下去。他对于中国文化的贡献，便在这里。

孔子以后，儒家还出了两位大师，孟子和荀子。孟子名轲，邹人；荀子名况，赵人。这两位大师代表儒家的两派。他们也都拥护周代的文化和制度，但更进一步的加以理论化和理想化。孟子说人性是善的。人都有恻隐心、羞恶心、辞让心、是非心；这便是仁、义、礼、智等善端，只要能够加以扩充，便成善人。这些善端，又总称为“不忍人之心”。圣王本于“不忍人之心”，发为“不忍人之政”[②]，便是“仁

① 《论语·颜渊》。

② 《孟子·公孙丑》。

政”，“王政”。一切政治的、经济的制度都是为民设的，君也是为民设的——这却已经不是封建制度的精神了。和王政相对的是霸政。霸主的种种制作设施，有时也似乎为民，其实不过是达到好名、好利、好尊荣的手段罢了。荀子说人性是恶的。性是生之本然，里面不但没有善端，还有争夺放纵等恶端。但是人有相当聪明才力，可以渐渐改善学好；积久了，习惯自然，再加上专一的工夫，可以到圣人的地步。所以善是人为的。孟子反对功利，他却注重它。他论王霸的分别，也从功利着眼。孟子注重圣王的道德，他却注重圣王的威权。他说生民之初，纵欲相争，乱得一团糟，圣王建立社会国家，是为明分、息争的。礼是社会的秩序和规范，作用便在明分；乐是调和情感的，作用便在息争。他这样从功利主义出发，给一切文化和制度找到了理论的根据。

儒士多半是上层社会的失业流民；儒家所拥护的制度，所讲、所行的道德，也是上层社会所讲、所行的。还有原业农工的下层失业流民，却多半成为武士。武士是以帮人打仗为职业的专家。墨翟便出于武士。墨家的创始者墨翟，鲁国人，后来做到宋国的大夫，但出身大概是很微贱的。“墨”原是作苦工的犯人的意思，大概是个浑名；“翟”是名字。墨家本是贱者，也就不辞用那个浑名自称他们的学派。墨家是有团体组织的，他们的首领叫作“巨子”；墨子大约就是第一任“巨子”。他们不但是打仗的专家，并且是制造战争器械的专家。

但墨家和别的武士不同，他们是有主义的。他们虽以帮人打仗为生，却反对侵略的打仗；他们只帮被侵略的弱小国家做防卫的工作。《墨子》里只讲守的器械和方法，攻的方面，特意不讲。这是他们的“非攻”主义。他们说天下大害，在于人的互争；天下人都该视人如己，互相帮助，不但利他，而且利己。这是“兼爱”主义。墨家注重功利，凡与国家人民有利的事物，才认为有价值。国家人民，利在富庶；凡能使人民富庶的事物是有用的，别的都是无益或有害。他们是平民的代言人，所以反对贵族的周代的文化和制度。他们主张“节葬”“短丧”“节用”“非乐”，都和儒家相反。他们说他们是以节俭勤苦的夏禹为法的。他们又相信有上帝和鬼神，能够赏善罚恶；这也是下层社会的旧信仰。儒家和墨家其实都是守旧的；不过一个守原来上层社会的旧，一个守原来下层社会的旧罢了。

压根儿反对一切文化和制度的是道家。道家出于隐士。孔子一生曾遇到好些“避世”之士；他们着实讥评孔子。这些人都是有知识学问的。他们看见时世太乱，难以挽救，便消极起来，对于世事，取一种不闻不问的态度。他们讥评孔子“知其不可而为之”①，费力不讨好；他们自己便是知其不可而不为的、独善其身的聪明人。后来有个杨朱，也是这一流人，他却将这种态度理论化了，建立“为我”的学说。他主张“全生保真，不以物累形”②；将天下给他，换他小腿上一根汗毛，他是不干的。天下虽大，是外物；一根毛虽小，却是自己的一部分。所谓“真”，便是自然。杨朱所说的只是教人因生命的自然，不加伤害；“避世”便是“全生保真”的路。不过世事变化无穷，避世未必就能避害，杨朱的教义到这里却穷了。老子、庄子的学说似乎便是从这里出发，加以扩充的。杨朱实在是道家的先锋。

① 《论语·宪问》。
② 《淮南子·泛论训》。

老子相传姓李名耳，楚国隐士。楚人是南方新兴的民族，受周文化的影响很少，他们往往有极新的思想。孔子遇到那些隐士，也都在楚国，这似乎不是偶然的。庄子名周，宋国人，他的思想却接近楚人。老学以为宇宙间事物的变化，都遵循一定的公律，在天然界如此，在人事界也如此。这叫作“常”。顺应这些公律，便不须避害，自然能避害。所以说，“知常曰明”①。事物变化的最大公律是物极则反。处世接物，最好先从反面下手。“将欲翕之，必固张之；将欲弱之，必固强之；将欲废之，必固兴之；将欲夺之，必固与之。”②“大直若屈，大巧若拙，大辩若讷。”③这样以退为进，便不至于有什么冲突了。因为物极则反，所以社会上政治上种种制度，推行起来，结果往往和原来目的相反。“法令滋彰，盗贼多有。”④治天下本求有所作为，但这是费力不讨好的，不如排除一切制度，顺应自然，无为而为，不治而治。那就无不为，无不治了。自然就是“道”，就是天地万物所以生的总原理。物得道而生，是道的具体表现。一物所以生的原理叫作“德”，“德”是“得”的意思。所以宇宙万物都是自然的。这是老学的根本思想，也是庄学的根本思想。但庄学比老学更进一步。他们主张绝对的自由，绝对的平等。天地万物，无时不在变化之中，不齐是自然的。一切但须顺其自然，所有的分别，所有的标准，都是不必要的。社会上、政治上的制度，硬教不齐的齐起来，只徒然伤害人性罢了。所以圣人是要不得的；儒、墨是“不知耻”的⑤。按庄学说，凡天下之物都无不好，凡天下的意见，都

---

① 《老子》十六章。

② 《老子》三十六章。

③ 《老子》四十五章。

④ 《老子》五十七章。

⑤ 《庄子·在宥》《天运》。

无不对;无所谓物我,无所谓是非。甚至死和生也都是自然的变化,都是可喜的。明白这些个,便能与自然打成一片,成为"无入而不自得"的至人了。老、庄两派,汉代总称为道家。

庄学排除是非,是当时"辩者"的影响。"辩者"汉代称为名家,出于讼师。辩者的一个首领郑国邓析,便是春秋末年著名的讼师。另一个首领梁相惠施,也是法律行家。邓析的本事在对于法令能够咬文嚼字的取巧,"以是为非,以非为是。"[①]语言文字往往是多义的;他能够分析语言文字的意义,利用来作种种不同甚至相反的解释。这样发展了辩者的学说。当时的辩者有惠施和公孙龙两派。惠施派说,世间各个体的物,各有许多性质;但这些性质,都因比较而显,所以不是绝对的。各物都有相同之处,也都有相异之处。从同的一方面看,可以说万物无不相同;从异的一方面看,可以说万物无不相异。同异都是相对的,这叫作"合同异"[②]。

公孙龙,赵人。他这一派不重个体而重根本,他说概念有独立分离的存在。譬如一块坚而白的石头,看的时候只见白,没有坚;摸的时候只觉坚,不见白。所以白性与坚性两者是分离的。况且天下白的东西很多,坚的东西也很多,有白而不坚的,也有坚而不白的。也可见白性与坚性是分离的,白性使物白,坚性使物坚;这些虽然必须因具体的物而见,但实在有着独立的存在,不过是潜存罢了。这叫作"离坚白"[③]。这种讨论与一般人感觉和常识相反,所以当时以为"怪说""琦辞","辩而无用"[④]。但这种纯理论的兴趣,

① 《吕氏春秋·审应览·离谓》篇。
② 语见《庄子·秋水》。
③ 《荀子·非十二子》篇。
④ 同上。

在哲学上是有它的价值的。至于辩者对于社会政治的主张，却近于墨家。

儒、墨、道各家有一个共通的态度，就是托古立言；他们都假托古圣贤之言以自重。孔子托于文王、周公，墨子托于禹，孟子托于尧、舜，老、庄托于传说中尧、舜以前的人物；一个比一个古，一个压一个。不托古而变古的只有法家。法家出于"法术之士"[①]，法术之士是以政治为职业的专家。贵族政治崩坏的结果，一方面是平民的解放，一方面是君主的集权。这时候国家的范围，一天一天扩大，社会的组织也一天一天复杂。人治、礼治，都不适用了。法术之士便创一种新的政治方法帮助当时的君主整理国政，作他们的参谋。这就是法治。当时现实政治和各方面的趋势是变古——尊君权、禁私学、重富豪。法术之士便拥护这种趋势，加以理论化。

他们中间有重势、重术、重法三派，而韩非子集其大成。他本是韩国的贵族，学于荀子。他采取荀学、老学和辩者的理论，创立他的一家言；他说势、术、法三者都是"帝王之具"[②]，缺一不可。势的表现是赏罚，赏罚严，才可以推行法和术。因为人性究竟是恶的。术是君主驾御臣下的技巧。综核名实是一个例。譬如教人作某官，按那官的名位，该能作出某些成绩来；君主就可以照着去考核，看他名实能相副否。又如臣下有所建议，君主便叫他去作，看他能照所说的作到否。名实相副的赏，否则罚。法是规矩准绳，明主制下了法，庸主只要守着，也就可以治了。君主能够兼用法、术、势，就可以一驭万，以静制动，无为而治。诸子都讲政治，但都是非

① 《韩非子·定法》。
② 同上。

职业的,多偏于理想。只有法家的学说,从实际政治出来,切于实用。中国后来的政治,大部分是受法家的学说支配的。

古代贵族养着礼、乐专家,也养着巫祝、术数专家。礼、乐原来的最大的用处在丧、祭。丧、祭用礼、乐专家,也用巫祝;这两种人是常在一处的同事。巫祝固然是迷信的;礼、乐里原先也是有迷信成分的。礼、乐专家后来沦为儒士;巫祝术数专家便沦为方士。他们关系极密切,所注意的事有些是相同的。汉代所称的阴阳家便出于方士。古代术数注意于所谓"天人之际",以为天道人事互相影响。战国末年有些人更将这种思想推行起来,并加以理论化,使它成为一贯的学说。这就是阴阳家。

当时阴阳家的首领是齐人驺衍。他研究"阴阳消息"[①],创为"五德终始"说[②]。"五德"就是五行之德。五行是古代的信仰。驺衍以为五行是五种天然势力,所谓"德"。每一德,各有盛衰的循环。在它当运的时候,天道人事,都受它支配。等到它运尽而衰,为别一德所胜、所克,别一德就继起当运。木胜土,金胜木,火胜金,水胜火,土胜水,这样"终始"不息。历史上的事变都是这些天然势力的表现。每一朝代,代表一德;朝代是常变的,不是一家一姓可以永保的。阴阳家也讲仁义名分,却是受儒家的影响。那时候儒家也在开始受他们的影响,讲《周易》,作《易传》。到了秦、汉间,儒家更几乎与他们混和为一;西汉今文家的经学大部便建立在阴阳家的基础上。后来"古文经学"虽然扫除了一些"非常""可怪"之论[③],但阴阳家的思想已深入人心,牢不可拔了。

① 《史记·孟子荀卿列传》。
② 《吕氏春秋·有始览·名类》篇及《文选》左思《魏都赋》李善注引《七略》。
③ 何休《春秋公羊经传解诂序》说《春秋》中"多非常异义可怪之论"。

战国末期，一般人渐渐感着统一思想的需要，秦相吕不韦便是作这种尝试的第一个人。他教许多门客合撰了一部《吕氏春秋》。现在所传的诸子书，大概都是汉人整理编定的；他们大概是将同一学派的各篇编辑起来，题为某子。所以都不是有系统的著作。《吕氏春秋》却不然，它是第一部完整的书。吕不韦所以编这部书，就是想化零为整，集合众长，统一思想。他的基调却是道家。秦始皇统一天下，李斯为相，实行统一思想。他烧书，禁天下藏"《诗》《书》百家语"①。但时机到底还未成熟，而秦不久也就亡了，李斯是失败了。所以汉初诸子学依然很盛。

到了汉武帝的时候，淮南王刘安仿效吕不韦的故智，教门客编了一部《淮南子》，也以道家为基调，也想来统一思想。但成功的不是他，是董仲舒。董仲舒向武帝建议："六经和孔子的学说以外，各家一概禁止。邪说息了，秩序才可统一，标准才可分明，人民才知道他们应走的路。"②武帝采纳了他的话。从此，帝王用功名、利禄提倡他们所定的儒学，儒学统于一尊；春秋、战国时代言论思想极端自由的空气便消灭了。这时候政治上既开了从来未有的大局面，社会和经济各方面的变动也渐渐凝成了新秩序，思想渐归于统一，也是自然的趋势。在这新秩序里，农民还占着大多数，宗法社会还保留着，旧时的礼教与制度一部分还可适用，不过民众化了罢了。另一方面，要创立政治上、社会上各种新制度，也得参考旧的。这里便非用儒者不可了。儒者通晓以前的典籍，熟悉以前的制度，而又能够加以理想化、理论化，使那些东西秩然有序，粲然可观。

① 《史记·秦始皇本纪》。

② 原文见《汉书·董仲舒传》。

别家虽也有政治社会学说，却无具体的办法，就是有，也不完备，赶不上儒家；在这建设时代，自然不能和儒学争胜。儒学的独尊，也是当然的。

【参考资料】冯友兰：《中国哲学史》第一篇。

辞赋第十一

屈原是我国历史里永被纪念着的一个人。旧历五月五日端午节,相传便是他的忌日;他是投水死的,竞渡据说原来是表示救他的,粽子原来是祭他的。现在定五月五日为诗人节,也是为了纪念的缘故。他是个忠臣,而且是个缠绵悱恻的忠臣;他是个节士,而且是个浮游尘外、清白不污的节士。“举世皆浊而我独清,众人皆醉而我独醒”①,他的身世是一出悲剧。可是他永生在我们的敬意尤其是我们的同情里。“原”是他的号,“平”是他的名字。他是楚国的贵族,怀王时候,作“左徒”的官。左徒好像现在的秘书。他很有学问,熟悉历史和政治,口才又好。一方面参赞国事,一方面给怀王见客,办外交,头头是道。怀王很信任他。

当时楚国有亲秦、亲齐两派;屈原是亲齐派。秦国看见屈原得势,便派张仪买通了楚国的贵臣上官大夫、靳尚等,在怀王面前说他的坏话。怀王果然被他们所惑,将屈原放逐到汉北去。张仪便劝怀王和齐国绝交,说秦国答应割地六百里。楚和齐绝了交,张仪却说答应的是六里。怀王大怒,便举兵伐秦,不料大败而归。这时候想起屈原来了,将他召回,教他出使齐国。亲齐派暂时抬头。但是亲秦派不久又得势。怀王终于让秦国骗了去,拘留着,就死在那

① 《楚辞·渔父》。

里。这件事是楚人最痛心的，屈原更不用说了。可是怀王的儿子顷襄王，却还是听亲秦派的话，将他二次放逐到江南去。他流浪了九年，秦国的侵略一天紧似一天；他不忍亲见亡国的惨象，又想以一死来感悟顷襄王，便自沉在汨罗江里。

《楚辞》中《离骚》和《九章》的各篇，都是他放逐时候所作。《离骚》尤其是千古流传的杰构。这一篇大概是二次被放时作的。他感念怀王的信任，却恨他糊涂，让一群小人蒙蔽着，播弄着。而顷襄王又不能觉悟；以致国土日削，国势日危。他自己呢，"信而见疑，忠而被谤"①，简直走投无路；满腔委屈，千端万绪的，没人可以诉说。终于只能告诉自己的一支笔，《离骚》便是这样写成的。"离骚"是"别愁"或"遭忧"的意思②。他是个富于感情的人，那一腔遏抑不住的悲愤，随着他的笔奔迸出来，"东一句，西一句，天上一句，地下一句"③，只是一片一段的，没有篇章可言。这和人在疲倦或苦痛的时候，叫"妈呀！""天哪！"一样；心里乱极了，闷极了，叫叫透一口气，自然是顾不到什么组织的。

篇中陈说唐、虞、三代的治，桀、纣、羿、浇的乱，善恶因果，历历分明；用来讽刺当世，感悟君王。他又用了许多神话里的譬喻和动植物的譬喻，委曲的表达出他对于怀王的忠爱，对于贤人君子的向往，对于群小的深恶痛疾。他将怀王比作美人，他是"求之不得"，"辗转反侧"；情辞凄切，缠绵不已。他又将贤臣比作香草。"美人香草"从此便成为政治的譬喻，影响后来解诗、作诗的人很大。汉淮南王刘安作《离骚传》说："《国风》好色而不淫，《小雅》怨诽而不

① 《史记·屈原传》。

② 王逸《离骚经序》，班固《离骚赞序》。

③ 刘熙载《艺概》中《赋概》。

乱，若《离骚》者，可谓兼之矣。”[1]“好色而不淫”似乎就指美人香草用作政治的譬喻而言；“怨诽而不乱”是怨而不怒的意思。虽然我们相信《国风》的男女之辞并非政治的譬喻，但断章取义，淮南王的话却是《离骚》的确切评语。

《九章》的各篇原是分立的，大约汉人才合在一起，给了“九章”的名字。这里面有些是屈原初次被放时作的，有些是二次被放时作的。差不多都是“上以讽谏，下以自慰”[2]；引史事，用譬喻，也和《离骚》一样。《离骚》里记着屈原的世系和生辰，这几篇里也记着他放逐的时期和地域；这些都可以算是他的自叙传。他还作了《九歌》《天问》《远游》《招魂》等，却不能算自叙传，也“不皆是怨君”[3]；后世都说成怨君，便埋没了他的别一面的出世观了。他其实也是一“子”，也是一家之学。这可以说是神仙家，出于巫。《离骚》里说到周游上下四方，驾车的动物，驱使的役夫，都是神话里的。《远游》更全是说的周游上下四方的乐处。这种游仙的境界，便是神仙家的理想。

《远游》开篇说“悲时俗之迫厄兮，愿轻举而远游”，篇中又说“临不死之旧乡”。人间世太狭窄了，也太短促了，人是太不自由自在了。神仙家要无穷大的空间，所以要周行无碍；要无穷久的时间，所以要长生不老。他们要打破现实的、有限的世界，用幻想创出一个无限的世界来。在这无限的世界里，所有的都是神话里的人物；有些是美丽的，也有些是丑怪的。《九歌》里的神大都可爱；《招魂》里一半是上下四方的怪物，说得顶怕人的，可是一方面也奇

---

① 《史记·屈原传》。
② 王逸《楚辞章句序》。
③ 《朱子语类》一四。

诡可喜。因为注意空间的扩大，所以对于天地、山川、日月、星辰，在在都有兴味。《天问》里许多关于天文地理的疑问，便是这样来的。一面惊奇天地之广大，一面也惊奇人事之诡异——善恶因果，往往有不相应的；《天问》里许多关于历史的疑问，便从这里着眼。这却又是他的入世观了。

要达到游仙的境界，须要“虚静以恬愉”“无为而自得”，还须导引养生的修炼工夫，这在《远游》里都说了。屈原受庄学的影响极大。这些都是庄学；周行无碍，长生不老，以及神话里的人物，也都是庄学。但庄学只到“我”与自然打成一片而止，并不想创造一个无限的世界；神仙家似乎比庄学更进了一步。神仙家也受阴阳家的影响；阴阳家原也讲天地广大，讲禽兽异物的。阴阳家是齐学。齐国滨海，多有怪诞的思想。屈原常常出使到那里，所以也沾了齐气。还有齐人好“隐”。“隐”是“遁词以隐意，谲譬以指事”①，是用一种滑稽的态度来讽谏。淳于髡可为代表。楚人也好“隐”。屈原是楚人，而他的思想又受齐国的影响，他爱用种种政治的譬喻，大约也不免沾点齐气。但是他不取滑稽的态度，他是用一副悲剧面孔说话的。《诗大序》所谓“谲谏”，所谓“言之者无罪，闻之者足以戒”，倒是合式的说明。至于像《招魂》里的铺张排比，也许是纵横家的风气。

《离骚》各篇多用“兮”字足句，句逗以参差不齐为主。“兮”字足句，三百篇中已经不少；句逗参差，也许是“南音”的发展。“南”本是南乐的名称；三百篇中的二《南》，本该与《风》《雅》《颂》分立为四。二《南》是楚诗，乐调虽已不能知道，但和《风》《雅》《颂》必有异处。从二《南》到《离骚》，现在只能看出句逗由短而长、由齐

① 《文心雕龙·谐隐》篇。

而畸的一个趋势；这中间变迁的轨迹，我们还能找到一些，总之，决不是突如其来的。这句逗的发展，大概多少有音乐的影响。从《汉书·王褒传》可以知道楚辞的诵读是有特别的调子的①，这正是音乐的影响。屈原诸作奠定了这种体制，模拟的日见其多。就中最出色的是宋玉，他作了《九辩》。宋玉传说是屈原的弟子；《九辩》的题材和体制都模拟《离骚》和《九章》，算是代屈原说话，不过没有屈原那样激切罢了。宋玉自己可也加上一些新思想；他是第一个描写“悲秋”的人。还有个景差，据说是《大招》的作者；《大招》是模拟《招魂》的。

到了汉代，模拟《离骚》的更多，东方朔、王褒、刘向、王逸都走着宋玉的路。大概武帝时候最盛，以后就渐渐的差了。汉人称这种体制为“辞”，又称为“楚辞”。刘向将这些东西编辑起来，成为《楚辞》一书。东汉王逸给作注，并加进自己的拟作，叫作《楚辞章句》。北宋洪兴祖又作《楚辞补注》。《章句》和《补注》合为《楚辞》标准的注本。但汉人又称《离骚》等为“赋”。《史记·屈原传》说他“作《怀沙》之赋”；《怀沙》是《九章》之一，本无“赋”名。《传》尾又说：“宋玉、唐勒、景差之徒，皆好辞而以赋见称。”《汉书·艺文志·诗赋略》列“屈原赋二十五篇”，就是《离骚》等。大概“辞”是后来的名字，专指屈、宋一类作品；赋虽从辞出，却是先起的名字，在未采用“辞”的名字以前，本包括“辞”而言。所以浑言称“赋”，称“辞赋”，分言称“辞”和“赋”。后世引述屈、宋诸家，只通称“楚辞”，没有单称“辞”的。但却有称“骚”“骚体”“骚赋”的，这自然是《离骚》的影响。

---

① 《汉书·王褒传》：“宣帝时……征能为《楚辞》九江被公召见诵读。”

荀子的《赋》篇最早称“赋”。篇中分咏“礼”“知”“云”“蚕”“箴”（针）五件事物，像是谜语；其中颇有讽世的话，可以说是“隐”的支流余裔。荀子久居齐国的稷下，又在楚国作过县令，死在那里。他的好“隐”，也是自然的。《赋》篇总题分咏，自然和后来的赋不同，但是安排客主，问答成篇，却开了后来赋家的风气。荀赋和屈辞原来似乎各是各的；这两体的合一，也许是在贾谊手里。贾谊是荀卿的再传弟子，他的境遇却近于屈原，又久居屈原的故乡；很可能的，他模拟屈原的体制，却袭用了荀卿的“赋”的名字。这种赋日渐发展，屈原诸作也便被称为“赋”；“辞”的名字许是后来因为拟作多了，才分化出来，作为此体的专称的。辞本是“辩解的言语”的意思，用来称屈、宋诸家所作，倒也并无不合之处。

《汉书·艺文志·诗赋略》分赋为四类。“杂赋”十二家是总集，可以不论。屈原以下二十家，是言情之作。陆贾以下二十一家，已佚，大概近于纵横家言。就中“陆贾赋三篇”，在贾谊之先；但作品既不可见，是他自题为赋，还是后人追题，不能知道，只好存疑了。荀卿以下二十五家，大概是叙物明理之作。这三类里，贾谊以后各家，多少免不了屈原的影响，但已渐有散文化的趋势；第一类中的司马相如便是创始的人。——托为屈原作的《卜居》《渔父》，通篇散文化，只有几处用韵，似乎是《庄子》和荀赋的混合体制，又当别论。——散文化更容易铺张些。“赋”本是“铺”的意思，铺张倒是本来面目。可是铺张的作用原在讽谏；这时候却为铺张而铺张，所谓“劝百而讽一”①。当时汉武帝好辞赋，作者极众，争相竞胜，所以致此。扬雄说“诗人之赋丽以则，辞人之赋丽以淫”②；“诗

① 《汉书·司马相如传赞》引扬雄语。

② 《法言·吾子》篇。

人之赋”便是前者,“辞人之赋”便是后者。甚至有诙谐嫚戏,毫无主旨的。难怪辞赋家会被人鄙视为倡优了。

东汉以来,班固作《两都赋》,“极众人之所眩曜,折以今之法度”①;张衡仿他作《二京赋》。晋左思又仿作《三都赋》。这种赋铺叙历史地理,近于后世的类书;是陆贾、荀卿两派的混合,是散文的更进一步。这和屈、贾言情之作,却迥不相同了。此后赋体渐渐缩短,字句却整炼起来。那时期一般诗文都趋向排偶化,赋先是领着走,后来是跟着走;作赋专重写景述情,务求精巧,不再用来讽谏。这种赋发展到齐、梁、唐初为极盛,称为“俳体”的赋②。“俳”是游戏的意思,对讽谏而言;其实这种作品倒也并非滑稽嫚戏之作。唐代古文运动起来,宋代加以发挥光大,诗文不再重排偶而趋向散文化,赋体也变了。像欧阳修的《秋声赋》,苏轼的前、后《赤壁赋》,虽然有韵而全篇散行,排偶极少,比《卜居》《渔父》更其散文的。这称为“文体”的赋③。唐、宋两代,以诗赋取士,规定程式。那种赋定为八韵,调平仄,讲对仗;制题新巧,限韵险难。这只是一种技艺罢了。这称为“律赋”。对“律赋”而言,“俳体”和“文体”的赋都是“古赋”;这“古赋”的名字和“古文”的名字差不多,真正“古”的如屈、宋的辞,汉人的赋,倒是不包括在内的。赋似乎是我国特有的体制;虽然有韵,而就它全部的发展看,却与文近些,不算是诗。

---

① 《两都赋序》。

② “俳体”、“文体”的名称,见元祝尧:《古赋辨体》。

③ 同上。

【参考资料】游国恩:《读骚论微初集》。

诗第十二

汉武帝立乐府，采集代、赵、秦、楚的歌谣和乐谱；教李延年作协律都尉，负责整理那些歌辞和谱子，以备传习唱奏。当时乐府里养着各地的乐工好几百人，大约便是演奏这些乐歌的。歌谣采来以后，他们先审查一下。没有谱子的，便给制谱；有谱子的，也得看看合式不合式，不合式的地方，便给改动一些。这就是“协律”的工作。歌谣的“本辞”合乐时，有的保存原来的样子，有的删节，有的加进些复沓的甚至不相干的章句。“协律”以乐为主，只要合调；歌辞通不通，他们是不大在乎的。他们有时还在歌辞里夹进些泛声；“辞”写大字，“声”写小字。但流传久了，声辞混杂起来，后世便不容易看懂了。这种种乐歌，后来称为“乐府诗”，简称就叫“乐府”。北宋太原郭茂倩收集汉乐府以下历代合乐的和不合乐的歌谣，以及模拟之作，成为一书，题作《乐府诗集》；他所谓“乐府诗”，范围是很广的。就中汉乐府，沈约《宋书·乐志》特称为“古辞”。

汉乐府的声调和当时称为“雅乐”的《三百篇》不同，所采取的是新调子。这种新调子有两种：“楚声”和“新声”。屈原的辞可为楚声的代表。汉高祖是楚人，喜欢楚声；楚声比雅乐好听。一般人不用说也是喜欢楚声的。楚声便成了风气。武帝时乐府所采的歌谣，楚以外虽然还有代、赵、秦各地的，但声调也许差不很多。那时却又输入了新声；新声出于西域和北狄的军歌。李延年多采取这种调子唱奏歌谣，从此大行，楚声便让压下去了。楚声的句调比较雅乐参差得多，新声的更比楚声参差得多。可是楚声里也有整齐的五言，楚调曲里各篇更全然如此，像著名的《白头吟》《梁甫吟》《怨歌行》都是的①。这就是五言诗的源头。

汉乐府以叙事为主。所叙的社会故事和风俗最多，历史及游仙的故事也占一部分。此外便是男女相思和离别之作，格言式的教训，人生的慨叹等等。这些都是一般人所喜欢的题材。用一般人所喜欢的调子，歌咏一般人所喜欢的题材，自然可以风靡一世。哀帝即位，却以为这些都是不正经的乐歌，他废了乐府，裁了多一半乐工——共四百四十一人，——大概都是唱奏各地乐歌的。当时颇想恢复雅乐，但没人懂得，只好罢了。不过一般人还是爱好那些乐歌。这风气直到汉末不变。东汉时候，这些乐歌已经普遍化，文人仿作的渐多；就中也有仿作整齐的五言的，像班固《咏史》。但这种五言的拟作极少；而班固那一首也未成熟，锺嵘在《诗品序》里评为"质木无文"，是不错的。直到汉末，一般文体都走向整炼一路，试验这五言体的便多起来；而最高的成就是《文选》所录的《古诗十九首》。

旧传最早的五言诗，是《古诗十九首》和苏武、李陵诗；说"十九首"里有七首是枚乘作的，和苏、李诗都出现于汉武帝时代。但据近来的研究，这十九首古诗实在都是汉末的作品；苏、李诗虽题了苏、李的名字，却不合于他们的事迹，从风格上看，大约也和"十九首"出现在差不多的时候。这十九首古诗并非一人之作，也非一时之作，但都模拟言情的乐府。歌咏的多是相思离别，以及人生无

① 以上参用朱希祖《汉三大乐府调辨》（《清华学报》四卷二期）说。

常、当及时行乐的意思；也有对于邪臣当道、贤人放逐、朋友富贵相忘、知音难得等事的慨叹。这些都算是普遍的题材；但后一类是所谓“失志”之作，自然兼受了《楚辞》的影响。锺嵘评古诗，“可谓几乎一字千金”；因为所咏的几乎是人人心中所要说的，却不是人人口中、笔下所能说的，而又能够那样平平说出，曲曲说出，所以是好。“十九首”只像对朋友说家常话，并不在字面上用工夫，而自然达意，委婉尽情，合于所谓“温柔敦厚”的诗教[①]。到唐为止，这是五言诗的标准。

汉献帝建安年间（西元一九六—二一九），文学极盛，曹操和他的儿子曹丕、曹植两兄弟是文坛的主持人；而曹植更是个大诗家。这时乐府声调已多失传，他们却用乐府旧题，改作新词；曹丕、曹植兄弟尤其努力在五言体上。他们一班人也作独立的五言诗。叙游宴，述恩荣，开后来应酬一派。但只求明白诚恳，还是歌谣本色。就中曹植在曹丕作了皇帝之后，颇受猜忌，忧患的情感，时时流露在他的作品里。诗中有了“我”，所以独成大家。这时候五言作者既多，开始有了工拙的评论；曹丕说刘桢“五言诗之善者，妙绝时人”[②]，便是例子。但真正奠定了五言诗的基础的是魏代的阮籍，他是第一个用全力作五言诗的人。

阮籍是老、庄和屈原的信徒。他生在魏、晋交替的时代，眼见司马氏三代专权，欺负曹家，压迫名士，一肚皮牢骚只得发泄在酒和诗里。他作了《咏怀诗》八十多首，述神话，引史事，叙艳情，托于鸟兽草木之名，主旨不外说富贵不能常保，祸患随时可至，年岁有

① “诗教”见《礼记·经解》。
② 《与吴质书》。

限，一般人钻在利禄的圈子里，不知放怀远大，真是可怜之极。他的诗充满了这种悲悯的情感，“忧思独伤心”①一句可以表见。这里《楚辞》的影响很大；锺嵘说他“源出于《小雅》”，似乎是皮相之谈。本来五言诗自始就脱不了《楚辞》的影响，不过他尤其如此。他还没有用心琢句；但语既浑括，譬喻又多，旨趣更往往难详。这许是当时的不得已，却因此增加了五言诗文人化的程度。他是这样扩大了诗的范围，正式成立了抒情的五言诗。

晋代诗渐渐排偶化、典故化。就中左思的《咏史》诗，郭璞的《游仙诗》，也取法《楚辞》，借古人及神仙抒写自己的怀抱，为后世所宗。郭璞是东晋初的人。跟着就流行了一派玄言诗。孙绰、许询是领袖。他们作诗，只是融化老、庄的文句，抽象说理，所以锺嵘说像“道德论”②。这种诗千篇一律，没有“我”；《兰亭集诗》各人所作四言、五言各一首，都是一个味儿，正是好例。但在这种影响下，却孕育了陶渊明和谢灵运两个大诗人。陶渊明，浔阳柴桑人，作了几回小官，觉得作官不自由，终于回到田园，躬耕自活。他也是老、庄的信徒，从躬耕里领略到自然的恬美和人生的道理。他是第一个人将田园生活描写在诗里。他的躬耕免祸的哲学也许不是新的，可都是他从现实生活里体验得来的，与口头的玄理不同，所以亲切有味。诗也不妨说理，但须有理趣，他的诗能够作到这一步。他作诗也只求明白诚恳，不排不典；他的诗是散文化的。这违反了当时的趋势，所以《诗品》只将他放在中品里。但他后来确成了千古“隐逸诗人之宗”③。

① 《咏怀》第一首。

② 《诗品序》。

③ 《诗品》论陶语。

谢灵运,宋时作到临川太守。他是有政治野心的,可是不得志。他不但是老、庄的信徒,也是佛的信徒。他最爱游山玩水,常常领了一群人到处探奇访胜;他的自然的哲学和出世的哲学教他沉溺在山水的清幽里。他是第一个在诗里用全力刻划山水的人;他也可以说是第一个用全力雕琢字句的人。他用排偶,用典故,却能创造新鲜的句子;不过描写有时不免太繁重罢了。他在赏玩山水的时候,也常悟到一些隐遁的、超旷的人生哲理;但写到诗里,不能和那精巧的描写打成一片,像硬装进去似的。这便不如陶渊明的理趣足,但比那些“道德论”自然高妙得多。陶诗教给人怎样赏味田园,谢诗教给人怎样赏味山水;他们都是发现自然的诗人。陶是写意,谢是工笔。谢诗从制题到造句,无一不是工笔。他开了后世诗人着意描写的路子;他所以成为大家,一半也在这里。

齐武帝永明年间(西元四八三—四九三),“声律说”大盛。四声的分别,平仄的性质,双声叠韵的作用,都有人指出,让诗文作家注意。从前只着重句末的韵,这时更着重句中的“和”;“和”就是念起来顺口,听起来顺耳。从此诗文都力求谐调,远于语言的自然。这时的诗,一面讲究用典,一面讲究声律,不免侧重技巧的毛病。到了梁简文帝,又加新变,专咏艳情,称为“宫体”,诗的境界更狭窄了。这种形式与题材的新变,一直影响到唐初的诗。这时候七言的乐歌渐渐发展。汉、魏文士仿作乐府,已经有七言的,但只零星偶见,后来舞曲里常有七言之作。到了宋代,鲍照有《行路难》十八首,人生的感慨颇多,和舞曲描写声容的不一样,影响唐代的李白、杜甫很大。但是梁以来七言的发展,却还跟着舞曲的路子,不跟着鲍照的路子。这些都是宫体的谐调。

唐代谐调发展，成立了律诗绝句，称为近体；不是谐调的诗，称为古体；又成立了古、近体的七言诗。古体的五言诗也变了格调。这些都是划时代的。初唐时候，大体上还继续着南朝的风气，辗转在艳情的圈子里。但是就在这时候，沈佺期、宋之问奠定了律诗的体制。南朝论声律，只就一联两句说；沈、宋却能看出谐调有四种句式。两联四句才是谐调的单位，可以称为周期。这单位后来写成“仄仄平平仄　平平仄仄平　平平平仄仄　仄仄仄平平”的谱。沈、宋在一首诗里用两个周期，就是重叠一次；这样，声调便谐和富厚，又不致单调。这就是八句的律诗。律有“声律”、“法律”两义。律诗体制短小，组织必须经济，才能发挥它的效力；“法律”便是这个意思。但沈、宋的成就只在声律上，“法律”上的进展，还等待后来的作家。

宫体诗渐渐有人觉得腻味了；陈子昂、李白等说这种诗颓靡浅薄，没有价值。他们不但否定了当时古体诗的题材，也否定了那些诗的形式。他们的五言古体，模拟阮籍的《咏怀》，但是失败了。一般作家却只大量的仿作七言的乐府歌行，带着多少的排偶与谐调。——当时往往就这种歌行里截取谐调的四句入乐奏唱。——可是李白更撇开了排偶和谐调，作他的七言乐府。李白，蜀人，明皇时作供奉翰林；触犯了杨贵妃，不能得志。他是个放浪不羁的人，便辞了职，游山水，喝酒，作诗。他的乐府很多，取材很广；他是藉着乐府旧题来抒写自己生活的。他的生活态度是出世的；他作诗也全任自然。人家称他为“天上谪仙人”①；这说明了他的人和他的诗。他的歌行增进了七言诗的价值；但他的绝句更代表着新制。

① 原是贺知章语，见《旧唐书·李白传》。

绝句是五言或七言的四句,大多数是谐调。南北朝民歌中,五言四句的谐调最多,影响了唐人;南朝乐府里也有七言四句的,但不太多。李白和别的诗家纷纷制作,大约因为当时输入的西域乐调宜于这体制,作来可供宫庭及贵人家奏唱。绝句最短小,贵含蓄,忌说尽。李白所作,自然而不觉费力,并且暗示着超远的境界;他给这新体诗立下了一个标准。

但是真正继往开来的诗人是杜甫。他是河南巩县人。安禄山陷长安,肃宗在灵武即位,他从长安逃到灵武,作了"左拾遗"的官,因为谏救房琯,被放了出去。那时很乱,又是荒年,他辗转流落到成都,依靠故人严武,作到"检校工部员外郎",所以后来称为杜工部。他在蜀中住了很久。严武死后,他避难到湖南,就死在那里。他是儒家的信徒;"致君尧舜上,再使风俗淳"是他的素志①。又身经乱离,亲见了民间疾苦。他的诗努力描写当时的情形,发抒自己的感想。唐代以诗取士,诗原是应试的玩意儿;诗又是供给乐工歌妓唱了去伺候宫庭及贵人的玩意儿。李白用来抒写自己的生活,杜甫用来抒写那个大时代,诗的领域扩大了,价值也增高了。而杜甫写"民间的实在痛苦,社会的实在问题,国家的实在状况,人生的实在希望与恐惧"②,更给诗开辟了新世界。

他不大仿作乐府,可是他描写社会生活正是乐府的精神;他的写实的态度也是从乐府来的。他常在诗里发议论,并且引证经史百家;但这些议论和典故都是通过了他的满腔热情奔迸出来的,所以还是诗。他这样将诗历史化和散文化;他这样给诗创造了新语

① 杜甫:《奉赠韦左丞丈二十二韵》。
② 胡适:《白话文学史》。

言。古体的七言诗到他手里正式成立;古体的五言诗到他手里变了格调。从此“温柔敦厚”之外,又开了“沉着痛快”一派[①]。五言律诗,王维、孟浩然已经不用来写艳情而用来写山水;杜甫却更用来表现广大的实在的人生。他的七言律诗,也是如此。他作律诗很用心在组织上。他的五言律诗最多,差不多穷尽了这体制的变化。他的绝句直述胸怀,嫌没有余味;但那些描写片段生活印象的,却也不缺少暗示的力量。他也能欣赏自然,晚年所作,颇有清新的刻划的句子。他又是个有谐趣的人,他的诗往往透着滑稽的风味。但这种滑稽的风味和他的严肃的态度调和得那样恰到好处,一点也不至于减损他和他的诗的身分。

杜甫的影响直贯到两宋时代;没有一个诗人不直接、间接学他的,没有一个诗人不发扬光大他的。古文家韩愈,跟着他将诗进一步散文化,而又造奇喻,押险韵,铺张描写,像汉赋似的。他的诗逞才使气,不怕说尽,是“沉着痛快”的诗。后来有元稹、白居易二人在政治上都升沉了一番;他们却继承杜甫写实的表现人生的态度。他们开始将这种态度理论化;主张诗要“上以补察时政,下以泄导人情”,“嘲风雪,弄花草”是没有意义的[②]。他们反对雕琢字句,主张诚实自然。他们将自己的诗分为“讽谕”的和“非讽谕”的两类。他们的诗却容易懂,又能道出人人心中的话,所以雅俗共赏,一时风行。当时最流传的是他们新创的谐调的七言叙事诗,所谓“长庆体”的,还有社会问题诗。

晚唐诗向来推李商隐、杜牧为大家。李一生辗转在党争的影

① 《沧浪诗话》说诗的“大概有二:曰优游不迫,曰沉着痛快”。“优游不迫”就是“温柔敦厚”。

② 白居易:《与元九(稹)书》。

响中。他和温庭筠并称;他们的诗又走回艳情一路。他们集中力量在律诗上,用典精巧,对偶整切。但李学杜、韩,器局较大;他的艳情诗有些实在是政治的譬喻,实在是感时伤事之作。所以地位在温之上。杜牧作了些小官儿,放荡不羁,而很负盛名,人家称为小杜——老杜是杜甫。他的诗词采华艳,却富有纵横气,又和温、李不同。然而都可以归为绮丽一派。这时候别的诗家也集中力量在律诗上。一些人专学张籍、贾岛的五言律,这两家都重苦吟,总捉摸着将平常的题材写得出奇,所以思深语精,别出蹊径。但是这种诗写景有时不免琐屑,写情有时不免偏僻,便觉不大方。这是僻涩一派。另一派出于元、白,作诗如说话,嬉笑怒骂,兼而有之,又时时杂用俗语。这是粗豪一派①。这些其实都是杜甫的鳞爪,也都是宋诗的先驱;绮丽一派只影响宋初的诗,僻涩、粗豪两派却影响了宋一代的诗。

宋初的诗专学李商隐;末流只知道典故对偶,真成了诗玩意儿。王禹偁独学杜甫,开了新风气。欧阳修、梅尧臣接着发现了韩愈,起始了宋诗的散文化。欧阳修曾遭贬谪;他是古文家。梅尧臣一生不得志。欧诗虽学韩,却平易疏畅,没有奇险的地方。梅诗幽深淡远,欧评他"譬如妖韶女,老自有馀态","初如食橄榄,真味久愈在"②。宋诗散文化,到苏轼而极。他是眉州眉山(今四川眉山)人,因为攻击王安石的新法,一辈子升沉在党争中。他将禅理大量的放进诗里,开了一个新境界。他的诗气象洪阔,铺叙宛转,又长于譬喻,真到用笔如舌的地步;但不免"掉书袋"的毛病。他门下出

① 以上参用胡小石《中国文学史》(上海人文社版)说。

② 《水谷夜行寄子美圣俞》。

了一个黄庭坚,是第一个有意的讲究诗的技巧的人。他是洪州分宁(今江西修水)人,也因党争的影响,屡遭贬谪,终于死在贬所。他作诗着重锻炼,着重句律;句律就是篇章字句的组织与变化。他开了江西诗派。

刘克庄《江西诗派小序》说他“会萃百家句律之长,究极历代体制之变,搜猎奇书,穿穴异闻,作为古律,自成一家;虽只字半句不轻出”。他不但讲究句律,并且讲究运用经史以至奇书异闻,来增富他的诗。这些都是杜甫传统的发扬光大。王安石已经提倡杜诗,但到黄庭坚,这风气才昌盛。黄还是继续将诗散文化,但组织得更经济些;他还是在创造那阔大的气象,但要使它更富厚些。他所求的是新变。他研究历代诗的利病,将作诗的规矩得失,指示给后学,教他们知道路子,自己去创造,展到变化不测的地步。所以能够独开一派。他不但创新,还主张点化陈腐以为新;创新需要大才,点化陈腐,中才都可勉力作去。他不但能够“以故为新”,并且能够“以俗为雅”。其实宋诗都可以说是如此,不过他开始有意的运用这两个原则罢了。他的成就尤其在七言律上;组织固然更精密,音调也谐中有拗,使每个字都斩绝的站在纸面上,不至于随口滑过去。

南宋的三大诗家都是从江西派变化出来的。杨万里为人有气节;他的诗常常变格调。写景最工;新鲜活泼的譬喻,层见叠出,而且不碎不僻,能从大处下手。写人的情意,也能铺叙纤悉,曲尽其妙;所谓“笔端有口,句中有眼”①。他作诗只是自然流出,可是一句一转,一转一意;所以只觉得熟,不觉得滑。不过就全诗而论,范围

① 周必大跋杨诚斋诗语。

究竟狭窄些。范成大是个达官。他是个自然诗人，清新中兼有拗峭。陆游是个爱君爱国的诗人。吴之振《宋诗钞》说他学杜而能得杜的心。他的诗有两种：一种是感激豪宕，沉郁深婉之作；一种是流连光景，清新刻露之作。他作诗也重真率，轻“藻绘”，所谓“文章本天成，妙手偶得之”①。他活到八十五岁，诗有万首；最熟于诗律，七言律尤为擅长。——宋人的七言律实在比唐人进步。

向来论诗的对于唐以前的五言古诗，大概推尊，以为是诗的正宗；唐以后的五言古诗，却说是变格，价值差些，可还是诗。诗以“吟咏情性”②，该是“温柔敦厚”的。按这个界说，齐、梁、陈、隋的五言古诗其实也不够格，因为题材太小，声调太软，算不得“敦厚”。七言歌行及近体成立于唐代，却只能以唐代为正宗。宋诗议论多，又一味刻划，多用俗语，拗折声调。他们说这只是押韵的文，不是诗。但是推尊宋诗的却以为天下事物穷则变，变则通，诗也是如此。变是创新，是增扩，也就是进步。若不容许变，那就只有模拟，甚至只有钞袭；那种“优孟衣冠”，甚至土偶木人，又有什么意义可言！即如模拟所谓盛唐诗的，末流往往只剩了空廓的架格和浮滑的声调；要是再不变，诗道岂不真穷了？所以诗的界说应该随时扩展；“吟咏情性”“温柔敦厚”诸语，也当因历代的诗辞而调整原语的意义。诗毕竟是诗，无论如何的扩展与调整，总不会与文混合为一的。诗体正变说起于宋代，唐、宋分界说起于明代；其实，历代诗各有胜场，也各有短处，只要知道新、变，便是进步，这些争论是都不成问题的。

① 陆游：《文章诗》。

② 《诗大序》。

文第十三

现存的中国最早的文，是商代的卜辞。这只算是些句子，很少有一章一节的。后来《周易》卦爻辞和鲁《春秋》也是如此，不过经卜官和史官按着卦爻与年月的顺序编纂起来，比卜辞显得整齐些罢了。便是这样，王安石还说鲁《春秋》是“断烂朝报”①。所谓“断”，正是不成片段、不成章节的意思。卜辞的简略大概是工具的缘故，在脆而狭的甲骨上用刀笔刻字，自然不得不如此。卦爻辞和鲁《春秋》似乎没有能够跳出卜辞的氛围去，虽然写在竹木简上，自由比较多，却依然只跟着卜辞走。《尚书》就不同了。《虞书》《夏书》大概是后人追记，而且大部分是战国末年的追记，可以不论；但那几篇《商书》，即使有些是追记，也总在商、周之间。那不但有章节，并且成了篇，足以代表当时史的发展，就是叙述文的发展。而议论文也在这里面见了源头。卜辞是“辞”，《尚书》里大部分也是“辞”。这些都是官文书。

记言、记事的辞之外，还有讼辞。打官司的时候，原被告的口供都叫作“辞”；辞原是“讼”的意思②，是辩解的言语。这种辞关系两造的利害很大，两造都得用心陈说；审判官也得用心听，他得公

---

① 宋周麟之跋孙觉《春秋经解》引王语。“朝报”相当于现在的政府公报。

② 《说文·辛部》。

平的听两面儿的。这种辞也兼有叙述和议论;两造自己办不了,可以请教讼师。这至少是周代的情形。春秋时候,列国交际频繁,外交的言语关系国体和国家的利害更大,不用说更需慎重了。这也称为“辞”,又称为“命”,又合称为“辞命”或“辞令”。郑子产便是个善于辞命的人。郑是个小国,他办外交,却能教大国折服,便靠他的辞命。他的辞引古为证,宛转而有理,他的态度却坚强不屈。孔子赞美他的辞,更赞美他的“慎辞”[①]。孔子说当时郑国的辞命,子产先教裨谌创意起草,交给世叔审查,再教行人子羽修改,末了儿他再加润色[②]。他的确是很慎重的。辞命得“顺”,就是宛转而有理;还得“文”,就是引古为证。

孔子很注意辞命,他觉得这不是件易事,所以自己谦虚的说是办不了。但教学生却有这一科;他称赞宰我、子贡,擅长言语[③],“言语”就是“辞命”。那时候言文似乎是合一的。辞多指说出的言语,命多指写出的言语;但也可以兼指。各国派使臣,有时只口头指示策略,有时预备下稿子让他带着走。这都是命。使臣受了命,到时候总还得随机应变,自己想说话;因为许多情形是没法预料的。——当时言语,方言之外有“雅言”。“雅言”就是“夏言”,是当时的京话或官话。孔子讲学似乎就用雅言,不用鲁语[④]。卜、《尚书》和辞命,大概都是历代的雅言。讼辞也许不同些。雅言用的既多,所以每字都能写出,而写出的和说出的雅言,大体上是一致的。孔子说“辞”只要“达”就成[⑤]。辞是辞命,“达”是明白,辞多了像背

① 均见《左传·襄公二十五年》。

② 《论语·宪问》。

③ 《论语·先进》。

④ 《论语·述而》:“子所雅言:《诗》、《书》、执礼,皆雅言也。”这里用刘宝楠《论语正义》的解释。

⑤ 《论语·卫灵公》:“子曰:‘辞达而已矣。’”

书，少了说不明白，多少要恰如其分[1]。辞命的重要，代表议论文的发展。

战国时代，游说之风大盛。游士立谈可以取卿相，所以最重说辞。他们的说辞却不像春秋的辞命那样从容宛转了。他们铺张局势，滔滔不绝，真像背书似的；他们的话，像天花乱坠，有时夸饰，有时诡曲，不问是非，只图激动人主的心。那时最重辩。墨子是第一个注意辩论方法的人，他主张"言必有三表"。"三表"是"上本之于古者圣王之事"，"下原察百姓耳目之实"，"废（发）以为刑政，观其中国家百姓人民之利"[2]；便是三个标准。不过他究竟是个注重功利的人，不大喜欢文饰，"恐人怀其文，忘其'用'"，所以楚王说他"言多不辩"[3]。——后来有了专以辩论为事的"辩者"，墨家这才更发展了他们的辩论方法，所谓《墨经》便成于那班墨家的手里。——儒家的孟、荀也重辩。孟子说："予岂好辩哉？予不得已也！"[4]荀子也说："君子必辩。"[5]这些都是游士的影响。但道家的老、庄，法家的韩非，却不重辩。《老子》里说"信言不美，美言不信"[6]，"老学"所重的是自然。《庄子》里说"大辩不言"[7]，"庄学"所要的是神秘。韩非也注重功利，主张以法禁辩，说辩"生于上之不明"[8]。后来儒家作《易·文言传》，也道："君子进德修业。忠

① 《仪礼·聘礼》："辞多则史，少则不达，辞苟足以达，义之至也。"
② 《非命上》。
③ 《韩非子·外储说左上》。
④ 《滕文公下》。
⑤ 《非相》篇。
⑥ 八十一章。
⑦ 《齐物论》。
⑧ 《问辩》。

信，所以进德也；修辞立其诚，所以居业也。”这不但是在暗暗的批评着游士好辩的风气，恐怕还在暗暗的批评着后来称为名家的“辩者”呢。《文言传》旧传是孔子所作，不足信；但这几句话和“辞达”论倒是合拍的。

孔子开了私人讲学的风气，从此也便有了私家的著作。第一种私家著作是《论语》，却不是孔子自作而是他的弟子们记的他的说话。诸子书大概多是弟子们及后学者所记，自作的极少。《论语》以记言为主，所记的多是很简单的。孔子主张“慎言”，痛恨“巧言”和“利口”；他向弟子们说话，大概是很质直的，弟子们体念他的意思，也只简单的记出。到了墨子和孟子，可就铺排得多。《墨子》大约也是弟子们所记。《孟子》据说是孟子晚年和他的弟子公孙丑、万章等编定的，可也是弟子们记言的体制。那时是个“好辩”的时代。墨子虽不好辩，却也脱不了时代影响。孟子本是个好辩的人。记言体制的恢张，也是自然的趋势。这种记言是直接的对话。由对话而发展为独白，便是“论”。初期的论，言意浑括，《老子》可为代表；后来的《墨经》，《韩非子·储说》的经，《管子》的《经言》，都是这体制。再进一步，便是恢张的论，《庄子·齐物论》等篇以及《荀子》《韩非子》《管子》的一部分，都是的。——群经诸子书里常常夹着一些韵句，大概是为了强调。后世的文也偶尔有这种例子。中国的有韵文和无韵文的界限，是并不怎样严格的。

还有一种“寓言”，藉着神话或历史故事来抒论。《庄子》多用神话，《韩非子》多用历史故事，《庄子》有些神仙家言，《韩非子》是继承《庄子》的寓言而加以变化。战国游士的说辞也好用譬喻。譬喻成了风气，这开了后来辞赋的路。论是进步的体制，但还只以篇为单位,“书”的观念还没有。直到《吕氏春秋》,才成了第一部有系统的书[①]。这部书成于吕不韦的门客之手,有十二纪、八览、六论,共三十多万字。十二代表十二月,八是卦数,六是秦代的圣数,这些数目是本书的间架,是外在的系统,并非逻辑的秩序,汉代刘安主编《淮南子》,才按照逻辑的秩序,结构就严密多了。自从有了私家著作,学术日渐平民化。著作越过越多,流传也越过越广。“雅言”便成了凝定的文体了。后世大体采用,言文渐渐分离。战国末期,“雅言”之外,原还有齐语、楚语两种有势力的方言[②]。但是齐语只在《春秋公羊传》里留下一些,楚语只在屈原的“辞”里留下几个助词如“羌”“些”等;这些都让“雅言”压倒了。

伴随着议论文的发展,记事文也有了长足的进步。这里《春秋左氏传》是一座里程碑。在前有分国记言的《国语》,《左传》从它里面取材很多。那是铺排的记言,一面以《尚书》为范本,一面让当时记言体的、恢张的趋势推动着,成了这部书。其中自然免不了记事的文字;《左传》便从这里出发,将那恢张的趋势表现在记事文里。那时游士的说辞也有人分国记载,也是铺排的记言,后来成为《战国策》那部书。《左传》是说明《春秋》的,是中国第一部编年史。它最长于战争的记载;它能够将千头万绪的战事叙得层次分明,它的描写更是栩栩如生。它的记言也异曲同工,不过不算独创罢了。它可还算不得一部有自己的系统的书;它的顺序是依着《春

① 上节及本节参用傅斯年《战国文籍中之篇式书体》(《中央研究院语言历史研究所集刊》第一本第二分)说。

② 《孟子·滕文公》:“有楚大夫于此,欲其子之齐语也,则使齐人傅诸。”楚人要学齐语,可见齐语流行很广。又《韩诗外传》四:“然则楚之狂者楚言,齐之狂者齐言,习使然也。”“楚言”和“齐言”并举,可见楚言也是很有势力的。

秋》的。《春秋》的编年并不是自觉的系统，而且“断如复断”，也不成一部“书”。

汉代司马迁的《史记》才是第一部有自己的系统的史书。他创造了“纪传”的体制。他的书包括十二本纪、十表、八书、三十世家、七十列传，共五十多万字。十二是十二月，是地支，十是天干，八是卦数，三十取《老子》“三十辐共一毂”的意思，表示那些“辅弼股肱之臣”，“忠信行道以奉主上”①；七十表示人寿之大齐，因为列传是记载人物的。这也是用数目的哲学作系统，并非逻辑的秩序，和《吕氏春秋》一样。这部书“厥协六经异传，整齐百家杂语”，以剪裁与组织见长。但是它的文字最大的贡献，还在描写人物。左氏只是描写事，司马迁进一步描写人；写人更需要精细的观察和选择，比较的更难些。班彪论《史记》“善叙事理，辨而不华，质而不野，文质相称”②，这是说司马迁行文委曲自然。他写人也是如此。他又往往即事寓情，低徊不尽；他的悲愤的襟怀，常流露在字里行间。明代茅坤称他“出《风》入《骚》”③，是不错的。

汉武帝时候，盛行辞赋；后世说“楚辞汉赋”，真的，汉代简直可以说是赋的时代。所有的作家几乎都是赋的作家。赋既有这样压倒的势力，一切的文体，自然都受它的影响。赋的特色是铺张、排偶、用典故。西汉记事记言，都还用散行的文字，语意大抵简明；东汉就在散行里夹排偶，汉、魏之际，排偶更甚。西汉的赋，虽用排偶，却还重自然，并不力求工整；东汉到魏，越来越工整，典故也越

① 《史记·自序》。

② 《后汉书·班彪传》。

③ 《史记评林》总评。

用越多。西汉普通文字,句子很短,最短有两个字的。东汉的句子,便长起来,最短的是四个字;魏代更长,往往用上四下六或上六下四的两句以完一意。所谓“骈文”或“骈体”,便这样开始发展。骈体出于辞赋,夹带着不少的抒情的成分;而句读整齐,对偶工丽,可以悦目,声调和谐,又可悦耳,也都助人情韵。因此能够投人所好,成功了不废的体制。

梁昭明太子在《文选》里第一次提出“文”的标准,可以说是骈体发展的指路牌。他不选经、子、史,也不选“辞”。经太尊,不可选;史“褒贬是非,纪别异同”,不算“文”;子“以立意为宗,不以能文为本”;“辞”是子史的支流,也都不算“文”。他所选的只是“事出于沉思,义归乎翰藻”之作。“事”是“事类”,就是典故;“翰藻”兼指典故和譬喻。典故用得好的,譬喻用得好的,他才选在他的书里。这种作品好像各种乐器,“并为入耳之娱”;好像各种绣衣,“俱为悦目之玩”。这是“文”,和经、子、史及“辞”的作用不同,性质自异。后来梁元帝又说“吟咏风谣,流连哀思者谓之文”,“文者,惟须绮縠纷披,宫徵靡曼,唇吻遒会,情灵摇荡。”①这是说,用典故、有对偶、谐声调的抒情作品才叫作“文”呢。这种“文”大体上专指诗赋和骈体而言;但应用的骈体如章奏等,却不算在里头。汉代本已称诗赋为“文”,而以“文辞”或“文章”称记言、记事之作。骈体原也是些记言、记事之作,这时候却被提出一部分来,与诗赋并列在“文”的尊称之下,真是“附庸蔚为大国”了。

这时有两种新文体发展。一是佛典的翻译,一是群经的义疏。佛典翻译从前不是太直,便是太华;太直的不好懂,太华的简直是

① 《金楼子·立言》篇。

魏、晋人讲老、庄之学的文字，不见新义。这些译笔都不能作到“达”的地步。东晋时候，后秦主姚兴聘龟兹僧鸠摩罗什为国师，主持译事。他兼通华语及西域语，所译诸书，一面曲从华语，一面不失本旨。他的译笔可也不完全华化，往往有“天然西域之语趣”①；他介绍的“西域之语趣”是华语所能容纳的，所以觉得“天然”。新文体这样成立在他的手里。但他的翻译虽能“达”，却还不能尽“信”；他对原文是不太忠实的。到了唐代的玄奘，更求精确，才能“信”“达”兼尽，集佛典翻译的大成。这种新文体一面增扩了国语的词汇，也增扩了国语的句式。词汇的增扩，影响最大而易见，如现在口语里还用着的“因果”“忏悔”“刹那”等词，便都是佛典的译语。句式的增扩，直接的影响比较小些，但像文言里常用的“所以者何”“何以故”等也都是佛典的译语。另一面，这种文体是“组织的，解剖的”②。这直接影响了佛教徒的注疏和“科分”之学③，间接影响了一般解经和讲学的人。

演释古人的话的有“故”“解”“传”“注”等。用故事来说明或补充原文，叫作“故”。演释原来辞意，叫作“解”。但后来解释字句，也叫作“故”或“解”。“传”，转也，兼有“故”“解”的各种意义。如《春秋左氏传》补充故事，兼阐明《春秋》辞意。《公羊传》《穀梁传》只阐明《春秋》辞意——用的是问答式的记言。《易传》推演卦爻辞的意旨，也是铺排的记言。《诗毛氏传》解释字句，并给每篇诗作小序，阐明辞意。“注”原只解释字句，但后来也有推演辞意、补充故事的。用故事来说明或补充原文，以及一般的解释辞意，大抵

① 宋赞宁论罗什所译《法华经》语，见《宋高僧传》卷三。

② 梁启超：《翻译文学与佛典》六之二。

③ 佛教徒注释经典，分析经文的章段，称为“科分”。

明白易晓。《春秋》三传和《诗毛氏传》阐明辞意，却是断章取义，甚至断句取义，所以支离破碎，无中生有。注字句的本不该有大出入，但因对于辞意的见解不同，去取字义，也有各别的标准。注辞意的出入更大。像王弼注《周易》，实在是发挥老、庄的哲学；郭象注《庄子》，更是借了《庄子》发挥他自己的哲学。南北朝人作群经"义疏"，一面便是王弼等人的影响，一面也是翻译文体的间接影响。这称为"义疏"之学。

汉、晋人作群经的注，注文简括，时代久了，有些便不容易通晓。南北朝人给这些注作解释，也是补充材料，或推演辞意。"义疏"便是这个。无论补充或推演，都得先解剖文义；这种解剖必然的比注文解剖经文更精细一层。这种精细的确不算是破坏的解剖，似乎是佛典翻译的影响。就中推演辞意的有些也只发挥老、庄之学，虽然也是无中生有，却能自成片段，便比汉人的支离破碎进步。这是王弼等人的衣钵，也是魏、晋以来哲学发展的表现。这是又一种新文体的分化。到了唐修《五经正义》，削去玄谈，力求切实，只以疏明注义为重。解剖字句的工夫，至此而极详。宋人所谓"注疏"的文体，便成立在这时代。后来清代的精详的考证文，就是从这里变化出来的。

不过佛典只是佛典，义疏只是义疏，当时没有人将这些当作"文"的。"文"只用来称"沉思翰藻"的作品。但"沉思翰藻"的"文"，渐渐有人嫌"浮""艳"了。"浮"是不直说，不简截说的意思。"艳"正是隋代李谔《上文帝书》中所指斥的："连篇累牍，不出月露之形；积案盈箱，唯是风云之状。"那时北周的苏绰是首先提倡复古的人，李谔等纷纷响应。但是他们都没有找到路子，死板的模仿古人到底是行不通的。唐初，陈子昂提倡改革文体，和者尚少。到了中叶，才有一班人“宪章六艺，能探古人述作之旨”[①]，而元结、独孤及、梁肃最著。他们作文，主于教化，力避排偶，辞取朴拙。但教化的观念，广泛难以动众，而关于文体，他们不曾积极宣扬，因此未成宗派。开宗派的是韩愈。

韩愈，邓州南阳（今河南南阳）人。唐宪宗时，他作刑部侍郎，因谏迎佛骨被贬；后来官至吏部侍郎，所以称为韩吏部。他很称赞陈子昂、元结复古的功劳，又曾请教过梁肃、独孤及。他的脾气很坏，但提携后进，最是热肠。当时人不愿为师，以避标榜之名；他却不在乎，大收其弟子。他可不愿作章句师，他说师是“传道、授业、解惑”的[②]。他实在是以文辞为教的创始者。他所谓“传道”，便是传尧、舜、禹、汤、文、武、周公、孔子、孟子的道；所谓“解惑”，便是排斥佛、老。他是以继承孟子自命的；他排佛、老，正和孔子的距杨、墨一样。当时佛、老的势力极大，他敢公然排斥，而且因此触犯了皇帝[③]。这自然足以惊动一世。他并没有传了什么新的道，却指示了道统，给宋儒开了先路。他的重要的贡献，还在他所提倡的“古文”上。

他说他作文取法《尚书》、《春秋》、《左传》、《周易》、《诗经》以及《庄子》、《楚辞》、《史记》、扬雄、司马相如等。《文选》所不收的经、子、史，他都排进“文”里去。这是一个大改革、大解放。他这样建立起文统来。但他并不死板的复古，而以变古为复古。他说“惟古于辞必己出，降而不能乃剽贼”[④]，又说“惟陈言之务去，戛戛乎其难哉”[⑤]；他是在创造新语。他力求以散行的句子换去排偶的句

① 李舟：《独孤常州集序》。

② 《师说》。

③ 《谏佛骨表》触怒宪宗，被贬为潮州刺史。

④ 《樊绍述墓志铭》。

⑤ 《答李翊书》。

子,句逗总弄得参参差差的。但他有他的标准,那就是“气”。他说“气盛则言之短长与声之高下者皆宜”[①];“气”就是自然的语气,也就是自然的音节。他还不能跳出那定体“雅言”的圈子而采用当时的白话;但有意的将白话的自然音节引到文里去,他是第一个人。在这一点上,所谓“古文”也是不“古”的;不过他提出“语气流畅”(气盛)这个标准,却给后进指点了一条明路。他的弟子本就不少,再加上私淑的,都往这条路上走,文体于是乎大变。这实在是新体的“古文”,宋代又称为“散文”——算成立在他的手里。

柳宗元与韩愈,宋代并称,他们是好朋友。柳作文取法《书》《诗》《礼》《春秋》《易》,以及《穀梁》《孟》《荀》《庄》《老》《国语》《离骚》《史记》,也将经、子、史排在“文”里,和韩的文统大同小异。但他不敢为师,“摧陷廓清”的劳绩,比韩差得多。他的学问见解,却在韩之上,并不墨守儒言。他的文深幽精洁,最工游记;他创造了描写景物的新语。韩愈的门下有难、易两派。爱易派主张新而不失自然,李翱是代表;爱难派主张新就不妨奇怪,皇甫湜是代表。当时爱难派的流传盛些。他们矫枉过正,语艰意奥,扭曲了自然的语气、自然的音节,僻涩诡异,不易读诵。所以唐末宋初,骈体文又回光反照了一下。雕琢的骈体文和僻涩的古文先后盘踞着宋初的文坛。直到欧阳修出来,才又回到韩愈与李翱,走上平正通达的古文的路。

韩愈抗颜为人师而提倡古文,形势比较难;欧阳修居高位而提倡古文,形势比较容易。明代所称唐宋八大家[②],韩、柳之外,六家

① 《答李翊书》。

② 茅坤有《唐宋八大家文钞》,从此“唐宋八大家”成为定论。

都是宋人。欧阳修为首，以下是曾巩、王安石、苏洵和他的儿子苏轼、苏辙。曾巩、苏轼是欧阳修的门生，别的三个也都是他提拔的。他真是当时文坛的盟主。韩愈虽然开了宗派，却不曾有意的立宗派；欧、苏是有意的立宗派。他们虽也提倡道，但只促进了并且扩大了古文的发展。欧文主自然。他所作纡徐曲折，而能条达疏畅，无艰难劳苦之态；最以言情见长，评者说是从《史记》脱化而出。曾学问有根柢，他的文确实而谨严；王是政治家，所作以精悍胜人。三苏长于议论，得力于《战国策》《孟子》；而苏轼才气纵横，并得力于《庄子》。他说他的文"随物赋形"，"常行于所当行，常止于不可不止"①；又说他意到笔随，无不尽之处②。这真是自然的极致了。他的文，学的人最多。南宋有"苏文熟，秀才足"的俗谚③，可见影响之大。

欧、苏以后，古文成了正宗。辞赋虽还算在古文里头，可是从辞赋出来的骈体却只拿来作应用文了。骈体声调铿锵，便于宣读，又可铺张词藻不着边际，便于酬酢，作应用文是很相宜的。所以流传到现在，还没有完全死去。但中间却经过了散文化。自从唐代中叶的陆贽开始。他的奏议切实恳挚，绝不浮夸，而且明白晓畅，用笔如舌。唐末骈体的应用文专称"四六"，却更趋雕琢；宋初还是如此。转移风气的也是欧阳修。他多用虚字和长句，使骈体稍稍近于语气之自然。嗣后群起仿效，散文化的骈文竟成了定体了。这也是古文运动的大收获。

唐代又有两种新文体发展。一是语录，一是"传奇"，都是佛家

---

① 《文说》。

② 何薳《春渚纪闻》中东坡事实。

③ 陆游：《老学庵笔记》。

的影响。语录起于禅宗。禅宗是革命的宗派，他们只说法而不著书。他们大胆的将师父们的话参用当时的口语记下来。后来称这种体制为语录。他们不但用这种体制纪录演讲，还用来通信和讨论。这是新的记言的体制，里面夹杂着“雅言”和译语。宋儒讲学，也采用这种记言的体制，不过不大夹杂译语。宋儒的影响究竟比禅宗大得多，语录体从此便成立了，盛行了。传奇是有结构的小说。从前只有杂录或琐记的小说，有结构的从传奇起头。传奇记述艳情，也记述神怪，但将神怪人情化。这里面描写的人生，并非全是设想，大抵还是以亲切的观察作底子。这开了后来佳人才子和鬼狐仙侠等小说的先路。它的来源一方面是俳谐的辞赋，一方面是翻译的佛典故事；佛典里长短的寓言所给予的暗示最多。当时文士作传奇，原来只是向科举的主考官介绍自己的一种门路。当时应举的人在考试之前，得请达官将自己姓名介绍给主考官；自己再将文章呈给主考官看。先呈正经文章，过些时再呈杂文如传奇等，传奇可以见史才、诗笔、议论，人又爱看，是科举的很好媒介。这样，作者便日见其多了。

到了宋代，又有“话本”。这是白话小说的老祖宗。话本是“说话”的底本；“说话”略同后来的“说书”，也是佛家的影响。唐代佛家向民众宣讲佛典故事，连说带唱，本子夹杂“雅言”和口语，叫作“变文”；“变文”后来也有说唱历史故事及社会故事的。“变文”便是“说话”的源头；“说话”里也还有演说佛典这一派。“说话”是平民的艺术；宋仁宗很爱听，以后便变为专业，大流行起来了。这里面有说历史故事的，有说神怪故事的，有说社会故事的。“说话”渐渐发展，本来由一个或几个同类而不相关联的短故事，引出一个同类而不相关联的长故事的，后来却能将许多关联的故事组织起来，分为“章回”了。这是体制上一个大进步。

话本留存到现在的已经很少,但还足以见出后世的几部小说名著,如元罗贯中的《三国志演义》,明施耐庵的《水浒传》,吴承恩的《西游记》,都是从话本演化出来的;不过这些已是文人的作品,而不是话本了。就中《三国志演义》还夹杂着“雅言”,《水浒传》和《西游记》便都是白话了。这里除《西游记》以设想为主外,别的都可以说是写实的。这种写实的作风在清代曹雪芹的《红楼梦》里得着充分的发展。《三国志演义》等书里的故事虽然是关联的,却不是联贯的。到了《红楼梦》,组织才更严密了;全书只是一个家庭的故事。虽然包罗万有,而能“一以贯之”。这不但是章回小说,而且是近代所谓“长篇小说”了。白话小说到此大成。

明代用八股文取士,一般文人都镂心刻骨的去简炼揣摩,所以极一代之盛。“股”是排偶的意思;这种体制,中间有八排文字互为对偶,所以有此称。——自然也有变化,不过“八股”可以说是一般的标准。——又称为“四书文”,因为考试里最重要的文字,题目都出在四书里。又称为“制艺”,因为这是朝廷法定的体制。又称为“时文”,是对古文而言。八股文也是推演经典辞意的;它的来源,往远处说,可以说是南北朝义疏之学,往近处说,便是宋、元两代的经义。但它的格律,却是从“四六”演化的。宋代定经义为考试科目,是王安石的创制;当时限用他的群经“新义”,用别说的不录。元代考试,限于四书,规定用朱子的章句和集注。明代制度,主要的部分也是如此。

经义的格式,宋末似乎已有规定的标准,元、明两代大体上递相承袭。但明代有两种大变化:一是排偶,一是代古人语气。因为排偶,所以讲究声调。因为代古人语气,便要描写口吻;圣贤要像圣贤口吻,小人要像小人的。这是八股文的仅有的本领,大概是小说和戏曲的不自觉的影响。八股文格律定得那样严,所以得简炼揣摩,一心用在技巧上。除了口吻、技巧和声调之外,八股文里是空洞无物的。而因为那样难,一般作者大都只能套套滥调,那真是"每下愈况"了。这原是君主牢笼士人的玩艺儿,但它的影响极大;明、清两代的古文大家几乎没有一个不是八股文出身的。

清代中叶,古文有桐城派,便是八股文的影响。诗文作家自己标榜宗派,在前只有江西诗派,在后只有桐城文派。桐城派的势力,绵延了二百多年,直到民国初期还残留着;这是江西派比不上的。桐城派的开山祖师是方苞,而姚鼐集其大成。他们都是安徽桐城人,当时有"天下文章在桐城"的话①,所以称为桐城派。方苞是八股文大家。他提倡归有光的文章,归也是明代八股文兼古文大家。方是第一个提倡"义法"的人。他论古文以为六经和《论语》《孟子》是根源,得其枝流而义法最精的是《左传》《史记》,其次是《公羊传》《穀梁传》《国语》《国策》,两汉的书和疏,唐宋八家文②——再下怕就要数到归有光了。这是他的,也是桐城派的文统论。"义"是用意,是层次;"法"是求雅、求洁的条目。雅是纯正不杂,如不可用语录中语、骈文中丽语、汉赋中板重字法、诗歌中俊语、《南史》《北史》中佻巧语以及佛家语。后来姚鼐又加上注疏语和尺牍语。洁是简省字句。这些"法"其实都是从八股文的格律引伸出来的。方苞论文,也讲"阐道"③;他是信程、朱之学的,不过所入不深罢了。

---

① 周书昌语,见姚鼐:《刘海峰先生八十寿序》。

② 《古文约选·序例》。

③ 见雷鋐:《卜书》。

方苞受八股文的束缚太甚，他学得的只是《史记》、欧、曾、归的一部分，只是严整而不雄浑，又缺乏情韵。姚鼐所取法的还是这几家，虽然也不雄浑，却能“迂回荡漾，余味曲包”①，这是他的新境界。《史记》本多含情不尽之处，所谓远神的。欧文颇得此味，归更向这方面发展——最善述哀，姚简直用全力揣摩。他的老师刘大櫆指出作文当讲究音节，音节是神气的迹象，可以从字句下手②。姚鼐得了这点启示，便从音节上用力，去求得那绵邈的情韵。他的文真是所谓“阴与柔之美”③。他最主张诵读，又最讲究虚助字，都是为此。但这分明是八股文讲究声调的转变。刘是雍正副榜，姚是乾隆进士，都是用功八股文的。当时汉学家提倡考据，不免繁琐的毛病。姚鼐因此主张义理、考据、词章三端相济，偏废的就是“陋”儒④。但他的义理不深，考据多误，所有的还只是词章本领。他选了《古文辞类纂》；序里虽提到“道”，书却只成为古文的典范。书中也不选经、子、史；经也因为太尊，子、史却因为太多。书中也选辞赋。这部选本是桐城派的经典，学文的必由于此，也只须由于此。方苞评归有光的文庶几“有序”，但“有物之言”太少⑤。曾国藩评姚鼐也说一样的话，其实桐城派都是如此。攻击桐城派的人说他们空疏浮浅，说他们范围太窄，全不错；但他们组织的技巧，言情的技巧，也是不可抹煞的。

姚鼐以后，桐城派因为路太窄，渐有中衰之势。这时候仪征阮

① 吕璜纂：《吴德旋初月楼古文绪论》。
② 刘大櫆：《论文偶记》。
③ 姚鼐：《复鲁絜非书》。
④ 《述庵文钞序》，又《复秦小岘书》。
⑤ 《书震川文集后》。

元提倡骈文正统论。他以《文选序》和南北朝“文”“笔”的分别为根据，又扯上传为孔子作的《易·文言传》。他说用韵用偶的才是文，散行的只是笔，或是“直言”的“言”，“论难”的“语”[①]。古文以立意、记事为宗，是子、史正流，终究与文章有别。《文言传》多韵语、偶语，所以孔子才题为“文”言。阮元所谓韵，兼指句末的韵与句中的“和”而言[②]。原来南北朝所谓“文”“笔”，本有两义：“有韵为文，无韵为笔”，是当时的常言[③]——韵只是句末韵。阮元根据此语，却将“和”也算是韵，这是曲解一。梁元帝说有对偶、谐声调的抒情作品是文，骈体的章奏与散体的著述都是笔[④]。阮元却只以散体为笔，这是曲解二。至于《文言传》，固然称“文”，却也称“言”，况且也非孔子所作——这更是傅会了。他的主张，虽然也有一些响应的人，但是不成宗派。

曾国藩出来，中兴了桐城派。那时候一般士人，只知作八股文；另一面汉学、宋学的门户之争，却越来越利害，各走偏锋。曾国藩为补偏救弊起见，便就姚鼐义理、考据、词章三端相济之说加以发扬光大。他反对当时一般考证文的芜杂琐碎，也反对当时崇道贬文的议论，以为要明先王之道，非精研文字不可；各家著述的见道多寡，也当以他们的文为衡量的标准。桐城文的病在弱在窄，他却能以深博的学问、弘通的见识、雄直的气势，使它起死回生。他才真回到韩愈，而且胜过韩愈。他选了《经史百家杂钞》，将经、史、子也收入选本里，让学者知道古文的源流，文统的一贯，眼光便比

① 根据《说文·言部》。

② 阮元:《文言说》及《与友人论古文书》。

③ 《文心雕龙·总术》。

④ 《金楼子·立言》篇。

姚鼐远大得多。他的幕僚和弟子极众,真是登高一呼,群山四应。这样延长了桐城派的寿命几十年。

但"古文不宜说理"①,从韩愈就如此。曾国藩的力量究竟也没有能够补救这个缺陷于一千年之后。而海通以来,世变日亟,事理的繁复,有些决非古文所能表现。因此聪明才智之士渐渐打破古文的格律,放手作去。到了清末,梁启超先生的"新文体"可算登峰造极。他的文"时杂以俚语、韵语及外国语法,纵笔所至不检束,学者竞效之"。而"条理明晰,笔锋常带情感,对于读者,别有一种魔力"②。但这种"魔力"也不能持久;中国的变化实在太快,这种"新文体"又不够用了。胡适之先生和他的朋友们这才起来提倡白话文,经过五四运动,白话文是畅行了。这似乎又回到古代言文合一的路。然而不然。这时代是第二回翻译的大时代。白话文不但不全跟着国语的口语走,也不全跟着传统的白话走,却有意的跟着翻译的白话走。这是白话文的现代化,也就是国语的现代化。中国一切都在现代化的过程中,语言的现代化也是自然的趋势,并不足怪的。

① 曾国藩《复吴南屏书》:"仆尝谓古文之道,无施不可,但不宜说理耳。"

② 梁启超:《清代学术概论》。

朱自清先生学术年表*

1898 年(清光绪二十四年)

11 月 22 日,生于江苏省海州(今东海县)。名自华,号实秋。后投考北京大学文本科中国哲学门时改名自清,字佩弦。笔名有余捷、柏香、白水、知白等。

1902 年(清光绪二十八年)

由父母启蒙课读。沉静好学。后入私塾学习经籍、古文、诗词等。

1912 年

时就读于安徽旅扬公学高等小学。高小毕业后,考入扬州两淮中学,该校后更名为江苏省立第八中学。

1916 年

夏,毕业于江苏省立第八中学。中学时代即爱好文学、写作。

秋,考入北京大学文预科,赴北京读书。教师有沈尹默、沈兼士、陈汉章等。

1917 年

夏,为减轻家庭负担,跳级投考北京大学本科,被文科中国哲

---

* 本年表由王紫微依据季镇淮编著《闻朱年谱》(清华大学出版社 1986 年版),姜建、吴为公编《朱自清年谱》(安徽教育出版社 1996 年版)整理而成。

学门录取。

秋,进入北京大学文本科中国哲学门学习,同学有陈公博、康白情、江绍原等,教师有胡适、马叙伦、梁漱溟等。课余喜读《新青年》及佛学书。

1919 年

开始新文学创作。同时积极翻译海外文学及学术著作。

1920 年

5 月,毕业于北京大学哲学系,获文学士学位。

秋,赴杭州浙江省立第一师范任国文教员。

1921 年

约 4 月,加入文学研究会。

1922 年

2 月,应邀前往台州浙江省立第六师范任教。

6 月,与周作人、俞平伯等八人的诗歌合集《雪朝》由商务印书馆出版。

9 月,赴台州浙江省立第六师范任教。

1923 年

2 月,赴温州浙江省立第十中学及第十师范任教。

1924 年

2 月,应邀赴宁波浙江省立第四中学及上虞县白马湖私立春晖中学任教。

12 月,第一部个人作品专集、诗歌散文合集《踪迹》由上海亚东图书馆出版。

1925 年

8 月,经俞平伯推荐,前往北京清华学校大学部任国文教授。

开始着意创作古典诗词。

1927 年

9 月,开设“古今诗选”课程,编有讲义《诗名著笺前集》《诗名著笺》及《古今诗选小传》,1981 年由上海古籍出版社收入《朱自清古典文学专集》出版。

1928 年

8 月,参与国立清华大学中文系的草创工作。

10 月,散文集《背影》由开明书店出版。

12 月,清华中国文学会成立,任学术委员。

1929 年

2 月,开设“中国新文学研究”课程,编有讲义《中国新文学研究纲要》,1982 年由上海文艺出版社收入《文艺论丛》出版。

4 月,发表论文《中国近世歌谣叙录》,载本年《大公报 · 文学副刊》第六十八、六十九期。

9 月,开设“歌谣”课程,编有讲义《歌谣发凡》,后增订更名为《中国歌谣》,1957 年由作家出版社出版。

1930 年

7 月,任清华大学中文系代理系主任。

1931 年

8 月,赴英国访学一年。

1933 年

4 月,作论文《与黄晦闻先生论清商曲书》,载本年《清华周刊》第三十九卷第八期。

9 月,正式就任中文系主任。开设“陶渊明诗”课程。

11 月,作论文《中国文评流别述略》,载本年《大公报 · 文艺副刊》第十五期。

1934 年

1 月,任《清华学报》编辑。

2 月,开设"李贺诗"课程。

5 月,作论文《论"逼真"与"如画"》,载本年《文学》第二卷第六号。后修改重新发表,题为《论逼真与如画——关于传统的对自然和艺术的态度的一个考察》。

5 月,作论文《陶渊明年谱中之问题》,载本年《清华学报》第九卷第三期。

9 月,开设"历代诗选"课程。游记散文集《欧游杂记》由开明书店出版。

1935 年

5 月,作论文《诗多义举例》,载本年《中学生》第五十六号。

8 月,编选《中国新文学大系·诗集》。作《李贺年谱》,载本年《清华学报》第十卷第四期。

10 月,《中国新文学大系·诗集》由上海良友图书出版公司出版。

1936 年

1 月,作论文《再论"曲终人不见,江上数峰青"》,载本年《中学生》第七十二号。发表论文《李贺年谱补记》,载本年《清华学报》第十一卷第一期。

9 月,开设"中国文学批评"课程。此外尚有"宋诗"课程,讲义《宋五家诗钞》1981 年由上海古籍出版社收入《朱自清古典文学专集》出版。

1937 年

1 月,作论文《诗言志说》,载本年《语言与文学》第一期,后收入《诗言志辨》，题名《诗言志》。

3月，作论文《歌谣与诗》，载本年《歌谣》第三卷第一期。

9月，因日军攻占北平，清华、北大、南开三校组成国立长沙临时大学迁往西南，后更名为西南联合大学。任临大中国文学系教授会主席。

11月，作论文《〈文选序〉"事出于沉思，义归于翰藻"说》，载北京大学文科研究所油印论文之九。

1938年

3月，中华全国文艺界抗敌协会在武汉成立，任理事。

9月，为教育部编写教科书目录，后成书为《经典常谈》。

1939年

与闻一多、余冠英等人选编的《西南联合大学国文选（1938—1939）》由西南联合大学出版。

1941年

2月，发表论文《剪裁一例》，载本年《文史教学》创刊号。陆续作《古诗十九首释》，载本年《国文月刊》第一卷第六至九期、次年第十五期。

1942年

8月，《经典常谈》由国民图书出版社出版。

9月，开设"文辞研究"课程。

1943年

1月，与叶圣陶合作编写的《略读指导举隅》由商务印书馆出版。

3月，作论文《诗教说》，载本年《人文科学学报》第二卷第一期，后收入《诗言志辨》，题名《诗教》。

4 月，散文集《伦敦杂记》由开明书店出版。

8 月，作论文《诗正变说》，载 1945 年《文史杂志》第五卷第七、八期合刊，后收入《诗言志辨》，题名《正变》。

9 月，开设"谢灵运诗"课程。

1944 年

2 月，作《谢灵运年谱》《谢灵运传》及《南朝谢氏族系表》，今佚。

1945 年

4 月，与叶圣陶合著的《国文教学》由开明书店出版。

9 月，开设"中国文学史""文学评论"课程。

1946 年

10 月，返回北平，继续任教清华。开设"诗论""中国现代诗歌和散文"课程。

1947 年

2 月，作论文《文学的标准和尺度》，载本年《大公报 · 星期文艺副刊》第二十二期，后收入《标准与尺度》。

8 月，《诗言志辨》由上海开明书店出版。

10 月，作论文《"好"与"妙"》，载次年《文艺复兴 · 中国文学研究号》(上)。

12 月，《新诗杂话》由作家书屋出版。

1948 年

2 月，作论文《论逼真与如画——关于传统的对自然和艺术的态度的一个考察》，载本年《民国日报 · 文艺副刊》第一一八期，后收入《论雅俗共赏》。

3 月，编定《语文影及其他》，1985 年由中国文联出版公司出版。

4月,杂文集《标准与尺度》由文光书店出版。书评集《语文零拾》由名山书局出版。

5月,杂文集《论雅俗共赏》由观察社出版。

从事《开明新编高级国文读本》编写工作。

8月12日,病逝于北京。

朱自清古典文学研究述略*

李少雍

一　职业与娱乐

在我国现代文化史上，朱自清先生不仅以诗人、散文家著称于世，而且是一位很有成就的学者。

朱先生所以要选定古典文学研究为其毕生事业，这同他的思想个性颇有些关系。虽然他曾因拒绝领取美援面粉而受到毛泽东的高度评价，但他在政治上的革命性转变却是在晚年才完成的。早年他曾在歧路上徘徊、苦闷过。参加革命，他当时没有那样的觉悟；狷介的个性又不容他与反革命势力同流；于是他选择了一条特别的路。他说："我既不能参加革命或反革命，总得找一个依据，才可以姑作安心地过日子。我是想找一件事，钻了进去，消磨了这一生。我终于在国学里找着了一个题目，开始像小儿的学步。这正是望'死路'上走；但我乐意这么走，也就没法子。"并宣称"国学是我的职业，文学是我的娱乐"①。他所说的"国学"，就是古典文学。

---

* 本文原载于王瑶主编《中国文学研究现代化进程》一书，有少量改动。

① 转引自季镇淮：《朱自清先生年谱》（载《朱自清文集》第1册，江苏教育出版社1988年5月版，以下简称《年谱》）。

可是在二十余年里,朱先生致力于"国学"研究的时间并不很多,教学和"娱乐"(文学创作)占去了过半的光阴。授课是他的本职。创作则不仅是他的兴趣所在,而且也是因生活所迫不得已而为。1943 年他写信给老友俞平伯倾吐了自己的苦衷:"所苦时光似驶,索稿者多,为生活所迫,势须应酬,读书之暇因而不多。"(《年谱》)最使先生痛苦的,是他自 1930 年起一直担任的系主任工作。据说他年年打恭作揖,请求卸去此职,但除了休假,始终没能摆脱所谓"系务"①。长期的病痛以及事事认真的工作与生活态度,也使他比常人误去更多的时间。

先生只活了 50 岁,用于治学的时间又那样有限,有许多研究计划尚未完成,或没来得及着手进行,但由于他做学问极为勤奋、刻苦,学风严谨踏实,采取了比较科学的方法,所以还是给我们留下了一份为数可观的宝贵学术遗产。

朱先生有关古典文学方面的著述,近年上海古籍出版社刊行的《朱自清古典文学专集》收辑大体完备。专集之一是《朱自清古典文学论文集》上、下册;其二是《古诗歌笺释三种》,包括《古逸歌谣集说》、《诗名著笺》和《古诗十九首释》,为汉代以前无主名诗歌的选录和诠解;其三是《十四家诗抄》,为三国至唐末诗人曹植、陶潜、李白、杜甫、杜牧等的名作选注;其四是《宋五家诗抄》,为北宋诗人梅尧臣、欧阳修、王安石、苏轼、黄庭坚的名篇选笺和集评。后面三集皆为授课用的讲义,除《古诗十九首释》外,都是未定稿,作者生前不曾印行过。但从这些未完成的著作里,我们可以看到"一位认真负责的教授如何在教材上用过一番搜辑工夫,就是这么丰富的参考材料,对于学者也是很有帮助的"②。而先生的笺注,或采

① 吴组缃:《敬悼佩弦先生》(载《文讯》第 9 卷第 3 期)。

② 见浦江清为《宋五家诗抄》所作《附记》。

用成说,或断以己意,无不择别精审、诠解详确,表现出高卓的识见和深邃的探究。此外,三集所选均属先秦至北宋有代表性的诗人与诗作,时间上前后衔接,呈露出朱先生关于古代诗歌史的构想。

二　诗歌史研究

王瑶先生说:“朱先生是诗人,中国诗,从《诗经》到现代,他都有深湛的研究。‘诗选’是他多年来所担任的课程;陶、谢、李贺,他都做过详审的行年考证。”①除上面提到的选本外,先生曾计划仿照朱彝尊《经义考》的体例,撰写《诗总集考》一书;又曾计划率中文系同仁协力辑撰《全唐诗人事迹汇编》。但这两个宏愿都因先生的早逝而未能实现。

朱先生有许多关于诗歌史的精辟见解,未及形诸笔墨,只在课堂上给学生讲授过。其一鳞一爪保存在弟子们的回忆文字里②。如前人评诗时习惯用“风调”这个术语,常说某首诗“不失风调”。可是,“风调”的内涵如何?“不失风调”指的是怎样的诗?首先,经朱先生统计表明,凡被评为“不失风调”的诗,都是七言绝句;原来“这是一首好的七绝的标准”。其次,先生以大量实例证明,“风”指抒情成分,“调”指音节的铿锵,并由此知道七绝不适于叙述和描写。第三,“风”的内涵(抒情)是七绝的形式(容量小,没有铺排余地)决定的;而“调”的内涵(音节铿锵)则是因七绝入乐(李

① 《念朱自清先生》(载王瑶先生所著《中国文学论丛》,上海平明出版社 1953 年版)。

② 《念朱自清先生·说诗缀忆》里记述较多。

白的《清平调》、王昌龄等的旗亭会饮即显例)而形成的。第四,七绝(如《阳关三叠》)末二句入乐时要复沓,故全诗的重心得放在第三、四句才能特别有力;而由统计得知,四分之三以上的唐人七绝,第三或四句里都含有否定词(第四句如"春风不度玉门关",第三句如"商女不知亡国恨"),以加强语气和表现力。此外,朱先生还谈到何以论五绝时不用"风调"一语的问题。他说:"风飘摇而有远情,调悠扬而有远韵,总之是余味深长。这也配合着七绝的曼长的声调而言,五绝字少节促,便无所谓风调。"①先生的这一研究,使诗歌史上一个重要概念有了准确的解释,对于深入理解七绝诗作本身很有帮助。

又如谢灵运的名句"池塘生春草",历来论及的人很多。叶梦得称其好处在"无所用意,猝然与景相遇";元遗山赞为"万古千秋五字新";而王若虚却说"反复求之,不得佳处,乃晋人自行夸大耳"。朱先生把全部谢诗的句子逐一排比分析之后,发现其中多为描写句,叙述句及表情句很少。"池塘生春草"是叙述句,与"近涧涓密石,远山映疏木"(谢氏《过白岸亭》)一类雕绘细密的诗句迥异,其风格颇类《古诗十九首》里的句子,因而"在声色富艳的谢诗中……倒显得格外清新"。经过这样缜密的考察比勘,先生所得结论,就比前人成说更确切,更有说服力。

又如,朱先生认为,诗中用典最好是能使不懂此典的人也可以欣赏此诗,而懂得的人则可以欣赏得更好,理解得更深。陶渊明"心远地自偏"一句,意思比较明白,普通的读者都能欣赏,注家向

① 此说曾写入《〈唐诗三百首〉指导大概》一文(载《朱自清古典文学论文集》,上海古籍出版社1981年版;以下所举朱先生论著,凡未特别注明者,均出此集)。

来不释出处。先生指出,“心远”一语化自《庄子·则阳》篇“其于人心者若是其远也”一句,如若懂得此典所含关于圣人恬退之心与常人竞奔之心相距甚远的意思,对这首诗的理解和欣赏就会更有深度了。

无论是未定稿的选本,还是没有形诸文字的口授,乃至未完成或未开始的计划,我们都能够从其中看到朱先生的诗歌史研究的规模和深度。

朱先生关于古代诗人的行年考证,收入《古典文学论文集》里的有《陶渊明年谱中之问题》和《李贺年谱》两种。王瑶先生提到的关于谢灵运的行年考,大约没有完稿,或者不曾动笔,只是对诸生讲授过。

在《陶渊明年谱中之问题》这篇大文里,朱先生对古今陶谱做了一次总结性的爬梳和研究。开篇即指出“陶渊明年谱凡七本”①,并简评诸谱优劣。先生写道:王谱最早,疏舛颇多,“谱中惟渊明居址一事,足资研讨”;吴谱征引博衍,考核特详,“居址而外,名字、甲子、出处诸端,皆加论列,为后来诸家所本”;丁谱“论甲子,最得要领,余无足观”;杨谱“仅论渊明出处之迹当存疑一节可取”;梁谱简阔不密,而“论年岁创见独多”;古谱就梁说详加考订,“所论亦以年岁为主,居址其次”;傅谱“惟驳《梁谱》颇有是处”。接着列举年谱及论谱诸家所据资料九种,并认为确可信赖者殊少,“而谱家又蔽于‘忠愤’之论,其所为亦仅钩稽诗文史事,强为牵合而已”。再就《宋书》本传以来陶氏生平中聚讼纷纭的问题加以梳理,其概括至为明晰,非于陶氏行年研究之历史与现状了若指掌者,断莫能为。

① 南宋人王质、吴仁杰,清人丁晏、杨希闵,近人梁启超、古直、傅东华。

在分别对名字、年号甲子、居址、出处、世系、年岁等六个问题详予辨证以后,朱先生就陶谱中可以论定及只可存疑之处表述了自己结论性的见解:"陶谱诸事,可得论定者,约有四端。渊明字元亮,入宋更名潜。一也。所著文章入宋不书年号。二也。始居柴桑,继迁上京,复迁南村。栗里在柴桑,为渊明尝游之地。上京有渊明故居。南村在浔阳附郭。三也。渊明尝为州祭酒,尝仕桓玄,丁忧归。嗣州召主簿不就。又为镇军参军,仕刘裕,建威参军,仕刘敬宣或刘怀肃。官终彭泽令。四也。至世系年岁,则只可姑存然疑而已。"今人治陶谱者,多取先生成说。如逯钦立所撰《陶渊明诗文事迹系年》,采用先生的见解就很不少。清人陶澍囿于"忠愤"俗见,主张渊明不仕桓玄、刘裕,而曲为之说(见其《靖节先生年谱考异》)。逯氏《系年》即在"隆安五年辛丑"、"元兴三年甲辰"下详引朱先生之言加以驳正,并云:"朱师说确凿有据,足破陶考之谬。"先生此文里的见解,自然并非全属定论。但即使不提文中屡见迭出的胜义,仅就著者于陈陈相因的旧资料中爬罗剔抉的考辨工夫而言,也足以令人折服了。

《李贺年谱》也是先生的力作。李贺向无年谱。自宋代以来,作年谱的风气渐开,至清代臻于极盛。历代著名人物几乎都有年谱,并且往往不止一种。诗名很大而无年谱如李贺者,实属少有。可见李谱之不易作。朱先生在千余年后,"寻坠绪之茫茫,独旁搜而远绍",于琐碎凌杂的资料中整理出这位杰出诗人的年谱,其创始之功不可低估。且谱中胜义往往而是,沾溉后学亦复不小。

如《旧唐书》和《新唐书》皆云李贺系出宗室郑王之后。可唐代有两个郑王,究竟是高祖从父郑孝王亮(又称大郑王),还是高祖第十三子郑王元懿(又称小郑王)?虽自阎若璩以来颇有主张贺为大郑王后的人，但皆有见而无说。经朱先生考证，无论新、旧《唐书》，凡属小郑王后，其传必举"郑王元懿"（或"郑惠王元懿"、"宗室郑王元懿"）；然于大郑王后，追述世系，仅至大郑王之子某王而止，不及大郑王，或虽及大郑王而不名。两《唐书》的这个文例，一经先生揭出，李贺为大郑王后即成定谳。

又如据韩愈《讳辨》，"贺举进士有名，与贺争名者毁之曰，贺父名晋肃，贺不举进士为是"。《新唐书》本传则说李贺"卒亦不就举"。朱先生指出："贺已应举，即为进士（按：唐制，应举之乡贡进士，亦省称进士）……毁之者意在不使就（礼部）试，至其举进士，乃既成之局，彼辈固无如何也。"李贺之被谤，是在其"举进士有名"之后，并非因见毁而不就举。先生此说的确"可正《新书》本传之误"①。

又如李商隐《李贺小传》记贺在长安官奉礼郎时，每旦日出与王参元、杨敬之等人游，及暮归太夫人使婢受囊云云。朱先生认为："（据此传）似贺在京时与太夫人偕者。然贺既无产业，奉礼微禄固不足迎养；抑其弟与其妇明居昌谷，亦无任太夫人独出之理。疑传语不尽实也。"按，《李贺小传》为贺行年最早之材料，且据贺姊王氏口述，"然不实处诚如《朱谱》所云"（钱仲联）。

又如朱先生据《潞州张大宅病酒逢江使寄上十四兄》诗里有"秋至昭关后，当知赵国寒"二句，以为今安徽和县"盖（贺）十四兄所在"（昭关地在淮南道之和州）；据诗末"椒桂倾长席，鲈鲂斫玳筵，岂能忘旧路，江岛滞佳年"等句，认定贺曾有南国之行。他说：

① 钱仲联：《李贺年谱会笺》（载《梦苕盦专著二种》，中国科学出版社 1984 年版），以下引钱氏语，皆出于此。

"旧解殊不了了;椒桂鲈魴明非潞产,句当属下读,谓少时曾留江岛,至今难忘旧路耳。集中咏南中风土者颇多,其中固有用乐府旧题者,然读其诗,若非曾经身历,当不能如彼之亲切眷念。……意贺入京之先,尝依其十四兄,故得饱领江南风色也。"这不仅使历来注家所"不了了"的诗句有了确解,而且补苴了李贺行迹中的阙略。

钱仲联说:"朱自清所撰《李贺年谱》,用力亦劬,取材不少。……《朱谱》佳处,今多采入。"其《李贺年谱会笺》即多用先生成说,引文凡二十余处,不少地方是大段抄录。

三　批评史探讨

朱先生在大学是学哲学的,对文学史上的理论问题颇感兴趣,较一般的古典文学研究者更善用哲学的思辨。他曾长期致力于中国文学批评史的研究。据说,闻一多先生主持清华研究院文学部时,即因朱先生的专长而特意设立了文学批评一组[①]。但朱先生并没有急于去撰写系统的批评史专著,而首先着手对批评史上若干传统的"意念"进行分析研究,探索其起源、发展和演变的"史迹"。他指出,在诗文评的专书和其他载籍里包含许多值得研究的"意念",如"诗言志"、"思无邪"、"修辞立其诚"等等,真是"五光十色,层出不穷"[②]。而这些术语用得太久,意义已含糊不切,"若有人能用考据方法将历来文评所用的性状形容词(按:先生指'神'、'气'

① 《念朱自清先生》(载王瑶先生所著《中国文学论丛》,上海平明出版社 1953 年版)。

② 《诗言志辨·序》。本章引朱先生语,凡未注出处者,皆出此《序》。

一类术语)爬罗剔抉一番,分别确定它们的义界,我们也许可以把旧日文学的面目看得清楚些"①。考释诗文评里种种传统用语,目的即在于揭示文学史的真实面貌。这是有志撰写批评史专著者所必须首先进行的基础工作。因此,朱先生说:"现在我们固然愿意有些人去试写中国文学批评史,但更愿意有许多人分头来搜集材料,寻出各个批评的意念如何发生,如何演变——寻出它们的史迹。"他相信,对此"只要不掉以轻心,谨严地考证、辨析,总会有结果的";而结果便是"可以阐明批评的价值,化除一般人的成见,并坚强它那新获得的地位(按,诗文评在我们的传统里地位很低,西方文化输入,才使它有了与创作平等的地位)"。经过这样的"基本建设",对文学批评的价值、对文学史的面目有了清楚的认识后,撰写系统的中国文学批评史的工程就能水到渠成了。

为建造批评史的大厦,朱先生下了许多基础的工夫。有关的论文写得不少。如在《"好"与"妙"》一文里,先生辨析道:"好"字出现得比"妙"字早些,原为审美的评语(是"匀称"的意思),随后又成了道德的评语;而"妙"字最初是道家哲学中的一个术语,后来变为审美的评语(是玄虚而不可言传的意思)。作为审美的评语,"好"可以诉诸感觉,有客观标准,凭常识就能辨得出,"严肃而不带油腔滑调",因此贵贱贫富皆乐于使用;而"妙"既然不可言传,就很难雅俗共赏,"莫名其妙"一语即表示了"俗人"对这个审美术语的贬抑。又如在《论逼真与如画》里,先生通过对这两个批评用语的缜密考索,揭示了国人对于自然与艺术的传统态度。他说,"如画"除了"在作为一种境界解释的时候变为玄心妙赏"以外,它与"逼

① 《中国文评流别述略》。

真”都只是分明、具体、可感觉的意思,“这就可见我们的传统的对于自然和艺术的态度,一般的还是以常识为体,雅俗共赏为用的”。又如《〈文选序〉“事出于沉思,义归乎翰藻”说》对昭明太子的选文标准做了十分详审的考索、剖析。著者指出:“事”即“事类”,就是典故;“翰藻”则兼指典故和譬喻;而“合上下两句浑言之,不外‘善于用事,善于用比’之意”。诚如先生所断言,他的这个解说“与当时风气及《文选》所收篇什”都是完全吻合的。此外,《论“以文为诗”》、《论雅俗共赏》等,也是考辨文学批评术语的文字。其中“历时最久、工力最深”①之作,自然要推《诗言志辨》了。

四 《诗言志辨》

《诗言志辨》一书,是《诗言志》、《比兴》、《诗教》、《正变》等四篇论文的结集。这四篇论文分别考辨四条诗论。“诗言志”是这些诗论的中心,此书即因之得名。四条诗论里,“诗言志”、“诗教”是大纲,“比兴”、“正变”为细目。然其指归皆在政教(或德教),此即孔门诗学的核心。为探明古代诗论的精神实质,朱先生“从小处下手”,对这些批评意念数千年的史迹进行了严密的追踪。他在该书的《序》里说:“这四条诗论,四个词句,在各时代有许多不同的用例。书中便根据那些重要的用例试着解释这四个词句的本义跟变义,源头和流派。”但先生的考辨,与过去汉学家的做法有所不同。

① 李广田:《朱自清先生的道路》(载《朱自清研究资料》,北京师范大学出版社1981年版)。

他注意概念的"史的发展",并能运用现代观点廓清旧说谬误,而不是像历来诗文评者那样以獭祭各家之说为能事。

《诗言志》篇包含《献诗陈志》、《赋诗言志》、《教诗明志》、《作诗言志》四章。其"献诗"、"赋诗"是诗乐分家以前的事,因此著者的叙述以春秋为断限,举例以《诗经》为主;"教诗"、"作诗"则在诗乐分家后,所论诗的范围也从《诗经》推广到近代的诗作。"诗言志"是我国传统诗学的开山纲领,其影响一直延伸到近现代。正确理解这条诗论,对于弄清文学批评史的面目有着十分重要的意义。关于此术语的本旨、演变历程和现状,朱先生都做了原原本本的考索。

"言志"的本义是讽诵政教。其内涵虽几经变迁,但在传统诗论里,它始终与政教保持着一定关系。朱先生通过对大量用例的精确考释,深刻揭示了"言志"一语及其所代表的传统文论的本质特征;从而证明,那种把"言志"与"载道"对立起来、谓二者为文学史上"互为起伏"的两大潮流的说法①是没有根据的。

《比兴》篇分为《〈毛诗〉〈郑笺〉释兴》、《兴义溯源》、《赋比兴通释》、《比兴论诗》四章。此篇先对最有影响的《毛传》《郑笺》的比兴说加以考查,再探寻此说的渊源,进而指出建安以来的诗人皆不用《传》、《笺》的标准去用譬喻,后世论诗所说的"比兴"也不是《诗大序》的"比"和"兴"。

"比兴"是诗歌批评史上的重要术语。此二字,尤其是"兴",向无确解。朱先生对《毛传》释兴诸例做精确统计和严密考析后说:"《毛传》'兴也'的'兴',有两个意义,一是发端,一是譬喻;这两个

① 朱先生原注里提到"邓恭三记录:《中国新文学的源流》"(周作人著)里即有此说。

意义合在一块儿才是'兴'。"先生指出:"前人没有注意兴的两重义,因此缠夹不已。他们多不敢直说兴是譬喻,想着那么一来便与比无别了。"他以为,所谓"比",就是"兴以外的譬喻"。

尽管后世诗论里的"比兴"并非《诗大序》的"比"和"兴",但《诗大序》的主旨,诗以"经夫妇,成孝敬,厚人伦,美教化,移风俗",却一直牢固地保存着,为诗人和诗论家所重。这个主旨,在朱先生看来,就是诗教,就是"诗言志"或诗以明道。在所谓"诗三义"中,比兴不像赋那样"直陈其事",而是"譬喻不斥言"或"主文而谲谏",最与温柔敦厚的旨趣相合,最具诗教的作用。因此先生说,"论诗尊'比兴',所尊的并不全在'比''兴'本身的价值,而是在诗以言志、诗以明道的作用上了"。自唐代以后,"比兴"逐渐成为使用频率最高的批评术语之一,并"由方法而变成了纲领"。这样,著者不单对向来纷无定论的"比兴"做了确凿的考释,而且阐明了此一重要批评意念的质的演变。

《诗教》篇由《六艺之教》、《著述引诗》和《温柔敦厚》三章构成。此篇阐释《诗》教在六艺之教中的重要地位,条列著述引《诗》的各种例证以明《诗》教应用之广泛,并考索《诗》教的渊源及变化过程。

朱先生说,"言语引《诗》,春秋时始见",而著述引《诗》,则从《论语》开始。及至汉儒,著述引《诗》之多,用《诗》范围之广,都大大超过前人。此时,《诗》教的意念才最后形成,并得到充分发展。但著者断言,"无论怎样发展,这意念的核心只是德教、政治、学养几方面"。这就是《诗》教的本质。

盛极一时的《诗》教,魏、晋以降随经学而渐趋式微。"盛唐开始了诗的散文化,到宋代而大盛;以诗说理,成为风气。"道学家们感到“单说‘温柔敦厚’已经不足以启发人，所以他们更进一步，以《论语》所记孔子论《诗》的‘思无邪’一语为教”。《诗》教的名目虽经翻新，然其实质并没有变。诚如朱先生所说，此二语“一正一负，足以相成”。此后又由于散文的长足进步，诗偏向“沉着痛快”一路发展，“思无邪”的口号也渐渐失去了吸引力，而北宋以来的“文以载道”说影响越来越大，并最终取得了《诗》教的地位。在此篇里，先生既探明了《诗》教的内涵，又清理了它的全部兴衰史。

《正变》篇内含《风雅正变》、《诗体正变》二章。此篇考辨郑玄风雅正变论的思想文化背景及其从用于解诗到用于评诗、作诗，以致发展为诗体正变论的变迁线索。著者认为，“正变”一语原只论风雅正变，后来却与“文变”说有了联系，论到诗文体的正变了。

原来文学发展中追新复古的运动不断进行着。这种求变的客观趋势必然反映到文学批评上来。自沈约起，特别是刘勰以后，历来史家与文士论“文变”的很多，或通论历代，或专论一代（如四唐说）。他们所论的“变”都隐含“正”义，“明清以来更显举‘正’名”，可见“文变”说是从风雅正变说推衍而出。清代叶燮说诗，甚至提出了“正变盛衰，互为循环”的论点。朱先生以为，“正——变——正”这个循环往复的“文变”程式就是我国固有的“文学史”的观念，它与黑格尔的“正——反——合”的辩证法“颇有相似处”。

但著者指出，以叶燮为代表的古代文论家并不一定相信循环论。在他们看来，在“正——变——正”的循环变化中，“这个环其实是越来越大的”，“这一变有加富增华之功”。就是说，他们所主张的实际上是某种螺旋式发展论。而这，正是朱先生精义入神的独到之处，是前人所不曾窥及的。

《诗言志辨》一书胜义迭出，难以枚举。以上所述，只是一个梗概和轮廓。但朱先生为中国文学批评史研究所进行的披荆斩棘的开路工作,于此已可见一斑。王瑶先生指出:“关于这方面(按,指批评史)的材料,他搜集得非常多。每一个历史的意念和用词,都加以详细的分析,研究它的演变和确切的含义。《诗言志辨》一书只是写成的关于这些材料的极小的部分;但已经廓清了多少错误的观念。”①在有目的、有系统地考辨中国文学批评史的“意念”方面,朱先生不愧是一位“大胆的创拓者”②。通过对这些“意念”的史迹的追寻,的确可以如他所期望的那样看清古代文学(包括文学批评)的真实面目。并且这些诠解的文字本身,就是某种意义上的诗论史或文学批评史。这种专题的批评史,因为是以文学观念的辨析为内容,所以不仅切实、严密,而且较有理论深度。

五　小处下手与大处着眼

朱先生能在短暂的时间和艰难的环境里对学术做出如此重要的贡献,是与他的治学精神及所采取的研究方法分不开的。

先生的治学,同他的为人一样,十分认真、诚实。据说 1935 年夏,他曾写信给清华大学校长,请辞外语系研究生(赵萝蕤)考试委员。信中说自己“对外国文学知识太浅,殊不足以考试别人,即判断考生优劣,亦觉不易”。季镇淮指出:“这种老实、认真、负责的态度,先生表现在教学工作上,也表现在一切生活问题上。凡是与先生有过交往的人大概都会感觉到这一点的。”③这种态度自然也表

① 《念朱自清先生》(载王瑶先生所著《中国文学论丛》,上海平明出版社 1953 年版)。
② 时萌:《闻一多朱自清论》,上海文艺出版社 1982 年版,第 124 页。
③ 《朱自清先生年谱》。

现在先生的治学上。

朱先生的治学精神的可贵之处，首先在于他那严谨踏实的纯正学风。先生提倡所谓“埋首研读”。他在日记或书信里常常诉述自己因杂务牵缠而难于集中精力从事学术工作的苦衷。1939年1月12日记道：“自南迁以来，皆未能集注精力于研究工作。此乃极严重之现象。每日习于上午去学校办公，下午访友或买物，晚则参加宴会。日日如此，如何是好。”（《年谱》）在1943年给俞平伯的一封信里，也为“读书之暇”不多而抱怨，并表示了“埋首研读，尽其在我”的志趣。

通过多年的苦读，朱先生占有了大量的材料，特别是在诗歌史和文学批评史方面。以先生对中国诗歌（从《诗经》到现代）的深湛研究，他是完全有能力写出一部很有分量的诗歌史的。但他没有写。先生主张研究工作要“从小处下手”。他把精力集注于资料的搜集，代表作家的行年考索，代表作品的选编、笺释以及诗歌史中个别专题的探讨，乃至某些名句的解故分析。先生在文学批评上的造诣更深。他也没有急于事功地去写大部头的史的专著，而凝聚心力于种种“意念”的考证和辨析。先生在谈到他的这种做法时曾说：“这个得认真的仔细的考辨，一个字不放松，像汉学家考辨经史子书。这是从小处下手。”他的确是一位心细如发、一丝不苟的学者。据季镇淮回忆：“朱先生读书研究非常细心，确实是一个字也不放松，注意到人们轻意忽视的地方。”①但先生不仅从小处下手，并且也是从大处着眼的。他的目的是要最后写成批评史或诗歌史的专著。他的考辨字句，乃是一种必不可少的奠基之举。不

① 《纪念佩弦师逝世三十周年》（载《朱自清研究资料》）。

打好基础,史的大厦便不能建成并确保其坚固性的。因此先生特别注意这个打基础的工作。

先生的学术论著,行文平妥、稳帖,不矜才使气,故作惊世之谈,往往使人觉得缺乏创见。其实大谬不然。余冠英师在谈到朱先生的人品与文章时这样写道:“他的性情笃厚、品格高洁处,相处愈久发现愈多,正如他的文章,也需要细读,多读,久读,才能发现那些常言常语中的至情至理,才能发现那些矜慎中的创造性,稳健中的进步性,才能发现那些精练中的生动,平淡中的绚烂。”①对于朱先生的学术论著,也应当作如是观。先生的创见是通过原原本本叙述学术源流背景,详审周密地诠解、考辨、分析有关材料而引发出来的。如果不是像冠英师所指示的那样细读、多读、久读,我们就可能或者以为平淡无奇,或者如堕五里雾中,发现不了那些精凿不移的真知灼见。先生这种表述个人见解的方式和语言风格,也是他那谨细、求实的一贯学风的体现。

朱先生治学精神的可贵处,还在于求是致用的科学态度。李广田曾说,先生在文学批评上既具有历史的观点,又具有现实的观点。据李氏说,运用历史的(或科学的)观点,其目的在“求是”,也就是探求真理;运用现实的(或人民的)观点,其目的在“致用”,也就是为大众服务。② 这些话也可以移之于先生的学术研究工作。

先生学术活动领域很广,着力最深的则是文学史的阐述和文学批评史观念的考析。他本有撰写文学史和批评史专著的宿愿,

---

① 《悲忆佩弦师》(载《文讯》第9卷第3期)。

② 《朱自清先生的道路》。

因此非常关注当时出现的这方面的著作,或为之作序,或评论介绍。先生在《林庚著〈中国文学史〉序》里写道:“文学史的研究得有别的许多学科做根据,主要的是史学,广义的史学。”其兴趣已不限于文学或批评史,而扩展到一般的史学了。可知他确有某种追本溯源的“史”的癖好。“甚至关于新文艺的论文,也都是从历史的演变分析起。”①朱先生注重穷究始末的探讨,其目的无非在于求得真相,获得真知。

朱先生本着求真的精神,敢于对权威性的或“约定俗成”的见解提出疑问,绝不盲从。如毛、郑所释比兴之义历来“最受人尊重”。先生经过十分详密的考辨后指出,毛、郑的解释“远出常人想象之外”,“最为缠夹”。又如先生当时,一般学者都把旧诗学的“言志”与新起的术语“抒情”等同起来,把“言志”与“载道”视为互相排斥的两种潮流。而先生则通过排比、考析大量用例,勇敢地揭示了“诗言志”这个儒家诗论纲领的政教本质,得出了与俗说完全相反的结论。为了求是求真,先生还勇于博采众长,不羞于利用他人的见解。如在《诗言志·正变》篇的注释里,他就申明《风雅正变》一节的主要论点“由何善周君启发”。而何氏系先生弟子。先生属文,不仅广为罗列事实论据,而且颇多征引古今胜义以成其说。目的皆在求真。这也是先生实事求是的治学态度的一例。

但确如李广田所说,朱先生“诚恳,老实,可并不迂阔,更不顽固和褊狭”②。先生在学术事业上也是这样。他不是钻进“国学”

① 王瑶:《念朱自清先生》。

② 《朱自清先生的道路》。

而不能自拔的学究，而是最早把“国学”研究同现代生活联系起来的新学者之一。他主张把研究旧文学的成果用于创造新文学。据说先生主持清华中文系时，他为该系所定的方针，就是“用新的观点研究旧时代文学，创造新时代文学”①。可见先生在以其所学同文学创作相结合方面具有何等的自觉性。

先生一贯认为，研究古代文学的目的在于现代人的接受与欣赏，不可止于研究的本身。为此目的，研究者就须用新的价值观和新的语言。他在《萧望卿〈陶渊明批评〉序》里写道：“这是一个重新估定价值的时代，对于一切传统，我们要重新加以分析和综合，用这时代的语言表现出来。”先生自己正是这样做的。他的古典文学研究确实具有某种“现代感”②。

为使文学遗产有用于世，朱先生还很重视学术的普及。王瑶先生指出：“他虽然是有成就的专门学者，但并不鄙视学术的普及工作。他不只注意到学术的高度和深度，更注意到为一般人所能接受的广度。”③在朱先生所写的学术普及著作中，《经典常谈》是最有影响的一部。该书“深入浅出，写得那样明白、轻松和新鲜，引人阅读，确是罕见的普及古代文献知识的读物”。先生非但不鄙薄并且积极从事普及学术的工作，表明在这位早年即已宣称“国学是我的职业”的勤奋执著的学者身上，丝毫也没有那种垄断学术的学阀气。他以其艰辛研究之所得无私奉献于大众，“为了普及着想”不惜花费许多他最珍惜的时间，显示了一位学者的可贵品格和博

① 吴组缃：《敬悼佩弦先生》。

② 王瑶先生曾一再对笔者讲过这一看法。

③ 《念朱自清先生》（载王瑶先生所著《中国文学论丛》，上海平明出版社1953年版）。

大胸襟。

六　语义学与考据学的融通

朱先生治学的恢弘气度,也表现在研究方法上。他认为,只要能达到求是致用的目的,在手段上就不妨广收博采。"'条条道路通罗马',从作家的身世情志也好,从作品以至篇章字句也好,只要能以表现作品的价值,都是文学批评之一道。兼容并包,乃真能成其为大。"①兼容并包,就是先生的文学研究之道。据说清华学校改名清华大学之初,朱先生曾参与制定中文系教学计划。当时的系主任杨振声回忆说:"系中一切计划朱先生和我商量规定者多。那时清华国文系与其他大学最不同的一点,是我们注意新旧文学的贯通与中外文学的融合。"②后来先生本人主持中文系,也始终贯彻了这一计划。新旧贯通与中外融合,不只是教学的方针,也是先生治学的基本原则。

先生的学术活动,主要包括两个内容。他笺释古诗、考证诗人行年,属于纯粹的"国学";为弄清文学史面貌、正确评价作家作品而考辨种种"批评的意念",则在一定程度上突破了旧有学术的范围。在这两方面的工作中,他都能把传统的考据方法运用得得心应手。先生的旧学功底很深。他的考据确实"像汉学家考辨经史子书"那样精熟,那样严密。但先生认为,研究的目的在于欣赏与

① 《萧望卿〈陶渊明批评〉序》。
② 《为追悼朱自清先生讲到中国文学系》(载《文学杂志》第3卷第5期)。

接受。因此他主张把考据同以欣赏为基础、作为欣赏的发展和深化的文学批评结合起来,反对那种无补于人们的欣赏与接受的"繁琐的死板的考据"。1947 年先生在北京师范大学作题为《文学的考据与批评》的讲演,就集中地发挥了这种观点。王瑶先生说:"(朱先生)以为绝对的超然客观,事实上是不可能的。所以考证必须和批评连系起来,才有价值。"①前面说过,先生写种种考辨文字,都是为了便于欣赏与接受,或者是为撰著文学批评史奠定基础的。就是说,先生的考证都是有所为而发,他没有为考证而考证的恶癖。既然研究的目的在于欣赏,那么考据(作为古典文学研究的一种手段)的目的就在于批评(作为欣赏的发展和深化)。把考据与批评结合,正是朱先生研究古典文学的重要方法之一。

先生既是勤奋严谨的学者,又是热情敏锐的批评家。他是当时文化战线上自觉地把治学与批评两项任务集于一身的杰出代表。李广田指出:"朱先生并不是历史家,然而近年来所写的文字中却大都有一个史的观点,不论是谈语文的,谈文学思潮的,或是谈一般文化的,大半是先作一历史的演述,从简要的演述中,揭发出历史的真相,然后就自然地得出结论,指出方向,也就肯定了当前的任务。"②李氏所谓"文字",是有关文学批评的文章。朱先生在批评文章中没有忘记"先作一历史的演述"(即一般的或广义的考据),他写考据文字时也没有忘记文学批评。如他在《诗言志辨》一书里辛勤地"爬梳剔抉",严谨地"考证辨析",就是"希望努力的结果可以阐明批评的价值",使"它那新获得的地位"得到巩

---

① 《念朱自清先生》(载王瑶先生所著《中国文学论丛》,上海平明出版社 1953 年版)。

② 《最完整的人格》(载《朱自清研究资料》)。

固和加强。

前文谈到，在朱先生看来，所以要研究旧时代文学，是为了创造新时代文学，或者说，探故是为了求新。因此在治学方法上，先生与守旧的学院派人物不同。先生虽然精于考辨，但他绝不以死抠字句为能事，以考据本身为归宿，而“比较注重于综合的说明和一般历史原因的解释”①。对于他人突破学院派拘囿的文字，先生总是热情推赞。如看了吴晗《明初的学校》一稿后，他就说：“应送《清华学报》刊载，可稍调和学院派之气氛。”②先生在方法上的这个特点，于其生前已为学界所称述。他在日记里写道：“芝生谓余等之研究工作兼有京派海派之风，其言甚是；惟望能兼有二者之长。”③冯友兰这一评说，先生是完全同意并引以自豪的。

朱先生认定欣赏是文学研究的目的，但同时指出，切实的、真正的欣赏并非易事。因为汉语精练含蓄，诗更是如此，而批评的用语有时比诗还难懂。为了读懂古诗，弄清历来批评术语的意蕴，除了考证一途外，还得借助新的方法。这个方法，在先生看来，就是分析词语的意义。

先生在《语文学常谈》一文里说：“‘意义学’这个名字是李安宅先生新创的，他用来表示英国人瑞恰慈和奥格登一派学说。他们说语言文字是多义的。每句话有几层意思，叫作多义。”他所说的“意义学”就是语义学（semantics），又叫语言分析学④。先生当

① 《念朱自清先生》（载王瑶先生所著《中国文学论丛》，上海平明出版社1953年版）。

② 1948年1月23日日记。

③ 1948年4月12日日记。

④ 据波兰人沙夫：《语义学引论》（商务印书馆1979年版）。

时,这种学说刚刚在西方兴起。其代表人物有英国批评家瑞恰慈、威廉·燕卜荪[①]等。这些人认为一个词的意义是由该词使用的全部历史(纵的语境)确定的,并受着使用时的具体环境(横的语境)的制约。因此词语往往是多义的。他们主张在纵横两种语境里对词语的意义进行全面、深入的分析,并认为这种分析可以解决哲学和社会科学中的各种问题。

现代西方批评家赋予语言学以特殊地位,说它在哲学及社会科学中有着数学在自然科学中那样的作用。他们崇拜语言分析法,视此法为解开一切学科之谜的万灵钥匙。作为文学批评家,他们更注重从语言入手研究文学。朱先生虽然觉得瑞恰慈等人"说的语言文字的作用也许过分些",但也认为"语言文字不是无灵的"[②]。先生也是"用语言做研究文学的出发点"[③]。他对语言分析的效用确信不疑。先生承认自己"相信意义的分析是欣赏的基础"。他说:"文艺的欣赏和了解是分不开的,了解几分,也就欣赏几分,或不欣赏几分;而了解得从分析意义下手。"[④]又说,"只有能分析的人才能欣赏",而"欣赏是在透彻的了解里"[⑤]。朱先生的意思是:要进行有效的批评,就必须善于欣赏;要能切实地欣赏,就得透彻地了解;而了解的办法,就是语义分析。

把语义分析与考据结合,是朱先生另一重要的研究方法。先生的考据,绝不只是厘正本文、疏通字义,以积累资料供研究者应

① 瑞恰慈(I. A. Richards, 1893—1981)、威廉·燕卜荪(William Empson, 1906—1984)二人皆精通汉学并曾在中国任教。

② 《语文学常谈》。

③ 吴晓铃:《佩弦先生纪念》(载《国文月刊》第71期)。

④ 《新诗杂话·序》(作家书屋1947年版)。

⑤ 《古诗十九首释·序》,载《古诗歌笺释三种》。

用而已。他的着眼点不在一般的文字音义及名物典章制度的考辨,而在探索词语的应用史和语义的变迁史,以揭示文学和文学批评的发展规律。欲达此目的,须先做最基础的工作,即分析词语的意义。通过分析,把作品里的关键字句、文学批评中的重要术语理解清楚,掌握其"本义跟变义,源头和流派",然后方能谈得上切实地欣赏作品、准确地评价作家。在此基础上,再加以归纳、综合和概括,就不难产生出扎实的文学史或文学批评史的著作。但朱先生的分析,不尽同于瑞恰慈等人的做法。先生不仅眼界阔大(从文学发展史的角度着眼),而且充分吸收了考据(特别是其中的训诂一法)的精华。他在解释、分析字义时,常常搜集各个时代的"许多不同的用例",加以考核、比较、辨析,工夫非常扎实,颇有考据家之风。

朱先生这种中西合璧的考析语义的方法,主要用在诠解诗歌字句和考辨批评意念两个方面。先生提倡"解诗",不仅解旧诗,也解新诗。据他说,他的《新诗杂话》"十五篇中多半在解诗"。所谓解诗,就是分析诗的意义。先生认为,要真正读懂一首诗,"非先做分析的工夫不成","分析的方法少不了"①。他批评严羽等人不用分析方法,而只以兴趣论诗,其说解往往流于肤廓。先生在《古诗十九首释·序》里,详细阐述了关于必须对诗义进行分析的主张:

> 诗是精粹的语言。因为是"精粹的",便比散文需要更多的思索,更多的吟味;许多人觉得诗难懂,便是为此。但诗究竟是"语言",并没有真正的神秘;语言,包括说的和写的,是可

① 并见《新诗杂话·序》。

以分析的;诗也是可以分析的。只有分析,才可以得到透彻的了解;散文如此,诗也如此。有时分析起来还是不懂,那是分析得还不够细密,或者是知识不够,材料不足;并不是分析这个方法不成。

他还说,分析诗义对于理解和欣赏至为重要,那种关于分析有伤诗味、有碍欣赏的担心是多余的:"一般人以为诗只能综合的欣赏,一分析诗就没有了。其实诗是最错综的,最多义的,非得细密的分析工夫,不能捉住它的意旨。"他的许多"解诗"之作,如《古诗十九首释》、《诗多义举例》等,都是运用这种诗义分析法写成的。

先生写《诗多义举例》一篇,更是直接受了燕卜荪的启发。他在该篇的引言里谈到"历来解诗诸家"断章取义的毛病,说他们"不顾上下文,不顾全篇,只就一章、一句甚至一字推想开去,往往支离破碎,不可究诘"。还说"从前笺注家引书以初见为主",而且"只举其事,不述其义","所举既多简略,又未必切合,所以用处不大"。在指明旧有解诗方法的缺点后,先生提到了一种可供"试用"的新方法。他写道:"去年暑假,读英国 Empson 的《多义七式》(*Seven Types of Ambiguity*),觉着他的分析法很好,可以试用于中国旧诗。"先生在此篇里分析旧诗字句的多义性,就利用了燕卜荪的方法。如诠解黄庭坚《快阁》"痴儿了却公家事,快阁东西倚晚晴"二句时,他在引述《晋书·傅咸传》所载杨济与傅咸书后这样分析说:"这两句单从文义上看,只是说麻麻糊糊办完了公事,上快阁看晚晴去。但鲁直用'生儿痴,了官事'一典,却有四个意思:一是自嘲,自己本不能了公事;二是自许,也想大量些,学那江海之流,成其深广,不愿沾滞在了公事上;三是自放,不愿了公事,想回家与'白鸥'

同处；四是自快，了公事而登快阁，更觉出'阁'之为'快'了。"不过先生的分析是在考索典故的基础上进行的，结合着考据方法，比一般的语义分析来得切实。多义现象广泛存在于诗句中。它有助于丰富诗的内涵，增强其表现力。但燕卜荪过分迷恋多义的"美"，贪多务得，细大不捐，对"任何语义上的差别，不论如何细微"①，他都大加赏析。朱先生则不然。他以为"多义并非有义必取，搜寻不妨广，取舍却须严"。又说："我们广求多义，却全以'切合'为准；必须亲切，必须贯通上下文或全篇的才算数。"先生解诗所引典故和旧注资料力求全备，但经过仔细分析、权衡后，只取一个主要意义及少数附带意义。因此，先生的解析绵密而不琐碎，圆通而又确切。

除解诗外，朱先生还把他那中西结合的语义考析法用于考辨批评意念方面。他断言："分析词语的意义，在研究文学批评是极重要的。"②在他看来，"历来文评所用的性状形容词（先生指神、气、味等批评术语）"都是多义的，"对于诗文的文义、情感、口气、用意四项都经指及"，但这些词语"只是囫囵地说，加以用得太久，意义多已含糊不切"，所以需要对它们进行考辨、分析，而考析的结果就可以再现"旧日文学的面目"。燕卜荪说，每个词的意义都要涉及"整个文明史"③。他也许言之过甚。但我国古代文论里许多的概念、术语，其意义的源流变迁同文学史的密切关系，却是不言而喻的。弄清这些词语在文学发展全过程中聚积起来的"多义"，既十分重要，又相当繁难。先生指出："文学批评里的许多术语沿用

① 赵毅衡：《新批评》（中国社会科学出版社 1986 年版）。
② 《诗文评的发展》。
③ 赵毅衡：《新批评》（中国社会科学出版社 1986 年版）。

日久,像滚雪球似的,意义越来越多。沿用的人有时取这个意义,有时取那个意义,或依照一般习惯,或依照行文方面,极其错综复杂。”而“要明白这种词语的确切意义”,只有“加以精密的分析才成”①。他的《〈文选序〉“事出于沉思,义归乎翰藻”说》、《诗言志辨》等论著,就是这种精密分析与严谨考辨相结合的典范。

先生著《诗言志辨》,探寻批评术语发生和演变的史迹,同语义学研究词语意义的历史及其变化的任务很接近。但他着眼于批评史,旨在通过对那些涉及“整个文明史”或全部文学史的批评意念的考辨,奠定文学史或批评史专著的基础。先生的考辨,绝不是架空的分析,而是以大量的“用例”作依据,以探赜索隐的考据工夫为助力的。这不同于一般的语义分析法,也不是单一的死板的考证。如他通过考察先秦时《诗》与礼、乐并论的种种实例,发现“温柔敦厚”一语的意义颇为复杂,它不仅是《诗》教,也是乐教、礼教。先生还对《诗大序》等有关旧说加以精审地考释、辨析,揭示出此语的多义性和思想实质:“‘温柔敦厚’是‘和’,是‘亲’,也是‘节’,是‘敬’,也是‘适’,是‘中’。这代表殷、周以来的传统思想。儒家重中道,就是继承这种传统思想。”要之,书中对“诗言志”等一系列诗论术语的辨析,既不是纯客观的“征实”,又不是纯主观的“发挥”②,而是二者的结合。这也是朱先生在治学方法上的通达之处。

① 《诗文评的发展》。

② 章学诚谓其时治学风气“征实过多,发挥过少,有如蚕食叶而不抽丝”(刘刻《章氏遗书》卷九)。